Le Bain turc, 1862 (détail)
Jean Auguste Dominique Ingres

MUSÉE DU LOUVRE, PARIS.

LES GRANDS CLASSIQUES
DE LA LITTÉRATURE LIBERTINE

DIDEROT

LES BIJOUX INDISCRETS

-1-

Auteur
Caroline Jacot Grapa *(Introduction et notes)*

Édition établie sous la direction de
Catriona Seth
*Professeur à l'université de Nancy II
et Indiana University (Bloomington)*

Avec la collaboration de
Claude Blum

Le Monde

ÉDITIONS
GARNIER

ISBN : 978-2-35856-079-5 (Le Monde)
ISBN : 978-2-35856-080-1 (Le Monde)
ISBN : 978-2-35184-046-7 (Garnier)

CPI Aubin Imprimeur - Ligugé - D.L. juin 2010 - Impr. : L 73769

ŒUVRES DE LA COLLECTION

Tome 1
DIDEROT : *Les Bijoux indiscrets*

Tome 2
SADE : *La Philosophie dans le boudoir*

Tome 3
CASANOVA : *Mémoires de Venise* (choix de textes)

Tome 4
MIRABEAU : *L'Éducation de Laure*

Tome 5
MUSSET : *Gamiani*
Correspondance avec George Sand

Tome 6
CRÉBILLON FILS : *Le Sopha*

Tome 7
LACLOS : *Les Liaisons dangereuses*

Tome 8
SADE : *Justine ou les Malheurs de la vertu*

Tome 9
Correspondances amoureuses

Tome 10
Anthologie de la poésie érotique

Tome 11
ANDRÉA DE NERCIAT : *Félicia ou Mes fredaines*

Tome 12

Rétif de la Bretonne : *Le Pied de Fanchette*

Tome 13

Charles Duclos : *Les Confessions du comte de* ***
Histoire de Madame de Luz

Tome 14

Boyer d'Argens : *Thérèse philosophe*
Gervaise de la Touche : *Dom Bougre*

Tome 15

Contes et nouvelles

Tome 16

Pierre Louÿs : *Aphrodite*

Tome 17

Brantôme : *Vie des dames galantes* (choix de textes)

Tome 18

Fougeret de Monbron : *Margot la ravaudeuse*
Le Canapé couleur de feu
La Belle sans chemise ou Ève ressuscitée

Tome 19

Curiosités et anonymes : *L'École des filles*
La Messaline française
Éléonore ou l'heureuse personne

Tome 20

Bussy-Rabutin : *Histoire amoureuse des Gaules*

INTRODUCTION

> *« Je veux des événements singuliers, des fées, des talismans ; car ne vous y trompez pas, au moins, il n'y a que cela de vrai. »*
>
> *Crébillon fils,* Le Sopha

Le roman oriental des années 1740 est à l'époque rococo ce que la fantasy *est aujourd'hui. Le public éprouve un « furieux goût pour les contes*[1] *», en ce siècle de lumières et de philosophie. On avait aimé les contes de Perrault, dont on sait bien qu'ils ne sont pas écrits pour les enfants ; on avait adoré* Les Mille et une nuits *(1709), traduits, fort chastement, par Antoine Galland. Leur succès triomphal, dans toutes les langues, inspire savants et romanciers, de Crébillon fils et La Morlière, à Diderot, et bien sûr Voltaire. Contes tartares et contes indiens se succèdent ; beaucoup trouveront place dans les quarante et un volumes du* Cabinet des fées, *publiés par Charles-Joseph de Mayer entre 1785 et 1789. Charles Perrault, Mmes d'Aulnoy et Leprince de Beaumont y éclipsent toutefois les contes orientaux licencieux à la mode au début du règne de Louis XV. Ils sont promis à d'autres mains, rebaptisés « romans libertins ».* Les Bijoux indiscrets *seront* congoiens, *l'action se passe à Banza, capitale d'un Congo de pure fantaisie peuplé de génies, de bramines et de femmes. Le plaisir oral du conte, l'enchantement du merveilleux, conduisent dans les eaux troubles de la sexualité, et explorent les tyrannies du plaisir et le sens de la vie.*

Diderot a trente-cinq ans ; il a écrit des Pensées philosophiques *et la* Promenade du sceptique, *et est déjà*

[1] *Jacques le fataliste et son maître* : « *Jacques* : – Vous avez un furieux goût pour les contes ! *Le maître* : – Il est vrai ; ils m'instruisent et m'amusent. »

*directeur de l'*Encyclopédie *quand il rédige ce roman qui célèbre à sa manière les noces de la philosophie et de l'érotisme. Elles constituent « un des caractères les plus marquants [...] de la culture intellectuelle de l'époque*[2] *» – héritière du libertinage du XVII*e *siècle qui déjà nouait la question des mœurs et une philosophie frondeuse, critique du fait religieux. Le libertin du XVII*e *siècle, c'est Don Juan, le grand seigneur méchant homme qui défie Dieu et le pouvoir religieux incarné par la censure paternelle, en lui opposant la frivolité dangereuse. Elle n'est qu'un cliché dans* Les Bijoux indiscrets, *qui n'implique pas les héros du conte, dont la quête n'est pas sexuelle – ou plutôt naît d'une relation amoureuse sans* ardeurs, *qui cherche le* tendre *et la vertu, sur la carte des ébats de ses contemporaines. Mirzoza, la favorite du sultan Mangogul, « avait peu de tempérament, elle n'était pas toujours disposée à recevoir les caresses du sultan », ce dont ils vont se dédommager grâce à l'anneau du génie Cucufa, lequel comme on sait donne à celui qui le porte le pouvoir de faire parler le sexe des femmes. Il suppléera à la conversation, au* dire *et non au* faire.

Une expérience, en somme, comparable à celle de La Dispute *(1744) de Marivaux: « c'est la nature que nous allons interroger », pour savoir qui de votre sexe ou du nôtre a « le premier donné l'exemple de l'inconstance et de l'infidélité en amour » (scène 1). Mangogul ne songe qu'un instant à interroger le sien, et s'en remet au caquet des bijoux, « trop heureux que les bijoux veuillent bien parler notre langue... La société ne peut que gagner indéfiniment à cette duplication d'organes » (chapitre VII). Et il va révéler à elle-même la figure* monstrueuse *de cette hydre sociale, femme à tête de chien qui se duplique, se met à parler, et fait voler en éclat les bâillons et* muselières *qui l'étouffent, tabous, manœuvres, hypocrisies.*

---

[2] A. Vartanian, « Érotisme et philosophie chez Diderot », *Cahiers de l'association internationale des études françaises*, 13, 1961, p. 367-390.

Une tradition tenace veut que Diderot, le philosophe qui a « mis du foin dans ses bottes » – selon l'expression imagée du neveu de Rameau –, ait désavoué cette « intempérance de jeunesse ». L'œuvre fut rédigée du donjon de Vincennes où l'auteur purgeait une peine de quelques mois à l'occasion de la Lettre sur les aveugles à l'usage de ceux qui voient*, et au bénéfice de son sage ami Naigeon, qui éditera néanmoins les* Bijoux *en 1798, complétés de trois chapitres inédits. Il s'y est amusé, cela est certain, en empruntant à tout vent, à Galland, à Crébillon, mais aussi à Rabelais et à Swift, en* détournant *ses réflexions sur les débats, les mœurs et les trouvailles de ses contemporains. Je pense par exemple au fameux clavecin oculaire du Père Castel dont il est question au chapitre XIX, ou aux expériences d'Antoine Ferrein sur l'organe de la voix au moment des débats sur la musique française, transposées de manière surréaliste dans les démonstrations anatomiques d'Orcotome devant l'Académie de Banza. On appréciera son côté Janus : père de famille, figure qui joue un rôle très important dans son paysage moral – et libertin, en pensée.*

D'un côté, le Diderot « bourgeois » répugne au voyeurisme auquel invite la peinture de Boucher. Il trouve ses nus obscènes, à l'image de la « dépravation de ses mœurs » : « Quand on écrit, faut-il tout écrire ? Quand on peint, faut-il tout peindre ? De grâce, laissez quelque chose à suppléer par mon imagination[3]*. » « Cet homme ne prend le pinceau que pour me montrer des tétons et des fesses. Je suis bien aise d'en voir ; mais je ne veux pas qu'on me les montre*[4]*. »*

De l'autre, le Diderot en liberté abandonne son esprit « à tout son libertinage » : « Mes pensées, ce sont mes catins », écrit-il dans le prologue du Neveu de Rameau*, esquissant une nouvelle image de ce que penser veut dire, chargée*

---

[3] Diderot, *Salon de 1763,* Paris, Hermann, 1984, p. 196.

[4] *Salon de 1765, id.*, p. 54. Voyez J.-C. Abramovici, *Obscénité et classicisme*, Paris, PUF, 2003, p. 273-274.

d'un « caractère ludique et érotique »[5]*, dégagée de toute componction intellectuelle, des contraintes du traité ou du système, capables de s'envoler sur les ailes de la première idée venue. C'est cela peut-être qu'inaugure* Les Bijoux indiscrets, *en empruntant le motif scabreux qui orchestre son déroulement à un conte écrit à la manière d'un fabliau médiéval de Garin ou du comte de Caylus,* Le Chevalier qui fist les cons parler – *texte réédité en 1750 sous le titre* L'Origine des Bijoux indiscrets, ou Nocrion, conte allobroge.

Aussi Les Bijoux indiscrets *ne sont-ils pas, malgré leur indécence, un roman pornographique, s'ils y touchent. Ce ne sont pas non plus sans doute* Les Monologues du vagin[6]*, mais le roman explore malgré tout ce que la femme veut, ou plutôt la vague secrète de ses fantasmes : « Aussi crois-je que le bijou fait faire à une femme cent choses sans qu'elle s'en aperçoive » (chapitre XXV). Il ne s'agit pas de* montrer, *et même, quand Mangogul est sur le point d'assister à une scène plus intime, il se retire. Il s'agit de faire parler, de dire et d'entendre, d'imaginer, de faire circuler une inquiétude, de spéculer sur le possible et l'impossible, sur l'hétérodoxie du désir, sur les limites de l'extravagance. Quel rapport entre les sons et les couleurs, entre ce qu'on entend et ce qu'on voit, entre le cosmos et la cosmétique ? Lisez le récit de Cyclophile. Quelle distance du sexe à l'anus ? « Allons, Madame, un peu de courage », voyez le rêve de Mangogul. Quelle incommensurable différence de l'homme à l'animal ? Demandez à Haria et ses chiens. Le vivant est-il réductible à une machine ? Assistez aux expériences d'Orcotome.*

L'inquiétude que provoque Les Bijoux indiscrets *ne tient pas seulement au* trouble *de l'ordre public et privé : « Vous*

---

[5] J. Starobinski, « L'incipit du *Neveu de Rameau* », *Nouvelle revue française*, 347, 1981, p. 42-64.

[6] La pièce de Ève Ensler, 1998.

allez jeter le trouble dans toutes les maisons, détromper des maris, désespérer des amants, perdre des femmes... », prévient Mirzoza. L'anneau de Cucufa se révèle un moyen tentant de régler les désordres en tous genres, un supplétif de test ADN. *« Méfiez-vous de celui qui veut mettre de l'ordre », dira un interlocuteur du* Supplément au Voyage de Bougainville. *« Il y a des curiosités mal placées », avertit déjà le génie Cucufa.*

Cette inquiétude tient à son objet érotique, qui traverse tout le spectre des interrogations métaphysiques, dont il n'est pas seulement la cheville amusante, mais la figure centrale. Le sexe n'est pas ici moyen de parvenir, ou d'allumer les sens, mais principe : du lien social, de notre être indissolublement corps et âme baladeuse, de la curiosité insatiable qui nous pousse à explorer le monde, libido sciendi.

Caroline Jacot Grapa

LES BIJOUX INDISCRETS

LES BIJOUX INDISCRETS

À Zima

Zima, profitez du moment. L'aga Narkis entretient votre mère, et votre gouvernante guette sur un balcon le retour de votre père : prenez, lisez, ne craignez rien. Mais quand on surprendrait *Les Bijoux indiscrets* derrière votre toilette, pensez-vous qu'on s'en étonnât ? Non, Zima, non ; on sait que *Le Sopha, Le Tanzaï* et *Les Confessions*[1] ont été sous votre oreiller. Vous hésitez encore ? Apprenez donc qu'Aglaé n'a pas dédaigné de mettre la main à l'ouvrage que vous rougissez d'accepter. « Aglaé, dites-vous, la sage Aglaé !... » Elle-même. Tandis que Zima s'ennuyait ou s'égarait peut-être avec le jeune bonze Alléluia, Aglaé s'amusait innocemment à m'instruire des aventures de Zaïde, d'Alphane, de Fanni, etc., me fournissait le peu de traits qui me plaisent dans l'histoire de Mangogul, la revoyait et m'indiquait les moyens de la rendre meilleure ; car si Aglaé est une des femmes les plus vertueuses et les moins édifiantes du Congo, c'est aussi une des moins jalouses de bel esprit et des plus spirituelles. Zima croirait-elle à présent avoir bonne grâce à faire la scrupuleuse ? Encore une fois, Zima,

1. *Le Sopha* (1745), *Tanzaï et Néadarné* (1734) de Crébillon fils ; *Les Confessions du Comte de* *** (1742) de Duclos.

prenez, lisez, et lisez tout : je n'en excepte pas même les discours du *Bijou voyageur* qu'on vous interprétera, sans qu'il en coûte à votre vertu ; pourvu que l'interprète ne soit ni votre directeur ni votre amant.

Chapitre premier

NAISSANCE DE MANGOGUL

Hiaouf Zélès Tanzaï régnait depuis longtemps dans la grande Chéchianée ; et ce prince voluptueux continuait d'en faire les délices. Acajou, roi de Minutie, avait eu le sort prédit par son père. Zulmis avait vécu. Le comte de... vivait encore. Splendide, Angola, Misapouf, et quelques autres potentats des Indes et de l'Asie étaient morts subitement. Les peuples, las d'obéir à des souverains imbéciles, avaient secoué le joug de leur postérité ; et les descendants de ces monarques malheureux erraient inconnus et presque ignorés dans les provinces de leurs empires. Le petit-fils de l'illustre Schéerazade s'était seul affermi sur le trône ; et il était obéi dans le Mogol sous le nom de Schachbaam, lorsque Mangogul naquit dans le Congo.
Le trépas de plusieurs souverains fut, comme on voit, l'époque funeste de sa naissance.

Erguebzed[2] son père n'appela point les fées autour du berceau de son fils, parce qu'il avait remarqué que la plupart des princes de son temps, dont ces intelligences femelles avaient fait l'éducation, n'avaient été que des sots. Il se contenta de commander son horoscope à un certain Codindo, personnage meilleur à peindre qu'à connaître.

Codindo était le chef du collège des Aruspices de Banza, anciennement la capitale de l'empire. Erguebzed lui faisait une grosse pension, et lui avait accordé, à lui et à ses descendants, en faveur du mérite de leur grand-oncle, qui était excellent cuisinier, un château magnifique sur les frontières du Congo. Codindo était chargé d'observer le vol des oiseaux et l'état du ciel, et d'en faire son rapport à la cour ; ce dont il s'acquittait assez mal. S'il est vrai qu'on avait à Banza les meilleures

2. Les noms des personnages sont empruntés aux *Mille et une nuits* et aux romans libertins contemporains, comme *Le Sopha*, ou *Angola, histoire indienne* de La Morlière.

pièces de théâtre et les salles de spectacles les plus laides qu'il y eût dans toute l'Afrique, en revanche, on y avait le plus beau collège du monde, et les plus mauvaises prédictions.

Codindo, informé de ce qu'on lui voulait au palais d'Erguebzed, partit fort embarrassé de sa personne ; car le pauvre homme ne savait non plus lire aux astres que vous et moi : on l'attendait avec impatience. Les principaux seigneurs de la cour s'étaient rendus dans l'appartement de la grande sultane. Les femmes, parées magnifiquement, environnaient le berceau de l'enfant. Les courtisans s'empressaient à féliciter Erguebzed sur les grandes choses qu'il allait sans doute apprendre de son fils. Erguebzed était père, et il trouvait tout naturel qu'on distinguât dans les traits informes d'un enfant ce qu'il serait un jour. Enfin Codindo arriva. « Approchez, lui dit Erguebzed : lorsque le ciel m'accorda le prince que vous voyez, je fis prendre avec soin l'instant de sa naissance, et l'on a dû vous en instruire. Parlez sincèrement à votre maître, et annoncez-lui hardiment les destinées que le ciel réserve à son fils.

— Très magnanime sultan, répondit Codindo, le prince né de parents non moins illustres qu'heureux, ne peut en avoir que de grandes et de fortunées : mais j'en imposerais à Votre Hautesse, si je me parais devant elle d'une science que je n'ai point. Les astres se lèvent et se couchent pour moi comme pour les autres hommes ; et je n'en suis pas plus éclairé sur l'avenir, que le plus ignorant de vos sujets.

— Mais, reprit le sultan, n'êtes-vous pas astrologue ?

— Magnanime prince, répondit Codindo, je n'ai point cet honneur.

— Eh ! que diable êtes-vous donc ? lui répliqua le vieux mais bouillant Erguebzed.

— Aruspice !

— Oh ! parbleu, je n'imaginais pas que vous en eussiez eu la pensée. Croyez-moi, seigneur Codindo, laissez manger en repos vos poulets, et prononcez sur le sort de mon fils, comme vous fîtes dernièrement sur le rhume de la perruche de ma femme. »

À l'instant Codindo tira de sa poche une loupe, prit l'oreille gauche de l'enfant, frotta ses yeux, tourna et retourna ses bésicles, lorgna cette oreille, en fit autant du côté droit, et prononça : que le règne du jeune prince serait heureux s'il était long.

« Je vous entends, reprit Erguebzed : mon fils exécutera les plus belles choses du monde, s'il en a le temps. Mais, morbleu, ce que je veux qu'on me dise, c'est s'il en aura le temps. Que m'importe à moi, lorsqu'il sera mort, qu'il eût été le plus grand prince du monde s'il eût vécu ? Je vous appelle pour avoir l'horoscope de mon fils, et vous me faites son oraison funèbre. »

Codindo répondit au prince qu'il était fâché de n'en pas savoir davantage ; mais qu'il suppliait Sa Hautesse de considérer que c'en était bien assez pour le peu de temps qu'il était devin. En effet, le moment d'auparavant qu'était Codindo ?

Chapitre II

ÉDUCATION DE MANGOGUL

Je passerai légèrement sur les premières années de Mangogul. L'enfance des princes est la même que celle des autres hommes, à cela près qu'il est donné aux princes de dire une infinité de jolies choses avant que de savoir parler. Aussi le fils d'Erguebzed avait à peine quatre ans, qu'il avait fourni la matière d'un Mangogulana. Erguebzed qui était homme de sens, et qui ne voulait pas que l'éducation de son fils fût aussi négligée que la sienne l'avait été, appela de bonne heure auprès de lui, et retint à sa cour, par des pensions considérables, ce qu'il y avait de grands hommes en tout genre dans le Congo : peintres, philosophes, poètes, musiciens, architectes, maîtres de danse, de mathématiques, d'histoire, maîtres en fait d'armes, etc. Grâce aux heureuses dispositions de Mangogul, et aux leçons continuelles de ses maîtres, il n'ignora rien de ce qu'un jeune prince a coutume d'apprendre dans les quinze premières années de sa vie, et sut, à l'âge de vingt ans, boire, manger et dormir aussi parfaitement qu'aucun potentat de son âge.

Erguebzed, à qui le poids des années commençait à faire sentir celui de la couronne, las de tenir les rênes de l'empire, effrayé des troubles qui le menaçaient, plein de confiance dans les qualités supérieures de Mangogul, et pressé par des sentiments de religion, pronostics certains de la mort prochaine, ou de l'imbécillité des grands, descendit du trône pour y placer son fils ; et ce bon prince crut devoir expier dans la retraite les crimes de l'administration la plus juste dont il fût mémoire dans les annales du Congo.

Ce fut donc l'an du monde I 500 000 003 200 001, de l'empire du Congo le 3 900 000 700 03, que commença le règne de Mangogul, le I 234 500 de sa race en ligne directe. Des conférences fréquentes avec ses ministres, des guerres à soutenir, et le maniement des affaires, l'instruisirent en fort peu de temps de ce qui lui restait à savoir au sortir des mains de ses pédagogues ; et c'était quelque chose.

Cependant Mangogul acquit en moins de dix années la réputation de grand homme. Il gagna des batailles, força des villes, agrandit son empire, pacifia ses provinces, répara le désordre de ses finances, fit refleurir les sciences et les arts, éleva des édifices, s'immortalisa par d'utiles établissements, raffermit et corrigea la législation, institua même des académies ; et, ce que son université ne put jamais comprendre, il acheva tout cela sans savoir un seul mot de latin.

Mangogul ne fut pas moins aimable dans son sérail que grand sur le trône. Il ne s'avisa point de régler sa conduite sur les usages ridicules de son pays. Il brisa les portes du palais habité par ses femmes ; il en chassa ces gardes injurieux de leur vertu ; il s'en fia prudemment à elles-mêmes de leur fidélité : on entrait aussi librement dans leurs appartements que dans aucun couvent de chanoinesses de Flandres ; et on y était sans doute aussi sage. Le bon sultan que ce fut ! il n'eut jamais de pareil que dans quelques romans français. Il était doux, affable, enjoué, galant, d'une figure charmante, aimant les plaisirs, fait pour eux, et renfermait dans sa tête plus d'esprit qu'il n'y en avait eu dans celle de tous ses prédécesseurs ensemble.

On juge bien qu'avec un si rare mérite, beaucoup de femmes aspirèrent à sa conquête : quelques-unes réussirent. Celles qui manquèrent son cœur, tâchèrent de s'en consoler avec les grands de sa cour. La jeune Mirzoza fut du nombre des premières. Je ne m'amuserai point à détailler les qualités et les charmes de Mirzoza ; l'ouvrage serait sans fin, et je veux que cette histoire en ait une.

Chapitre III

QU'ON PEUT REGARDER COMME LE PREMIER DE CETTE HISTOIRE

Mirzoza fixait Mangogul depuis plusieurs années. Ces amants s'étaient dit et répété mille fois tout ce qu'une passion violente suggère aux personnes qui ont le plus d'esprit. Ils en étaient venus aux confidences ; et ils se seraient fait un crime de se dérober la circonstance de leur vie la plus minutieuse. Ces suppositions singulières : « Si le ciel qui m'a placé sur le trône m'eût fait naître dans un état obscur, eussiez-vous daigné descendre jusqu'à moi, Mirzoza m'eût-elle couronné ?... Si Mirzoza venait à perdre le peu de charmes qu'on lui trouve, Mangogul l'aimerait-il toujours ? » ces suppositions, dis-je, qui exercent les amants ingénieux, brouillent quelquefois les amants délicats, et font mentir si souvent les amants les plus sincères, étaient usées pour eux.

La favorite, qui possédait au souverain degré le talent si nécessaire et si rare de bien narrer, avait épuisé l'histoire scandaleuse de Banza. Comme elle avait peu de tempérament, elle n'était pas toujours disposée à recevoir les caresses du sultan, ni le sultan toujours d'humeur à lui en proposer. Enfin il y avait des jours où Mangogul et Mirzoza avaient peu de choses à dire, presque rien à faire, et où, sans s'aimer moins, ils ne s'amusaient guère. Ces jours étaient rares ; mais il y en avait, et il en vint un.

Le sultan était étendu nonchalamment sur une duchesse[3], vis-à-vis de la favorite qui faisait des nœuds sans dire mot. Le temps ne permettait pas de se promener. Mangogul n'osait proposer un piquet ; il y avait près d'un quart d'heure que cette situation maussade durait, lorsque le sultan dit en bâillant à plusieurs reprises :

3. Lit de repos à dossier arrondi, à la mode en 1745.

« Il faut avouer que Géliote[4] a chanté comme un ange...
— Et que Votre Hautesse s'ennuie à périr, ajouta la favorite.
— Non, madame, reprit Mangogul en bâillant à demi ; le moment où l'on vous voit n'est jamais celui de l'ennui.
— Il ne tenait qu'à vous que cela fût galant, répliqua Mirzoza ; mais vous rêvez, vous êtes distrait, vous bâillez. Prince, qu'avez-vous ?
— Je ne sais, dit le sultan.
— Et moi je devine, continua la favorite. J'avais dix-huit ans lorsque j'eus le bonheur de vous plaire. Il y a quatre ans que vous m'aimez. Dix-huit et quatre font vingt-deux. Me voilà bien vieille. »

Mangogul sourit de ce calcul.

« Mais si je ne vaux plus rien pour le plaisir, ajouta Mirzoza, je veux vous faire voir du moins que je suis très bonne pour le conseil. La variété des amusements qui vous suivent n'a pu vous garantir du dégoût. Vous êtes dégoûté. Voilà, prince, votre maladie.
— Je ne conviens pas que vous ayez rencontré, dit Mangogul ; mais en cas que cela fût, y sauriez-vous quelque remède ? »

Mirzoza répondit au sultan, après avoir rêvé un moment, que Sa Hautesse lui avait paru prendre tant de plaisir au récit qu'elle lui faisait des aventures galantes de la ville, qu'elle regrettait de n'en plus avoir à lui raconter, ou de n'être pas mieux instruite de celles de sa cour ; qu'elle aurait essayé cet expédient, en attendant qu'elle imaginât mieux.

« Je le crois bon, dit Mangogul ; mais qui sait les histoires de toutes ces folles ? et quand on les saurait, qui me les réciterait comme vous ?
— Sachons-les toujours, reprit Mirzoza. Qui que ce soit qui vous les raconte, je suis sûre que Votre Hautesse gagnera plus par le fond qu'elle ne perdra par la forme.
— J'imaginerai avec vous, si vous voulez, les aventures des femmes de ma cour, fort plaisantes, dit Mangogul ; mais le

4. Pierre de Jélyotte (1713-1797), ténor et haute-contre célèbre dès la fin des années 1730, interprète de nombreux rôles des opéras de Jean-Philippe Rameau.

fussent-elles cent fois davantage, qu'importe, s'il est impossible de les apprendre ?

— Il pourrait y avoir de la difficulté, répondit Mirzoza : mais je pense que c'est tout. Le génie Cucufa, votre parent et votre ami, a fait des choses plus fortes. Que ne le consultez-vous ?

— Ah ! joie de mon cœur, s'écria le sultan, vous êtes admirable ! Je ne doute point que le génie n'emploie tout son pouvoir en ma faveur. Je vais de ce pas m'enfermer dans mon cabinet, et l'évoquer. »

Alors Mangogul se leva, baisa la favorite sur l'œil gauche, selon la coutume du Congo, et partit.

Chapitre IV

ÉVOCATION DU GÉNIE

Le génie Cucufa est un vieil hypocondriaque qui, craignant que les embarras du monde et le commerce des autres génies ne fissent obstacle à son salut, s'est réfugié dans le vide, pour s'occuper tout à son aise des perfections infinies de la grande Pagode[5], se pincer, s'égratigner, se faire des niches, s'ennuyer, enrager et crever de faim. Là, il est couché sur une natte, le corps cousu dans un sac, les flancs serrés d'une corde, les bras croisés sur la poitrine, et la tête enfoncée dans un capuchon, qui ne laisse sortir que l'extrémité de sa barbe. Il dort ; mais on croirait qu'il contemple. Il n'a pour toute compagnie qu'un hibou qui sommeille à ses pieds, quelques rats qui rongent sa natte, et des chauves-souris qui voltigent autour de sa tête : on l'évoque en récitant au son d'une cloche le premier verset de l'office nocturne des bramines ; alors il relève son capuce, frotte ses yeux, chausse ses sandales, et part. Figurez-vous un vieux camaldule[6] porté dans les airs par deux gros chats-huants qu'il tiendrait par les pattes : ce fut dans cet équipage que Cucufa apparut au sultan !

« Que la bénédiction de Brama soit céans, dit-il en s'abattant.

— *Amen*, répondit le prince.

— Que voulez-vous, mon fils ?

— Une chose fort simple, dit Mangogul ; me procurer quelques plaisirs aux dépens des femmes de ma cour.

— Eh ! mon fils, répliqua Cucufa, vous avez à vous seul plus d'appétit que tout un couvent de bramines. Que prétendez-vous faire de ce troupeau de folles ?

— Savoir d'elles les aventures qu'elles ont et qu'elles ont eues ; et puis c'est tout.

---

5. « Nom donné par les Portugais aux temples indiens » (*Dictionnaire* de Furetière, 1725) et, par extension, « aux petites idoles de porcelaine qui viennent de la Chine » ; le Dieu de Cucufa.

6. Ordre religieux fondé en 1009 dans la région de Florence en Italie.

— Mais cela est impossible, dit le génie ; vouloir que des femmes confessent leurs aventures, cela n'a jamais été et ne sera jamais.

— Il faut pourtant que cela soit », ajouta le sultan.

À ces mots, le génie se grattant l'oreille et peignant par distraction sa longue barbe avec ses doigts, se mit à rêver : sa méditation fut courte.

« Mon fils, dit-il à Mangogul, je vous aime ; vous serez satisfait. »

À l'instant il plongea sa main droite dans une poche profonde, pratiquée sous son aisselle, au côté gauche de sa robe, et en tira avec des images, des grains bénits, de petites pagodes de plomb, des bonbons moisis, un anneau d'argent, que Mangogul prit d'abord pour une bague de saint Hubert [7].

« Vous voyez bien cet anneau, dit-il au sultan ; mettez-le à votre doigt, mon fils. Toutes les femmes sur lesquelles vous en tournerez le chaton, raconteront leurs intrigues à voix haute, claire et intelligible : mais n'allez pas croire au moins que c'est par la bouche qu'elles parleront.

— Et par où donc, ventre-saint-gris ! s'écria Mangogul, parleront-elles donc ?

— Par la partie la plus franche qui soit en elles, et la mieux instruite des choses que vous désirez savoir, dit Cucufa ; par leurs bijoux.

— Par leurs bijoux, reprit le sultan, en s'éclatant de rire : en voilà bien d'une autre. Des bijoux parlants ! cela est d'une extravagance inouïe.

— Mon fils, dit le génie, j'ai bien fait d'autres prodiges en faveur de votre grand-père ; comptez donc sur ma parole. Allez, et que Brama vous bénisse. Faites un bon usage de votre secret, et songez qu'il est des curiosités mal placées. »

Cela dit, le cafard, hochant de la tête, se raffubla de son capuchon, reprit ses chats-huants par les pattes, et disparut dans les airs.

---

7. Anneau vendu par les colporteurs, censé protéger de la rage.

Chapitre V

DANGEREUSE TENTATION DE MANGOGUL

À peine Mangogul fut-il en possession de Panneau mystérieux de Cucufa, qu'il fut tenté d'en faire le premier essai sur la favorite. J'ai oublié de dire qu'outre la vertu de faire parler les bijoux des femmes sur lesquelles on en tournait le chaton, il avait encore celle de rendre invisible la personne qui le portait au petit doigt. Ainsi Mangogul pouvait se transporter en un clin d'œil en cent endroits où il n'était point attendu, et voir de ses yeux bien des choses qui se passent ordinairement sans témoin ; il n'avait qu'à mettre sa bague, et dire : « Je veux être là » ; à l'instant il y était. Le voilà donc chez Mirzoza.

Mirzoza, qui n'attendait plus le sultan, s'était fait mettre au lit, Mangogul s'approcha doucement de son oreiller, et s'aperçut à la lueur d'une bougie de nuit, qu'elle était assoupie. « Bon, dit-il, elle dort : changeons vite l'anneau de doigt, reprenons notre forme, tournons le chaton sur cette belle dormeuse, et réveillons un peu son bijou... Mais qu'est-ce qui m'arrête ?... je tremble... se pourrait-il que Mirzoza... non, cela n'est pas possible ; Mirzoza m'est fidèle. Éloignez-vous, soupçons injurieux, je ne veux point, je ne dois point vous écouter. » Il dit et porta ses doigts sur l'anneau ; mais les en écartant aussi promptement que s'il eût été de feu, il s'écria en lui-même : « Que fais-je, malheureux ! je brave les conseils de Cucufa. Pour satisfaire une sotte curiosité, je vais m'exposer à perdre ma maîtresse et la vie... Si son bijou s'avisait d'extravaguer, je ne la verrais plus, et j'en mourrais de douleur. Et qui sait ce qu'un bijou peut avoir dans l'âme ? » L'agitation de Mangogul ne lui permettait guère de s'observer : il prononça ces dernières paroles un peu haut, et la favorite s'éveilla...

« Ah ! prince, lui dit-elle, moins surprise que charmée de sa présence, vous voilà ! pourquoi ne vous a-t-on point annoncé ? Est-ce à vous d'attendre mon réveil ? »

Mangogul répondit à la favorite, en lui communiquant le succès de l'entrevue de Cucufa, lui montra l'anneau qu'il en avait reçu, et ne lui cacha rien de ses propriétés.

« Ah ! quel secret diabolique vous a-t-il donné là ? s'écria Mirzoza. Mais, prince, comptez-vous en faire quelque usage ?
— Comment, ventrebleu ! dit le sultan, si j'en veux faire usage ? Je commence par vous, si vous me raisonnez. »

La favorite, à ces terribles mots, pâlit, trembla, se remit, et conjura le sultan par Brama et par toutes les Pagodes des Indes et du Congo, de ne point éprouver sur elle un secret qui marquait peu de confiance en sa fidélité.

« Si j'ai toujours été sage, continua-t-elle, mon bijou ne dira mot, et vous m'aurez fait une injure que je ne vous pardonnerai jamais : s'il vient à parler, je perdrai votre estime et votre cœur, et vous en serez au désespoir. Jusqu'à présent vous vous êtes, ce me semble, assez bien trouvé de notre liaison ; pourquoi s'exposer à la rompre ? Prince, croyez-moi, profitez des avis du génie ; il a de l'expérience, et les avis de génies sont toujours bons à suivre.
— C'est ce que je me disais à moi-même, lui répondit Mangogul, quand vous vous êtes éveillée : cependant si vous eussiez dormi deux minutes de plus, je ne sais ce qui en serait arrivé.
— Ce qui en serait arrivé, dit Mirzoza, c'est que mon bijou ne vous aurait rien appris, et que vous m'auriez perdue pour toujours.
— Cela peut être, reprit Mangogul ; mais à présent que je vois tout le danger que j'ai couru, je vous jure par la Pagode éternelle, que vous serez exceptée du nombre de celles sur lesquelles je tournerai ma bague. »

Mirzoza prit alors un air assuré, et se mit à plaisanter d'avance aux dépens des bijoux que le prince allait mettre à la question.

« Le bijou de Cydalise, disait-elle, a bien des choses à raconter ; et s'il est aussi indiscret que sa maîtresse, il ne s'en fera guère prier. Celui d'Haria n'est plus de ce monde ; et Votre

Hautesse n'en apprendra que des contes de ma grand-mère. Pour celui de Glaucé, je le crois bon à consulter : elle est coquette et jolie.

— Et c'est justement par cette raison, répliqua le sultan, que son bijou sera muet.

— Adressez-vous donc, repartit la sultane, à celui de Phédime ; elle est galante et laide.

— Oui, continua le sultan ; et si laide, qu'il faut être aussi méchante que vous pour l'accuser d'être galante. Phédime est sage ; c'est moi qui vous le dis, et qui en sais quelque chose.

— Sage tant qu'il vous plaira, reprit la favorite ; mais elle a de certains yeux gris qui disent le contraire.

— Ses yeux en ont menti, répondit brusquement le sultan ; vous m'impatientez avec votre Phédime : ne dirait-on pas qu'il n'y ait que ce bijou à questionner ?

— Mais peut-on, sans offenser Votre Hautesse, ajouta Mirzoza, lui demander quel est celui qu'elle honorera de son choix ?

— Nous verrons tantôt, dit Mangogul, au cercle de la Manimonbanda (c'est ainsi qu'on appelle dans le Congo la grande sultane). Nous n'en manquerons pas si tôt, et lorsque nous serons ennuyés des bijoux de ma cour, nous pourrons faire un tour à Banza : peut-être trouverons-nous ceux des bourgeoises plus raisonnables que ceux des duchesses.

— Prince, dit Mirzoza, je connais un peu les premières, et je peux vous assurer qu'elles ne sont que plus circonspectes.

— Bientôt nous en saurons des nouvelles : mais je ne peux m'empêcher de rire, continua Mangogul, quand je me figure l'embarras et la surprise de ces femmes aux premiers mots de leurs bijoux ; ah ! ah ! ah ! Songez, délices de mon cœur, que je vous attendrai chez la grande sultane, et que je ne ferai point usage de mon anneau que vous n'y soyez.

— Prince, au moins, dit Mirzoza, je compte sur la parole que vous m'avez donnée. »

Mangogul sourit de ses alarmes, lui réitéra ses promesses, y joignit quelques caresses, et se retira.

Chapitre VI

PREMIER ESSAI DE L'ANNEAU – ALCINE

Mangogul se rendit le premier chez la grande sultane ; il y trouva toutes les femmes occupées d'un cavagnole[8] : il parcourut des yeux celles dont la réputation était faite, résolu d'essayer son anneau sur une d'elles, et il ne fut embarrassé que du choix. Il était incertain par qui commencer, lorsqu'il aperçut dans une croisée une jeune dame du palais de la Manimonbanda : elle badinait avec son époux ; ce qui parut singulier au sultan, car il y avait plus de huit jours qu'ils étaient mariés : ils s'étaient montrés dans la même loge à l'Opéra, et dans la même calèche au petit cours ou au bois de Boulogne ; ils avaient achevé leurs visites, et l'usage les dispensait de s'aimer, et même de se rencontrer. « Si ce bijou, disait Mangogul en lui-même, est aussi fou que sa maîtresse, nous allons avoir un monologue réjouissant. » Il en était là du sien, quand la favorite parut.

« Soyez la bienvenue, lui dit le sultan à l'oreille. J'ai jeté mon plomb[9] en vous attendant.

— Et sur qui ? lui demanda Mirzoza.

— Sur ces gens que vous voyez folâtrer dans cette croisée, lui répondit Mangogul du coin de l'œil.

— Bien débuté », reprit la favorite.

Alcine (c'est le nom de la jeune dame) était vive et jolie. La cour du sultan n'avait guère de femmes plus aimables, et n'en avait aucune de plus galante. Un émir du sultan s'en était entêté. On ne lui laissa point ignorer ce que la chronique avait publié d'Alcine ; il en fut alarmé, mais il suivit l'usage : il consulta sa maîtresse sur ce qu'il en devait penser. Alcine lui jura que ces calomnies étaient les discours de quelques fats qui se seraient tus, s'ils avaient eu des raisons de parler : qu'au reste

8. Jeu de hasard, comme le biribi, le brelan et le pharaon (chapitre XII).

9. Jeter son dévolu. Langage de la marine, il s'agit du plomb de sonde.

il n'y avait rien de fait, et qu'il était le maître d'en croire tout ce qu'il jugerait à propos. Cette réponse assurée convainquit l'émir amoureux de l'innocence de sa maîtresse. Il conclut, et prit le titre d'époux d'Alcine avec toutes ses prérogatives.

Le sultan tourna sa bague sur elle. Un grand éclat de rire, qui était échappé à Alcine à propos de quelques discours saugrenus que lui tenait son époux, fut brusquement syncopé par l'opération de l'anneau ; et l'on entendit aussitôt murmurer sous ses jupes : « Me voilà donc titré ; vraiment j'en suis fort aise ; il n'est rien tel que d'avoir un rang. Si l'on eût écouté mes premiers avis, on m'eût trouvé mieux qu'un émir ; mais un émir vaut encore mieux que rien. »

À ces mots, toutes les femmes quittèrent le jeu, pour chercher d'où partait la voix. Ce mouvement fit un grand bruit.

« Silence, dit Mangogul ; ceci mérite attention. »

On se tut, et le bijou continua : « Il faut qu'un époux soit un hôte bien important, à en juger par les précautions que l'on prend pour le recevoir. Que de préparatifs ! quelle profusion d'eau de myrte ! Encore une quinzaine de ce régime, et c'était fait de moi ; je disparaissais, et monsieur l'émir n'avait qu'à chercher gîte ailleurs, ou qu'à m'embarquer pour l'île Jonquille. » Ici mon auteur dit que toutes les femmes pâlirent, se regardèrent sans mot dire, et tinrent un sérieux qu'il attribue à la crainte que la conversation ne s'engageât et ne devînt générale. « Cependant, continua le bijou d'Alcine, il m'a semblé que l'émir n'avait pas besoin qu'on y fît tant de façons ; mais je reconnais ici la prudence de ma maîtresse ; elle mit les choses au pis-aller ; et je fus traité pour monsieur comme pour son petit écuyer. »

Le bijou allait continuer ses extravagances, lorsque le sultan, s'apercevant que cette scène étrange scandalisait la pudique Manimonbanda, interrompit l'orateur en retournant sa bague. L'émir avait disparu aux premiers mots du bijou de sa femme. Alcine, sans se déconcerter, simula quelque temps un assoupissement ; cependant les femmes chuchotaient qu'elle avait des vapeurs. « Eh oui, dit un petit-maître, des vapeurs ! Cicogne[10] les nomme hystériques ; c'est comme qui dirait des choses qui viennent de la région inférieure[11]. Il a pour cela un élixir divin ; c'est un principe, principiant, principié, qui ravive... qui... je le proposerai à madame. » On sourit de ce persiflage, et notre cynique reprit :

« Rien n'est plus vrai, mesdames ; j'en ai usé, moi qui vous parle, pour une déperdition de substance.

— Une déperdition de substance ! Monsieur le marquis, reprit une jeune personne, qu'est-ce que cela ?

— Madame, répondit le marquis, c'est un de ces petits accidents fortuits qui arrivent... Eh ! mais tout le monde connaît cela. »

Cependant l'assoupissement simulé finit. Alcine se mit au jeu aussi intrépidement que si son bijou n'eût rien dit, ou que s'il eût dit les plus belles choses du monde. Elle fut même la seule qui joua sans distraction. Cette séance lui valut des sommes considérables. Les autres ne savaient ce qu'elles faisaient, ne reconnaissaient plus leurs figures, oubliaient leurs numéros, négligeaient leurs avantages, arrosaient à contretemps et commettaient cent autres bévues, dont Alcine profitait. Enfin, le jeu finit, et chacun se retira.

Cette aventure fit grand bruit à la cour, à la ville et dans tout le Congo. Il en courut des épigrammes : le discours du bijou d'Alcine fut publié, revu, corrigé, augmenté et commenté par les agréables de la cour. On chansonna l'émir ; sa femme fut immortalisée. On se la montrait aux spectacles ; elle était courue dans les promenades ; on s'attroupait autour d'elle, et elle entendait bourdonner à ses côtés : « Oui, la voilà ; c'est elle-même ; son bijou a parlé pendant plus de deux heures de suite. »

10. Cicogne était un garçon tanneur devenu médecin.

11. Vapeur : « Humeur subtile qui s'élève des parties basses des animaux... Les vapeurs de la matrice causent de grands emportements aux femmes, soit de douleur, soit de folie » (*Dictionnaire* de Furetière). Le médecin Philippe Hecquet publie en 1733 *Le Naturalisme des convulsions*, où il fait le lien entre hystérie et érotisme.

Alcine soutint sa réputation nouvelle avec un sang-froid admirable. Elle écouta tous ces propos, et beaucoup d'autres, avec une tranquillité que les autres femmes n'avaient point. Elles s'attendaient à tout moment à quelque indiscrétion de la part de leurs bijoux ; mais l'aventure du chapitre suivant acheva de les troubler »

Lorsque le cercle s'était séparé, Mangogul avait donné la main à la favorite, et l'avait remise dans son appartement. Il s'en manquait beaucoup qu'elle eût cet air vif et enjoué, qui ne l'abandonnait guère. Elle avait perdu considérablement au jeu, et l'effet du terrible anneau l'avait jetée dans une rêverie dont elle n'était pas encore bien revenue. Elle connaissait la curiosité du sultan, et elle ne comptait pas assez sur les promesses d'un homme moins amoureux que despotique, pour être libre de toute inquiétude.

« Qu'avez-vous, délices de mon âme ? lui dit Mangogul ; je vous trouve rêveuse.

— J'ai joué, lui répondit Mirzoza, d'un guignon qui n'a point d'exemple ; j'ai perdu la possibilité : j'avais douze tableaux ; je ne crois pas qu'ils aient marqué trois fois.

— Cela est désolant, répondit Mangogul : mais que pensez-vous de mon secret ?

— Prince, lui dit la favorite, je persiste à le tenir pour diabolique ; il vous amusera sans doute ; mais cet amusement aura des suites funestes. Vous allez jeter le trouble dans toutes les maisons, détromper des maris, désespérer des amants, perdre des femmes, déshonorer des filles, et faire cent autres vacarmes. Ah ! prince, je vous conjure...

— Eh ! jour de Dieu, dit Mangogul, vous moralisez comme Nicole[12] ! je voudrais bien savoir à propos de quoi l'intérêt de votre prochain vous touche aujourd'hui si vivement. Non, madame, non ; je conserverai mon anneau. Et que m'importent à moi ces maris détrompés, ces amants désespérés, ces femmes perdues, ces filles déshonorées, pourvu que je

12. Pierre Nicole (1625-1695), théologien associé aux jansénistes de l'abbaye de Port-Royal, auteur de célèbres *Essais de morale*.

m'amuse ? Suis-je donc sultan pour rien ? À demain, madame ; il faut espérer que les scènes qui suivront seront plus comiques que la première, et qu'insensiblement vous y prendrez goût.

— Je n'en crois rien, seigneur, reprit Mirzoza.

— Et moi je vous réponds que vous trouverez des bijoux plaisants, et si plaisants, que vous ne pourrez vous défendre de leur donner audience. Et où en seriez-vous donc, si je vous les députais en qualité d'ambassadeurs ? Je vous sauverai, si vous voulez, l'ennui de leurs harangues ; mais pour le récit de leurs aventures, vous l'entendrez de leur bouche ou de la mienne. C'est une chose décidée ; je n'en peux rien rabattre ; prenez sur vous de vous familiariser avec ces nouveaux discoureurs. »

À ces mots, il l'embrassa, et passa dans son cabinet, réfléchissant sur l'épreuve qu'il venait de faire, et remerciant dévotieusement le génie Cucufa.

Chapitre VII

SECOND ESSAI DE L'ANNEAU – LES AUTELS

Il y avait pour le lendemain un petit souper chez Mirzoza. Les personnes nommées s'assemblèrent de bonne heure dans son appartement. Avant le prodige de la veille, on s'y rendait par goût ; ce soir, on n'y vint que par bienséance : toutes les femmes eurent un air contraint et ne parlèrent qu'en monosyllabes ; elles étaient aux aguets, et s'attendaient à tout moment que quelque bijou se mêlerait de la conversation. Malgré la démangeaison qu'elles avaient de mettre sur le tapis la mésaventure d'Alcine, aucune n'osa prendre sur soi d'en entamer le propos ; ce n'est pas qu'on fût retenu par sa présence ; quoique comprise dans la liste du souper, elle ne parut point ; on devina qu'elle avait la migraine. Cependant, soit qu'on redoutât moins le danger, parce que de toute la journée on n'avait entendu parler que des bouches, soit qu'on feignît de s'enhardir, la conversation, qui languissait, s'anima ; les femmes les plus suspectes composèrent leur maintien, jouèrent l'assurance ; et Mirzoza demanda au courtisan Zégris, s'il n'y avait rien d'intéressant.

« Madame, répondit Zégris, on vous avait fait part du prochain mariage de l'aga Chazour avec la jeune Sibérine ; je vous annonce que tout est rompu.

— À quel propos ? interrompit la favorite.

— À propos d'une voix étrange, continua Zégris, que Chazour dit avoir entendue à la toilette de sa princesse ; depuis hier, la cour du sultan est pleine de gens qui vont prêtant l'oreille, dans l'espérance de surprendre, je ne sais comment, des aveux qu'assurément on n'a nulle envie de leur faire.

— Mais cela est fou, répliqua la favorite : le malheur d'Alcine, si c'en est un, n'est rien moins qu'avéré ; on n'a point encore approfondi...

— Madame, interrompit Zelmaïde, je l'ai entendu très distinctement ; elle a parlé sans ouvrir la bouche ; les faits ont été bien articulés ; et il n'était pas trop difficile de deviner d'où partait ce son extraordinaire. Je vous avoue que j'en serais morte à sa place.

— Morte ! reprit Zégris ; on survit à d'autres accidents.

— Comment, s'écria Zelmaïde, en est-il un plus terrible que l'indiscrétion d'un bijou ? il n'y a donc plus de milieu. Il faut ou renoncer à la galanterie, ou se résoudre à passer pour galante.

— En effet, dit Mirzoza, l'alternative est cruelle.

— Non, madame, non, reprit une autre ; vous verrez que les femmes prendront leur parti. On laissera parler les bijoux tant qu'ils voudront, et l'on ira son train sans s'embarrasser du qu'en-dira-t-on. Et qu'importe, après tout, que ce soit le bijou d'une femme ou son amant qui soit indiscret ? en sait-on moins les choses ?

— Tout bien considéré, continua une troisième, si les aventures d'une femme doivent être divulguées, il vaut mieux que ce soit par son bijou que par son amant.

— L'idée est singulière, dit la favorite...

— Et vraie, reprit celle qui l'avait hasardée ; car prenez garde que pour l'ordinaire un amant est mécontent, avant que de devenir indiscret, et dès lors tenté de se venger en outrant les choses : au lieu qu'un bijou parle sans passion, et n'ajoute rien à la vérité.

— Pour moi, reprit Zelmaïde, je ne suis point de cet avis ; c'est moins ici l'importance des dépositions qui perd le coupable, que la force du témoignage. Un amant qui déshonore par ses discours l'autel sur lequel il a sacrifié, est une espèce d'impie qui ne mérite aucune croyance : mais si l'autel élève la voix, que répondre ?

— Que l'autel ne sait ce qu'il dit », répliqua la seconde.

Monima rompit le silence qu'elle avait gardé jusque-là, pour dire d'un ton traîné et d'un air nonchalant : « Ah ! que mon autel, puisque autel y a, parle ou se taise, je ne crains rien de ses discours. »

Mangogul entrait à l'instant, et les dernières paroles de Monima ne lui échappèrent point. Il tourna sa bague sur elle, et l'on entendit son bijou s'écrier : « N'en croyez rien ; elle ment. » Ses voisines s'entre-regardant, se demandèrent à qui appartenait le bijou qui venait de répondre.

« Ce n'est pas le mien, dit Zelmaïde.

— Ni le mien, dit une autre.

— Ni le mien, dit Monima.

— Ni le mien », dit le sultan.

Chacune, et la favorite comme les autres, se tint sur la négative.

Le sultan profitant de cette incertitude, et s'adressant aux dames : « Vous avez donc des autels ? leur dit-il ; eh bien ! comment sont-ils fêtés ? » Tout en parlant, il tourna successivement, mais avec promptitude, sa bague sur toutes les femmes, à l'exception de Mirzoza ; et chaque bijou répondant à son tour, on entendit sur différents tons : « Je suis fréquenté, délabré, délaissé, parfumé, fatigué, mal servi, ennuyé, etc. » Tous dirent leur mot, mais si brusquement, qu'on n'en put faire au juste l'application. Leur jargon, tantôt sourd et tantôt glapissant, accompagné des éclats de rire de Mangogul et de ses courtisans, fit un bruit d'une espèce nouvelle. Les femmes convinrent, avec un air très sérieux, que cela était fort plaisant. « Comment, dit le sultan ; mais nous sommes trop heureux que les bijoux veuillent bien parler notre langue, et faire la moitié des frais de la conversation. La société ne peut que gagner infiniment à cette duplication d'organes. Nous parlerons aussi peut-être, nous autres hommes, par ailleurs que par la bouche. Que sait-on ? ce qui s'accorde si bien avec les bijoux, pourrait être destiné à les interroger et à leur répondre : cependant mon anatomiste pense autrement. »

Chapitre VIII

TROISIÈME ESSAI DE L'ANNEAU – LE PETIT SOUPER

On servit, on soupa, on s'amusa d'abord aux dépens de Monima : toutes les femmes accusaient unanimement son bijou d'avoir parlé le premier ; et elle aurait succombé sous cette ligue, si le sultan n'eût pris sa défense.

« Je ne prétends point, disait-il, que Monima soit moins galante que Zelmaïde, mais je crois son bijou plus discret. D'ailleurs, lorsque la bouche et le bijou d'une femme se contredisent, lequel croire ?

— Seigneur, répondit un courtisan, j'ignore ce que les bijoux diront par la suite ; mais jusqu'à présent ils ne se sont expliqués que sur un chapitre qui leur est très familier. Tant qu'ils auront la prudence de ne parler que de ce qu'ils entendent, je les croirai comme des oracles.

— On pourrait, dit Mirzoza, en consulter de plus sûrs.

— Madame, reprit Mangogul, quel intérêt auraient ceux-ci de déguiser la vérité ? Il n'y aurait qu'une chimère d'honneur qui pût les y porter ; mais un bijou n'a point de ces chimères : ce n'est pas là le lieu des préjugés.

— Une chimère d'honneur ! dit Mirzoza ; des préjugés ! si Votre Hautesse était exposée aux mêmes inconvénients que nous, elle sentirait que ce qui intéresse la vertu n'est rien moins que chimérique. »

Toutes les dames, enhardies par la réponse de la sultane, soutinrent qu'il était superflu de les mettre à de certaines épreuves ; et Mangogul qu'au moins ces épreuves étaient presque toujours dangereuses.

Ces propos conduisirent au vin de Champagne ; on s'y livra, on se mit en pointe ; et les bijoux s'échauffèrent : c'était l'instant où Mangogul s'était proposé de recommencer ses malices. Il tourna sa bague sur une jeune femme fort enjouée, assise assez proche de lui et placée en face de son époux ; et l'on entendit s'élever de dessous la table un bruit plaintif, une voix faible et languissante qui disait :

« Ah ! que je suis harassé ! je n'en puis plus, je suis sur les dents.

— Comment, de par la Pagode Pongo Sabiam, s'écria Husseim, le bijou de ma femme parle ; et que peut-il dire ?

— Nous allons entendre, répondit le sultan...

— Prince, vous me permettrez de n'être pas du nombre de ses auditeurs, répliqua Husseim ; et s'il lui échappait quelques sottises, Votre Hautesse pense-t-elle ?...

— Je pense que vous êtes fou, répondit le sultan, de vous alarmer pour le caquet d'un bijou : ne sait-on pas une bonne partie de ce qu'il pourra dire, et ne devine-t-on pas le reste ? Asseyez-vous donc, et tâchez de vous amuser. »

Husseim s'assit, et le bijou de sa femme se mit à jaser comme une pie.

« Aurai-je toujours ce grand flandrin de Valanto ? s'écria-t-il, j'en ai vu qui finissaient, mais celui-ci... »

À ces mots, Husseim se leva comme un furieux, se saisit d'un couteau, s'élança à l'autre bord de la table, et perçait le sein de sa femme si ses voisins ne l'eussent retenu.

« Husseim, lui dit le sultan, vous faites trop de bruit ; on n'entend rien. Ne dirait-on pas que le bijou de votre femme soit le seul qui n'ait pas le sens commun ? Et où en seraient ces dames si leurs maris étaient de votre humeur ? Comment, vous voilà désespéré pour une misérable petite aventure d'un Valanto, qui ne finissait pas ! Remettez-vous à votre place, prenez votre parti en galant homme, songez à vous observer, et à ne pas manquer une seconde fois à un prince qui vous admet à ses plaisirs. »

Tandis qu'Husseim, dissimulant sa rage, s'appuyait sur le dos d'une chaise, les yeux fermés et la main appliquée sur le front, le sultan tournait subitement son anneau, et le bijou continuait : « Je m'accommoderais assez du jeune page de Valanto ; mais je ne sais quand il commencera. En attendant que l'un commence et que l'autre finisse, je prends patience avec le bramine Egon. Il est hideux, il faut en convenir ; mais son talent est de finir et de recommencer. Oh, qu'un bramine est un grand homme ! »

Le bijou en était à cette exclamation, lorsqu'Husseim rougit de s'affliger pour une femme qui n'en valait pas la peine, et se mit à rire comme le reste de la compagnie ; mais il la gardait bonne à son épouse. Le souper fini, chacun reprit la route de son hôtel, excepté Husseim, qui conduisit sa femme dans une maison de filles voilées, et l'y enferma. Mangogul, instruit de sa disgrâce, la visita. Il trouva toute la maison occupée à la consoler, mais plus encore à lui tirer le sujet de son exil.

« C'est pour une vétille, leur disait-elle, que je suis ici. Hier à souper chez le sultan, on avait fouetté le champagne, sablé le tokai ; on ne savait plus guère ce qu'on disait, lorsque mon bijou s'est avisé de babiller. Je ne sais quels ont été ses propos ; mais mon époux en a pris de l'humeur.

— Assurément, madame, il a tort, lui répondaient les nonnains ; on ne se fâche point ainsi pour des bagatelles...

— Comment, votre bijou a parlé ! Mais parle-t-il encore ? Ah ! que nous serions charmées de l'entendre ! Il ne peut s'exprimer qu'avec esprit et grâce. »

Elles furent satisfaites, car le sultan tourna son anneau sur la pauvre recluse, et son bijou les remercia de leurs politesses, leur protestant, au demeurant, que, quelque charmé qu'il fût de leur compagnie, il s'accommoderait mieux de celle d'un bramine.

Le sultan profita de l'occasion pour apprendre quelques particularités de la vie de ces filles. Sa bague interrogea le bijou d'une jeune recluse nommée Cléanthis ; et le bijou prétendu virginal confessa deux jardiniers, un bramine et trois cavaliers ; et raconta comme quoi, à l'aide d'une médecine et de deux saignées, elle avait évité de donner du scandale. Zéphirine avoua, par l'organe de son bijou, qu'elle devait au petit commissionnaire de la maison le titre honorable de mère. Mais une chose qui étonna le sultan, c'est que quoique ces bijoux séquestrés s'expliquassent en termes fort indécents, les vierges à qui ils appartenaient les écoutaient sans rougir ; ce qui lui fit conjecturer que, si l'on manquait d'exercice dans ces retraites, on y avait en revanche beaucoup de spéculation.

Pour s'en éclaircir, il tourna son anneau sur une novice de quinze à seize ans. « Flora, répondit son bijou, a lorgné plus d'une fois à travers la grille un jeune officier. Je suis sûr qu'elle avait du goût pour lui : son petit doigt me l'a dit. » Mal en prit à Flora. Les anciennes la condamnèrent à deux mois de prière et de discipline ; et ordonnèrent des prières pour que les bijoux de la communauté demeurassent muets.

Chapitre IX

ÉTAT DE L'ACADÉMIE DES SCIENCES DE BANZA

Mangogul avait à peine abandonné les recluses entre lesquelles je l'avais laissé, qu'il se répandit à Banza que toutes les filles de la congrégation du coccyx de Brama parlaient par le bijou. Ce bruit, que le procédé violent d'Husseim accréditait, piqua la curiosité des savants. Le phénomène fut constaté ; et les esprits forts commencèrent à chercher dans les propriétés de la matière l'explication d'un fait qu'ils avaient d'abord traité d'impossible. Le caquet des bijoux produisit une infinité d'excellents ouvrages ; et ce sujet important enfla les recueils des académies de plusieurs mémoires qu'on peut regarder comme les derniers efforts de l'esprit humain.

Pour former et perpétuer celle des sciences de Banza, on avait appelé, et l'on appelait sans cesse ce qu'il y avait d'hommes éclairés dans le Congo, le Monoémugi, le Béléguanze et les royaumes circonvoisins. Elle embrassait, sous différents titres, toutes les personnes distinguées dans l'histoire naturelle, la physique, les mathématiques, et la plupart de celles qui promettaient de s'y distinguer un jour. Cet essaim d'abeilles infatigables travaillait sans relâche à la recherche de la vérité ; et, chaque année, le public recueillait, dans un volume rempli de découvertes, les fruits de leurs travaux.

Elle était alors divisée en deux factions, l'une composée des vorticoses, et l'autre des attractionnaires [13]. Olibri, habile géomètre et grand physicien, fonda la secte des vorticoses. Circino, habile physicien et grand géomètre, fut le premier attractionnaire. Olibri et Circino se proposèrent l'un et l'autre d'expliquer la nature. Les principes d'Olibri ont au premier coup d'œil une simplicité qui séduit : ils satisfont en gros aux

13. Les vorticoses (mot inventé par Diderot) soutiennent la théorie des tourbillons, qui explique pour Olibri/Descartes la formation des systèmes planétaires. Les attractionnaires sont les « partisans du système newtonien de l'attraction ». Diderot rappelle ainsi une controverse contemporaine.

principaux phénomènes ; mais ils se démentent dans les détails. Quant à Circino, il semble partir d'une absurdité : mais il n'y a que le premier pas qui lui coûte. Les détails minutieux qui ruinent le système d'Olibri affermissent le sien. Il suit une route obscure à l'entrée, mais qui s'éclaire à mesure qu'on avance. Celle, au contraire, d'Olibri, claire à l'entrée, va toujours en s'obscurcissant. La philosophie de celui-ci demande moins d'étude que d'intelligence. On ne peut être disciple de l'autre, sans avoir beaucoup d'intelligence et d'étude. On entre sans préparation dans l'école d'Olibri ; tout le monde en a la clef. Celle de Circino n'est ouverte qu'aux premiers géomètres. Les tourbillons d'Olibri sont à la portée de tous les esprits. Les forces centrales de Circino ne sont faites que pour les algébristes du premier ordre. Il y aura donc toujours cent vorticoses contre un attractionnaire ; et un attractionnaire vaudra toujours cent vorticoses. Tel était aussi l'état de l'académie des sciences de Banza, lorsqu'elle agita la matière des bijoux indiscrets.

Ce phénomène donnait peu de prise ; il échappait à l'attraction : la matière subtile n'y venait guère. Le directeur avait beau sommer ceux qui avaient quelques idées de les communiquer, un silence profond régnait dans l'assemblée. Enfin le vorticose Persiflo, dont on avait des traités sur une infinité de sujets qu'il n'avait point entendus, se leva, et dit : « Le fait, messieurs, pourrait bien tenir au système du monde : je le soupçonnerais d'avoir en gros la même cause que les marées. En effet, remarquez que nous sommes aujourd'hui dans la pleine lune de l'équinoxe ; mais, avant que de compter sur ma conjecture, il faut entendre ce que les bijoux diront le mois prochain. »

On haussa les épaules. On n'osa pas lui représenter qu'il raisonnait comme un bijou ; mais, comme il a de la pénétration, il s'aperçut tout d'un coup qu'on le pensait.

L'attractionnaire Réciproco prit la parole, et ajouta : « Messieurs, j'ai des tables déduites d'une théorie sur la hauteur des marées dans tous les ports du royaume. Il est vrai que les observations donnent un peu le démenti à mes calculs ; mais j'espère que cet inconvénient sera réparé par l'utilité qu'on en tirera si le caquet des bijoux continue de cadrer avec les phénomènes du flux et reflux. »

Un troisième se leva, s'approcha de la planche, traça sa figure et dit : « Soit un bijou A, B, etc. »

Ici, l'ignorance des traducteurs nous a frustrés d'une démonstration que Fauteur africain nous avait conservée sans doute. À la suite d'une lacune de deux pages ou environ, on lit : Le raisonnement de Réciproco parut démonstratif ; et l'on convint, sur les essais qu'on avait faits de sa dialectique, qu'il parviendrait un jour à déduire que les femmes doivent parler aujourd'hui par le bijou de ce qu'elles ont entendu de tout temps par l'oreille.

Le docteur Orcotome [14], de la tribu des anatomistes, dit ensuite : « Messieurs, j'estime qu'il serait plus à propos d'abandonner un phénomène, que d'en chercher la cause dans des hypothèses en l'air. Quant à moi, je me serais tu, si je n'avais eu que des conjectures futiles à vous proposer ; mais j'ai examiné, étudié, réfléchi. J'ai vu des bijoux dans le paroxysme ; et je suis parvenu, à l'aide de la connaissance des parties et de l'expérience, à m'assurer que celle que nous appelons en grec le *delphus* a toutes les propriétés de la trachée, et qu'il y a des sujets qui peuvent parler aussi bien par le bijou que par la bouche. Oui, messieurs, le *delphus* est un instrument à corde et à vent, mais beaucoup plus à corde qu'à vent. L'air extérieur qui s'y porte fait proprement l'office d'un archet sur les fibres tendineuses des ailes que j'appellerai rubans ou cordes vocales. C'est la douce collision de cet air et des cordes vo-

---

14. Orcotome (d'après le grec *orchotomeô*, châtrer) désigne le médecin et anatomiste Antoine Ferrein, auteur d'un essai « De la formation de la voix humaine » (1741), où il envisage l'organe de la voix comme un instrument à cordes. Ses travaux sont très discutés entre 1741 et 1748, et Diderot le soutient dans l'article « Anatomie » de l'*Encyclopédie* (1751-1772). Voir A. Cernuschi, « Cordes sonores, cordes vocales, cordes vibrantes... : du statut de l'acoustique au milieu du XVIIIe siècle », in *Sciences, musiques, Lumières*, U. Kolving et I. Passeron (éds.), Centre international d'étude du XVIIIe siècle, 2002, pp. 115-125.

cales qui les oblige à frémir ; et c'est par leurs vibrations plus ou moins promptes qu'elles rendent différents sons. La personne modifie ces sons à discrétion, parle, et pourrait même chanter.

« Comme il n'y a que deux rubans ou cordes vocales, et qu'elles sont sensiblement de la même longueur, on me demandera sans doute comment elles suffisent pour donner la multitude des tons graves et aigus, forts et faibles, dont la voix humaine est capable. Je réponds, en suivant la comparaison de cet organe aux instruments de musique, que leur allongement et accourcissement suffisent pour produire ces effets.

« Que ces parties soient capables de distension et de contraction, c'est ce qu'il est inutile de démontrer dans une assemblée de savants de votre ordre ; mais qu'en conséquence de cette distension et contraction, le *delphus* puisse rendre des sons plus ou moins aigus, en un mot, toutes les inflexions de la voix et les tons du chant, c'est un fait que je me flatte de mettre hors de doute. C'est à l'expérience que j'en appellerai. Oui, messieurs, je m'engage à faire raisonner, parler, et même chanter devant vous, et *delphus* et bijoux. »

Ainsi harangua Orcotome, ne se promettant pas moins que d'élever les bijoux au niveau des trachées d'un de ses confrères, dont la jalousie avait attaqué vainement les succès.

Chapitre X

MOINS SAVANT ET MOINS ENNUYEUX QUE LE PRÉCÉDENT – SUITE DE LA SÉANCE ACADÉMIQUE

Il parut, aux difficultés qu'on proposa à Orcotome, en attendant ses expériences, qu'on trouvait ses idées moins solides qu'ingénieuses. « Si les bijoux ont la faculté naturelle de parler, pourquoi, lui dit-on, ont-ils tant attendu pour en faire usage ? S'il était de la bonté de Brama, à qui il a plu d'inspirer aux femmes un si violent désir de parler, de doubler en elles les organes de la parole, il est bien étrange qu'elles aient ignoré ou négligé si longtemps ce don précieux de la nature. Pourquoi le même bijou n'a-t-il parlé qu'une fois ? pourquoi n'ont-ils parlé tous que sur la même matière ? Par quel mécanisme se fait-il qu'une des bouches se tait forcément, tandis que l'autre parle ? D'ailleurs, ajoutait-on, à juger du caquet des bijoux par les circonstances dans lesquelles la plupart d'entre eux ont parlé, et par les choses qu'ils ont dites, il y a tout lieu de croire qu'il est involontaire, et que ces parties auraient continué d'être muettes, s'il eût été dans la puissance de celles qui les portaient de leur imposer silence. »

Orcotome se mit en devoir de satisfaire à ces objections, et soutint que les bijoux ont parlé de tout temps ; mais si bas, que ce qu'ils disaient était quelquefois à peine entendu, même de celles à qui ils appartenaient ; qu'il n'est pas étonnant qu'ils aient haussé le ton de nos jours, qu'on a poussé la liberté de la conversation au point qu'on peut, sans impudence et sans indiscrétion, s'entretenir des choses qui leur sont le plus familières ; que, s'ils n'ont parlé haut qu'une fois, il ne faut pas en conclure que cette fois sera la seule ; qu'il y a bien de la différence entre être muet et garder le silence ; que, s'ils n'ont tous parlé que de la même matière, c'est qu'apparemment c'est la seule dont ils aient des idées ; que ceux qui n'ont point encore parlé parleront ; que s'ils se taisent, c'est qu'ils n'ont rien à dire, ou qu'ils sont mal conformés, ou qu'ils manquent d'idées ou de termes.

« En un mot, continua-t-il, prétendre qu'il était de la bonté de Brama d'accorder aux femmes le moyen de satisfaire le désir violent qu'elles ont de parler, en multipliant en elles les organes de la parole, c'est convenir que, si ce bienfait entraînait à sa suite des inconvénients, il était de sa sagesse de les prévenir ; et c'est ce qu'il a fait, en contraignant une des bouches à garder le silence, tandis que l'autre parle. Il n'est déjà que trop incommode pour nous que les femmes changent d'avis d'un instant à l'autre : qu'eût-ce donc été, si Brama leur eût laissé la facilité d'être de deux sentiments contradictoires en même temps ? D'ailleurs, il n'a été donné de parler que pour se faire entendre : or, comment les femmes qui ont bien de la peine à s'entendre avec une seule bouche, se seraient-elles entendues en parlant avec deux ? »

Orcotome venait de répondre à beaucoup de choses ; mais il croyait avoir satisfait à tout ; il se trompait. On le pressa, et il était prêt à succomber, lorsque le physicien Cimonaze le secourut. Alors la dispute devint tumultueuse : on s'écarta de la question, on se perdit, on revint, on se perdit encore, on s'aigrit, on cria, on passa des cris aux injures, et la séance académique finit.

Chapitre XI

QUATRIÈME ESSAI DE L'ANNEAU – L'ÉCHO

Tandis que le caquet des bijoux occupait l'académie, il devint dans les cercles la nouvelle du jour, et la matière du lendemain et de plusieurs autres jours : c'était un texte inépuisable. Aux faits véritables on en ajoutait de faux ; tout passait : le prodige avait rendu tout croyable. On vécut dans les conversations plus de six mois là-dessus.

Le sultan n'avait éprouvé que trois fois son anneau ; cependant on débita dans un cercle de dames qui avaient le tabouret chez la Manimonbanda, le discours du bijou d'une présidente, puis celui d'une marquise : ensuite on révéla les pieux secrets d'une dévote ; enfin ceux de bien des femmes qui n'étaient pas là ; et Dieu sait les propos qu'on fit tenir à leurs bijoux : les gravelures n'y furent pas épargnées ; des faits on en vint aux réflexions.

« Il faut avouer, dit une des dames, que ce sortilège (car c'en est un jeté sur les bijoux) nous tient dans un état cruel. Comment ! être toujours en appréhension d'entendre sortir de soi une voix impertinente !

— Mais, madame, lui répondit une autre, cette frayeur nous étonne de votre part : quand un bijou n'a rien de ridicule à dire, qu'importe qu'il se taise ou qu'il parle ?

— Il importe tant, reprit la première, que je donnerais sans regret la moitié de mes pierreries pour être assurée que le mien se taira.

— En vérité, lui répliqua la seconde, il faut avoir de bonnes raisons de ménager les gens, pour acheter si cher leur discrétion.

— Je n'en ai pas de meilleures qu'une autre, repartit Céphise ; cependant je ne m'en dédis pas. Vingt mille écus pour être tranquille, ce n'est pas trop ; car je vous dirai franchement que je ne suis pas plus sûre de mon bijou que de ma bouche :

or il m'est échappé bien des sottises en ma vie. J'entends tous les jours tant d'aventures incroyables dévoilées, attestées, détaillées par des bijoux, qu'en en retranchant les trois quarts, le reste suffirait pour déshonorer. Si le mien était seulement la moitié aussi menteur que tous ceux-là, je serais perdue. N'était-ce donc pas assez que notre conduite fût en la puissance de nos bijoux, sans que notre réputation dépendît encore de leurs discours ?

— Quant à moi, répondit vivement Ismène, sans m'embarquer dans des raisonnements sans fin, je laisse aller les choses leur train. Si c'est Brama qui fait parler les bijoux, comme mon bramine me l'a prouvé, il ne souffrira point qu'ils mentent : il y aurait de l'impiété à assurer le contraire. Mon bijou peut donc parler quand et tant qu'il voudra : que dira-t-il, après tout ? »

On entendit alors une voix sourde qui semblait sortir de dessous terre, et qui répondit comme par écho : « Bien des choses. » Ismène ne s'imaginant point d'où venait la réponse, s'emporta, apostropha ses voisines, et fit durer l'amusement du cercle. Le sultan, ravi de ce qu'elle prenait le change, quitta son ministre, avec qui il conférait à l'écart, s'approcha d'elle, et lui dit : « Prenez garde, madame, que vous n'ayez admis autrefois dans votre confidence quelqu'une de ces dames, et que leurs bijoux n'aient la malice de rappeler des histoires dont le vôtre aurait perdu le souvenir. »

En même temps, tournant et retournant sa bague à propos, Mangogul établit, entre la dame et son bijou, un dialogue assez singulier. Ismène, qui avait toujours assez bien mené ses petites affaires, et qui n'avait jamais eu de confidentes, répondit au sultan que tout l'art des médisants serait ici superflu.

« Peut-être, répondit la voix inconnue.

— Comment ! peut-être ? reprit Ismène piquée de ce doute injurieux. Qu'aurais-je à craindre d'eux ?...

— Tout, s'ils en savaient autant que moi.

— Et que savez-vous ?

— Bien des choses, vous dis-je.
— Bien des choses, cela annonce beaucoup, et ne signifie rien. Pourriez-vous en détailler quelques-unes ?
— Sans doute.
— Et dans quel genre encore ? Ai-je eu des affaires de cœur ?
— Non.
— Des intrigues ? des aventures ?
— Tout justement.
— Et avec qui, s'il vous plaît ? avec des petits-maîtres, des militaires, des sénateurs ?
— Non.
— Des comédiens ?
— Non.
— Vous verrez que ce sera avec mes pages, mes laquais, mon directeur, ou l'aumônier de mon mari.
— Non.
— Monsieur l'imposteur, vous voilà donc à bout ?
— Pas tout à fait.
— Cependant, je ne vois plus personne avec qui l'on puisse avoir des aventures. Est-ce avant, est-ce après mon mariage ? répondez donc, impertinent.
— Ah ! madame, trêve d'invectives, s'il vous plaît ; ne forcez point le meilleur de vos amis à quelques mauvais procédés.
— Parlez, mon cher ; dites, dites tout ; j'estime aussi peu vos services, que je crains peu votre indiscrétion : expliquez-vous, je vous le permets ; je vous en somme.
— À quoi me réduisez-vous, Ismène ? ajouta le bijou, en poussant un profond soupir.
— À rendre justice à la vertu.
— Eh bien, vertueuse Ismène, ne vous souvient-il plus du jeune Osmin, du sangiac Zégris, de votre maître de danse Alaziel, de votre maître de musique Almoura ?
— Ah, quelle horreur ! s'écria Ismène ; j'avais une mère trop vigilante, pour m'exposer à de pareils désordres ; et mon mari, s'il était ici, attesterait qu'il m'a trouvée telle qu'il me désirait.

— Eh oui, reprit le bijou, grâce au secret d'Alcine, votre intime.
— Cela est d'un ridicule si extravagant et si grossier, répondit Ismène, qu'on est dispensée de le repousser. Je ne sais, continua-t-elle, quel est le bijou de ces dames qui se prétend si bien instruit de mes affaires, mais il vient de raconter des choses dont le mien ignore jusqu'au premier mot.
— Madame, lui répondit Céphise, je puis vous assurer que le mien s'est contenté d'écouter. »

Les autres femmes en dirent autant, et l'on se mit au jeu, sans connaître précisément l'interlocuteur de la conversation que je viens de rapporter.

Chapitre XII

CINQUIÈME ESSAI DE L'ANNEAU – LE JEU

La plupart des femmes qui faisaient la partie de la Manimonbanda jouaient avec acharnement ; et il ne fallait point avoir la sagacité de Mangogul pour s'en apercevoir. La passion du jeu est une des moins dissimulées ; elle se manifeste, soit dans le gain, soit dans la perte, par des symptômes frappants. « Mais d'où leur vient cette fureur ? se disait-il en lui-même ; comment peuvent-elles se résoudre à passer les nuits autour d'une table de pharaon, à trembler dans l'attente d'un as ou d'un sept ? cette frénésie altère leur santé et leur beauté, quand elles en ont, sans compter les désordres où je suis sûr qu'elle les précipite. »

« J'aurais bien envie, dit-il tout bas à Mirzoza, de faire ici un coup de ma tête.

— Et quel est ce beau coup de tête que vous méditez ? lui demanda la favorite.

— Ce serait, lui répondit Mangogul, de tourner mon anneau sur la plus effrénée de ces brelandières, de questionner son bijou, de transmettre par cet organe un bon avis à tous ces maris imbéciles qui laissent risquer à leurs femmes l'honneur et la fortune de leur maison sur une carte ou sur un dé.

— Je goûte fort cette idée, lui répliqua Mirzoza ; mais sachez, prince, que la Manimonbanda vient de jurer par ses pagodes qu'il n'y aurait plus de cercle chez elle, si elle se trouvait encore une fois exposée à l'impudence des Engastrimuthes[15].

— Comment avez-vous dit, délices de mon âme ? interrompit le sultan.

— J'ai dit, lui répondit la favorite, le nom que la pudique Manimonbanda donne à toutes celles dont les bijoux savent parler.

---

15. *Cf.* « Et Jacques s'est servi du terme *engastrimute* ? » (*Jacques le fataliste et son maître*). Terme rabelaisien, synonyme de ventriloque.

— Il est de l'invention de son sot de bramine, qui se pique de savoir le grec et d'ignorer le congeois, répliqua le sultan ; cependant, n'en déplaise à la Manimonbanda et à son chapelain, je désirerais interroger le bijou de Manille ; et il serait à propos que l'interrogatoire se fît ici pour l'édification du prochain.
— Prince, si vous m'en croyez, dit Mirzoza, vous épargnerez ce désagrément à la grande sultane : vous le pouvez sans que votre curiosité ni la mienne y perdent. Que ne vous présentez-vous chez Manille ?
— J'irai, puisque vous le voulez, dit Mangogul.
— Mais à quelle heure ? lui demanda la sultane.
— Sur le minuit, répondit le sultan.
— À minuit, elle joue, dit la favorite.
— J'attendrai donc jusqu'à deux heures, répondit Mangogul.
— Prince, vous n'y pensez pas, répliqua Mirzoza ; c'est la plus belle heure du jour pour les joueuses. Si Votre Hautesse m'en croit, elle prendra Manille dans son premier somme, entre sept et huit. »

Mangogul suivit le conseil de Mirzoza et visita Manille sur les sept heures. Ses femmes allaient la mettre au lit. Il jugea, à la tristesse qui régnait sur son visage, qu'elle avait joué de malheur : elle allait, venait, s'arrêtait, levait les yeux au ciel, frappait du pied, s'appuyait les poings sur les yeux et marmottait entre ses dents quelque chose que le sultan ne put entendre. Ses femmes, qui la déshabillaient, suivaient en tremblant tous ses mouvements ; et si elles parvinrent à la coucher, ce ne fut pas sans avoir essuyé des brusqueries et même pis. Voilà donc Manille au lit, n'ayant fait pour toute prière du soir que quelques imprécations contre un maudit as venu sept fois de suite en perte. Elle eut à peine les yeux fermés, que Mangogul tourna sa bague sur elle. À l'instant son bijou s'écria douloureusement : « Pour le coup, je suis repic et capot. » Le sultan sourit de ce que chez Manille tout parlait jeu, jusqu'à son bijou. « Non, continua le bijou, je ne jouerai jamais contre Abidul ; il ne sait que tricher. Qu'on ne me parle plus de Darès ; on risque avec lui des coups de malheur. Ismal est assez beau joueur ; mais ne l'a pas qui veut. C'était un trésor que Mazulim, avant que d'avoir passé par les mains de Crissa. Je ne connais point de joueur plus capricieux que Zulmis. Rica l'est moins ; mais le pauvre garçon est à sec. Que faire de Lazuli ? la plus jolie femme de Banza ne lui ferait pas jouer gros. Le mince joueur que Molli ! En vérité, la désolation s'est mise parmi les joueurs ; et bientôt l'on ne saura plus avec qui faire sa partie. »

Après cette jérémiade, le bijou se jeta sur les coups singuliers dont il avait été témoin et s'épuisa sur la constance et les ressources de sa maîtresse dans les revers. « Sans moi, dit-il, Manille se serait ruinée vingt fois : tous les trésors du sultan n'auraient point acquitté les dettes que j'ai payées. En une séance au brelan, elle perdit contre un financier et un abbé plus de dix mille ducats : il ne lui restait que ses pierreries ; mais il y avait trop peu de temps que son mari les avait dégagées pour oser les risquer. Cependant elle avait pris des cartes, et il lui était venu un de ces jeux séduisants que la fortune vous envoie lorsqu'elle est sur le point de vous égorger : on la pressait de parler. Manille regardait ses cartes, mettait la main dans sa bourse, d'où elle était bien certaine de ne rien tirer ; revenait à son jeu, l'examinait encore et ne décidait rien. »

« Madame va-t-elle enfin ? lui dit le financier.

— Oui, va, dit-elle... va... va, mon bijou.

— Pour combien ? reprit Turcarès.

— Pour cent ducats, dit Manille. »

« L'abbé se retira ; le bijou lui parut trop cher. Turcarès topa : Manille perdit et paya. »

« La sotte vanité de posséder un bijou titré piqua Turcarès : il s'offrit de fournir au jeu de ma maîtresse, à condition que je serve à ses plaisirs : ce fut aussitôt une affaire arrangée. Mais comme Manille jouait gros et que son financier n'était pas inépuisable, nous vîmes bientôt le fond de ses coffres.

« Ma maîtresse avait apprêté le pharaon le plus brillant : tout son monde était invité : on ne devait ponter qu'aux ducats. Nous comptions sur la bourse de Turcarès ; mais le matin de ce grand jour, ce faquin nous écrivit qu'il n'avait pas un sou et nous laissa dans le dernier des embarras : il fallait s'en tirer, et il n'y avait pas un moment à perdre. Nous nous rabattîmes sur un vieux chef de bramines, à qui nous vendîmes bien cher quelques complaisances qu'il sollicitait depuis un siècle. Cette séance lui coûta deux fois le revenu de son bénéfice. »

Cependant Turcarès revint au bout de quelques jours. Il était désespéré, disait-il, que madame l'eût pris au dépourvu : il comptait toujours sur ses bontés :

« Mais vous comptez mal, mon cher, lui répondit Manille ; décemment je ne peux plus vous recevoir. Quand vous étiez en état de prêter, on savait dans le monde pourquoi je vous souffrais ; mais à présent que vous n'êtes bon à rien, vous me perdriez d'honneur. »

« Turcarès fut piqué de ce discours, et moi aussi ; car c'était peut-être le meilleur garçon de Banza. Il sortit de son assiette ordinaire pour faire entendre à Manille qu'elle lui coûtait plus que trois filles d'Opéra qui l'auraient amusé davantage. »

« Ah ! s'écria-t-il douloureusement, que ne m'en tenais-je à ma petite lingère ! cela m'aimait comme une folle : je la faisais si aise avec un taffetas ! »

« Manille, qui ne goûtait pas les comparaisons, l'interrompit d'un ton à le faire trembler, et lui ordonna de sortir sur-le-champ. Turcarès la connaissait ; et il aima mieux s'en retourner paisiblement par l'escalier que de passer par les fenêtres. »

« Manille emprunta dans la suite d'un autre bramine qui venait, disait-elle, la consoler dans ses malheurs : l'homme saint succéda au financier ; et nous le remboursâmes de ses consolations en même monnaie. Elle me perdit encore d'autres fois ; et l'on sait que les dettes du jeu sont les seules qu'on paye dans le monde. »

« S'il arrive à Manille de jouer heureusement, c'est la femme du Congo la plus régulière. À son jeu près, elle met dans sa conduite une réforme qui surprend ; on ne l'entend point jurer ; elle fait bonne chère, paye sa marchande de modes et ses gens, donne à ses femmes, dégage quelquefois ses nippes et caresse son danois et son époux ; mais elle hasarde trente fois par mois ces heureuses dispositions et son argent sur un as de pique. Voilà la vie qu'elle a menée, qu'elle mènera ; et Dieu sait combien de fois encore je serai mis en gage. »

Ici le bijou se tut, et Mangogul alla se reposer. On l'éveilla sur les cinq heures du soir ; et il se rendit à l'Opéra, où il avait promis à la favorite de se trouver.

Chapitre XIII

SIXIÈME ESSAI DE L'ANNEAU – DE L'OPÉRA DE BANZA

De tous les spectacles de Banza, il n'y avait que l'Opéra qui se soutînt. Utmiutsol et Uremifasolasiututut [16], musiciens célèbres, dont l'un commençait à vieillir et l'autre ne faisait que de naître, occupaient alternativement la scène lyrique. Ces deux auteurs originaux avaient chacun leurs partisans : les ignorants et les barbons tenaient tous pour Utmiutsol ; la jeunesse et les virtuoses étaient pour Uremifasolasiututut ; et les gens de goût, tant jeunes que barbons, faisaient grand cas de tous les deux.

Uremifasolasiututut, disaient ces derniers, est excellent lorsqu'il est bon ; mais il dort de temps en temps : et à qui cela n'arrive-t-il pas ? Utmiutsol est plus soutenu, plus égal : il est rempli de beautés ; cependant il n'en a point dont on ne trouve des exemples, et même plus frappants, dans son rival, en qui l'on remarque des traits qui lui sont propres et qu'on ne rencontre que dans ses ouvrages. Le vieux Utmiutsol est simple, naturel, uni, trop uni quelquefois, et c'est sa faute. Le jeune Uremifasolasiututut est singulier, brillant, composé, savant, trop savant quelquefois : mais c'est peut-être la faute de son auditeur ; l'un n'a qu'une ouverture, belle à la vérité, mais répétée à la tête de toutes ses pièces ; l'autre a fait autant d'ouvertures que de pièces ; et toutes passent pour des chefs-d'œuvre. La nature conduisait Utmiutsol dans les voies de la mélodie ; l'étude et l'expérience ont découvert à Uremifasolasiututut les sources de l'harmonie. Qui sut déclamer, et qui récitera jamais comme l'ancien ? qui nous fera des ariettes légères, des airs voluptueux et des symphonies de caractère comme le moderne ? Utmiutsol a seul entendu le dia-

16. Jean-Baptiste Lulli (mort en 1678), et Jean-Philippe Rameau (1683-1764), au cœur de la querelle sur la musique française et italienne, les mérites de l'harmonie et de la mélodie. Des *Bijoux* au *Neveu de Rameau*, Diderot se montre très nuancé, par rapport aux prises de position de ses amis, Grimm et Rousseau. Voir C. Kintzler, *Jean-Philippe Rameau. Splendeur et naufrage de l'esthétique du plaisir à l'âge classique*, Le Sycomore, 1983.

logue. Avant Uremifasolasiututut, personne n'avait distingué les nuances délicates qui séparent le tendre du voluptueux, le voluptueux du passionné, le passionné du lascif : quelques partisans de ce dernier prétendent même que si le dialogue d'Utmiutsol est supérieur au sien, c'est moins à l'inégalité de leurs talents qu'il faut s'en prendre qu'à la différence des poètes qu'ils ont employés... « Lisez, lisez, s'écrient-ils, la scène de *Dardanus*[17], et vous serez convaincu que si l'on donne de bonnes paroles à Uremifasolasiututut, les scènes charmantes d'Utmiutsol renaîtront. » Quoi qu'il en soit, de mon temps, toute la ville courait aux tragédies de celui-ci, et l'on s'étouffait aux ballets de celui-là.

On donnait alors à Banza un excellent ouvrage d'Uremifasolasiututut, qu'on n'aurait jamais représenté qu'en bonnet de nuit, si la sultane favorite n'eût eu la curiosité de le voir : encore l'indisposition périodique des bijoux favorisa-t-elle la jalousie des petits violons et fit-elle manquer l'actrice principale. Celle qui la doublait avait la voix moins belle ; mais comme elle dédommageait par son jeu, rien n'empêcha le sultan et la favorite d'honorer ce spectacle de leur présence.

Mirzoza était arrivée ; Mangogul arrive ; la toile se lève : on commence. Tout allait à merveille ; la Chevalier avait fait oublier la Le Maure[18], et l'on en était au quatrième acte, lorsque le sultan s'avisa, dans le milieu d'un chœur qui durait trop à son gré et qui avait déjà fait bâiller deux fois la favorite, de tourner sa bague sur toutes les chanteuses. On ne vit jamais sur la scène un tableau d'un comique plus singulier. Trente filles restèrent muettes tout à coup : elles ouvraient de grandes bouches et gardaient les attitudes théâtrales qu'elles avaient auparavant. Cependant leurs bijoux s'égosillaient à force de chanter, celui-ci un pont-neuf, celui-là un vaudeville polisson, un autre une parodie fort indécente, et tous des extravagances relatives à leurs caractères. On entendait d'un côté, *oh ! vrai-*

17. *Dardanus* (1739), opéra de Rameau.
18. Catherine Le Maure chanta à l'Opéra jusqu'en 1750. On dit que La Chevalier excellait dans le « grand et les fureurs ».

ment ma commère, oui; de l'autre, *quoi, douze fois!* ici, *qui me baise? est-ce Blaise?* là, *rien, père Cyprien, ne vous retient.* Tous enfin se montèrent sur un ton si haut, si baroque et si fou, qu'ils formèrent le chœur le plus extraordinaire, le plus bruyant et le plus ridicule qu'on eût entendu devant et depuis celui des... no... d... on... (Le manuscrit s'est trouvé corrompu dans cet endroit.)

Cependant l'orchestre allait toujours son train, et les ris du parterre, de l'amphithéâtre et des loges se joignirent au bruit des instruments et aux chants des bijoux pour combler la cacophonie.

Quelques-unes des actrices, craignant que leurs bijoux, las de fredonner des sottises, ne prissent le parti d'en dire, se jetèrent dans les coulisses; mais elles en furent quittes pour la peur. Mangogul, persuadé que le public n'en apprendrait rien de nouveau, retourna sa bague. Aussitôt les bijoux se turent, les ris cessèrent, le spectacle se calma, la pièce reprit et s'acheva paisiblement. La toile tomba; la sultane et le sultan disparurent; et les bijoux de nos actrices se rendirent où ils étaient attendus pour s'occuper à autre chose qu'à chanter.

Cette aventure fit grand bruit. Les hommes en riaient, les femmes s'en alarmaient, les bonzes s'en scandalisaient et la tête en tournait aux académiciens. Mais qu'en disait Orcotome? Orcotome triomphait. Il avait annoncé dans un de ses mémoires que les bijoux chanteraient infailliblement; ils venaient de chanter, et ce phénomène, qui déroutait ses confrères, était un nouveau trait de lumière pour lui et achevait de confirmer son système.

Chapitre XIV

EXPÉRIENCES D'ORCOTOME

C'était le quinze de la lune de... qu'Orcotome avait lu son mémoire à l'académie et communiqué ses idées sur le caquet des bijoux. Comme il y annonçait de la manière la plus assurée des expériences infaillibles, répétées plusieurs fois, et toujours avec succès, le grand nombre en fut ébloui. Le public conserva quelque temps les impressions favorables qu'il avait reçues, et Orcotome passa pendant six semaines entières pour avoir fait d'assez belles découvertes.

Il n'était question, pour achever son triomphe, que de répéter en présence de l'académie les fameuses expériences qu'il avait tant prônées. L'assemblée convoquée à ce sujet fut des plus brillantes. Les ministres s'y rendirent : le sultan même ne dédaigna pas de s'y trouver ; mais il garda l'invisible.

Comme Mangogul était grand faiseur de monologues, et que la futilité des conversations de son temps l'avait entiché de l'habitude du soliloque : « Il faut, disait-il en lui-même, qu'Orcotome soit un fieffé charlatan, ou le génie, mon protecteur, un grand sot. Si l'académicien, qui n'est assurément pas un sorcier, peut rendre la parole à des bijoux morts, le génie qui me protège avait grand tort de faire un pacte et de donner son âme au diable pour la communiquer à des bijoux pleins de vie. »

Mangogul s'embarrassait dans ces réflexions lorsqu'il se trouva dans le milieu de son académie. Orcotome eut, comme on voit, pour spectateurs, tout ce qu'il y avait à Banza de gens éclairés sur la matière des bijoux. Pour être content de son auditoire, il ne lui manqua que de le contenter : mais le succès de ses expériences fut des plus malheureux. Orcotome prenait un bijou, y appliquait la bouche, soufflait à perte d'haleine, le quittait, le reprenait, en essayait un autre, car il en avait apporté de tout âge, de toute grandeur, de tout état, de toute couleur ; mais il avait beau souffler, on n'entendait que des sons inarticulés et fort différents de ceux qu'il promettait [19].

Il se fit alors un murmure qui le déconcerta pour un moment, mais il se remit et allégua que de pareilles expériences ne se faisaient pas aisément devant un aussi grand nombre de personnes ; et il avait raison.

Mangogul indigné se leva, partit, et reparut en un clin d'œil chez la sultane favorite.

« Eh bien ! prince, lui dit-elle en l'apercevant, qui l'emporte de vous ou d'Orcotome ? car ses bijoux ont fait merveilles, il n'en faut pas douter. »

Le sultan fit quelques tours en long et en large, sans lui répondre.

« Mais, reprit la favorite, Votre Hautesse me paraît mécontente.

— Ah ! madame, répliqua le sultan, la hardiesse de cet Orcotome est incomparable. Qu'on ne m'en parle plus... Que direz-vous, races futures, lorsque vous apprendrez que le grand Mangogul faisait cent mille écus de pension à de pareilles gens, tandis que de braves officiers qui avaient arrosé de leur sang les lauriers qui lui ceignaient le front, en étaient réduits à quatre cents livres de rente ?... Ah ! ventrebleu, j'enrage ! J'ai pris de l'humeur pour un mois. »

En cet endroit Mangogul se tut, et continua de se promener dans l'appartement de la favorite. Il avait la tête baissée ; il allait, venait, s'arrêtait et frappait de temps en temps du pied. Il s'assit un instant, se leva brusquement, prit congé de Mirzoza, oublia de la baiser, et se retira dans son appartement.

L'auteur africain qui s'est immortalisé par l'histoire des hauts et merveilleux faits d'Erguebzed et de Mangogul, continue en ces termes :

À la mauvaise humeur de Mangogul, on crut qu'il allait bannir tous les savants de son royaume. Point du tout. Le lende-

19. Antoine Ferrein avait publiquement fait « sonner » une trachée « comme il aurait manié le plus grand instrument », pour démontrer sa théorie des cordes vocales, mais les spectateurs étaient restés dubitatifs, croyant davantage entendre des cris d'animaux que les modulations de la voix humaine.

bad mood

main il se leva gai, fit une course de bague dans la matinée, soupa le soir avec ses favoris et la Mirzoza sous une magnifique tente dressée dans les jardins du sérail, et ne parut jamais moins occupé d'affaires d'État.

Les esprits chagrins, les frondeurs du Congo et les nouvellistes de Banza ne manquèrent pas de reprendre cette conduite. Et que ne reprennent pas ces gens-là ? « Est-ce là, disaient-ils dans les promenades et les cafés, est-ce là gouverner un État ! avoir la lance au poing tout le jour, et passer les nuits à table !

— Ah ! si j'étais sultan », s'écriait un petit sénateur ruiné par le jeu, séparé d'avec sa femme, et dont les enfants avaient la plus mauvaise éducation du monde : « si j'étais sultan, je rendrais le Congo bien autrement florissant. Je voudrais être la terreur de mes ennemis et l'amour de mes sujets. En moins de six mois, je remettrais en vigueur la police, les lois, l'art militaire et la marine. J'aurais cent vaisseaux de haut bord. Nos landes seraient bientôt défrichées, et nos grands chemins réparés. J'abolirais ou du moins je diminuerais de moitié les impôts. Pour les pensions, messieurs les beaux esprits, vous n'en tâteriez, ma foi, que d'une dent. De bons officiers, Pongo Sabiam ! de bons officiers, de vieux soldats, des magistrats comme nous autres, qui consacrons nos travaux et nos veilles à rendre aux peuples la justice : voilà les hommes sur qui je répandrais mes bienfaits.

— Ne vous souvient-il plus, messieurs, ajoutait d'un ton capable un vieux politique édenté, en cheveux plats, en pourpoint percé par le coude, et en manchettes déchirées, de notre grand empereur Abdelmalec, de la dynastie des Abyssins, qui régnait il y a deux mille trois cent octante et cinq ans ? Ne vous souvient-il plus comme quoi il fit empaler deux astronomes, pour s'être mécomptés de trois minutes dans la prédiction d'une éclipse, et disséquer tout vif son chirurgien et son premier médecin, pour lui avoir ordonné de la manne à contretemps ?

— Et puis je vous demande, continuait un autre, à quoi bon tous ces bramines oisifs, cette vermine qu'on engraisse de notre sang ? Les richesses immenses dont ils regorgent ne conviendraient-elles pas mieux à d'honnêtes gens comme nous ? »

On entendait d'un autre côté : « Connaissait-on, il y a quarante ans, la nouvelle cuisine et les liqueurs de Lorraine ? On s'est précipité dans un luxe qui annonce la destruction prochaine de l'empire, suite nécessaire du mépris des Pagodes et de la dissolution des mœurs. Dans le temps qu'on ne mangeait à la table du grand Kanoglou que des grosses viandes, et que l'on n'y buvait que du sorbet, quel cas aurait-on fait des découpures, des vernis de Martin [20], et de la musique de Rameau ? Les filles d'opéra n'étaient pas plus inhumaines que de nos jours ; mais on les avait à bien meilleur prix. Le prince, voyez-vous, gâte bien des choses. Ah ! si j'étais sultan !

— Si tu étais sultan, répondit vivement un vieux militaire qui était échappé aux dangers de la bataille de Fontenoy, et qui avait perdu un bras à côté de son prince à la journée de Lawfelt [21], tu ferais plus de sottises encore que tu n'en débites. Eh ! mon ami, tu ne peux modérer ta langue, et tu veux régir un empire ! tu n'as pas l'esprit de gouverner ta famille, et tu te mêles de régler l'État ! Tais-toi, malheureux. Respecte les puissances de la terre, et remercie les dieux de t'avoir donné la naissance dans l'empire et sous le règne d'un prince dont la prudence éclaire ses ministres, et dont le soldat admire la valeur ; qui s'est fait redouter de ses ennemis et chérir de ses peuples, et à qui l'on ne peut reprocher que la modération avec laquelle tes semblables sont traités sous son gouvernement. »

20. Procédé inventé par les frères Martin vers 1730, pour concurrencer les laques orientales. Feuilles de papier cuites au four, peintes et vernies à la résine, qui ornent le mobilier.

21. La très célèbre bataille de Fontenoy (11 mai 1745) – où Jacques le fataliste est blessé au genou –, et la victoire de Lawfelt (2 juillet 1747), toutes deux remportées par le maréchal de Saxe aux Pays-Bas, lors de la guerre de succession d'Autriche.

Chapitre XV

LES BRAMINES

Lorsque les savants se furent épuisés sur les bijoux, les bramines s'en emparèrent. La religion revendiqua leur caquet comme une matière de sa compétence, et ses ministres prétendirent que le doigt de Brama se manifestait dans cette œuvre.

Il y eut une assemblée générale des pontifes ; et il fut décidé qu'on chargerait les meilleures plumes de prouver en forme que l'événement était surnaturel, et qu'en attendant l'impression de leurs ouvrages, on le soutiendrait dans les thèses, dans les conversations particulières, dans la direction des âmes et dans les harangues publiques.

Mais s'ils convinrent unanimement que l'événement était surnaturel, cependant, comme on admettait dans le Congo deux principes, et qu'on y professait une espèce de manichéisme, ils se divisèrent entre eux sur celui des deux principes à qui l'on devait rapporter le caquet des bijoux.

Ceux qui n'étaient guère sortis de leurs cellules, et qui n'avaient jamais feuilleté que leurs livres, attribuèrent le prodige à Brama. « Il n'y a que lui, disaient-ils, qui puisse interrompre l'ordre de la nature ; et les temps feront voir qu'il a, en tout ceci, des vues très profondes. »

Ceux, au contraire, qui fréquentaient les alcôves, et qu'on surprenait plus souvent dans une ruelle[22] qu'on ne les trouvait dans leurs cabinets, craignant que quelques bijoux indiscrets ne dévoilassent leur hypocrisie, accusèrent de leur caquet Cadabra, divinité malfaisante, ennemie jurée de Brama et de ses serviteurs.

Ce dernier système souffrait de terribles objections, et ne tendait pas si directement à la réformation des mœurs. Ses défenseurs mêmes ne s'en imposaient point là-dessus. Mais il

22. Espace ménagé entre un lit et le mur. « Se dit des alcôves, et en général des lieux parés où les dames reçoivent leurs visites » (*Dictionnaire* de Furetière).

s'agissait de se mettre à couvert ; et, pour en venir à bout, la religion n'avait point de ministre qui n'eût sacrifié cent fois les Pagodes et leurs autels.

Mangogul et Mirzoza assistaient régulièrement au service religieux de Brama, et tout l'empire en était informé par la gazette. Ils s'étaient rendus dans la grande mosquée, un jour qu'on y célébrait une des solennités principales. Le bramine chargé d'expliquer la loi monta dans la tribune aux harangues, débita au sultan et à la favorite des phrases, des compliments et de l'ennui, et pérora fort éloquemment sur la manière de s'asseoir orthodoxement dans les compagnies. Il en avait démontré la nécessité par des autorités sans nombre, quand, saisi tout à coup d'un saint enthousiasme, il prononça cette tirade qui fit d'autant plus d'effet qu'on ne s'y attendait point.

« Qu'entends-je dans tous les cercles ? Un murmure confus, un bruit inouï vient frapper mes oreilles. Tout est perverti, et l'usage de la parole, que la bonté de Brama avait jusqu'à présent affecté à la langue, est, par un effet de sa vengeance, transporté à d'autres organes. Et quels organes ! vous le savez, messieurs. Fallait-il encore un prodige pour te réveiller de ton assoupissement, peuple ingrat ! et tes crimes n'avaient-ils pas assez de témoins, sans que leurs principaux instruments élevassent la voix ! Sans doute leur mesure est comblée, puisque le courroux du ciel a cherché des châtiments nouveaux. En vain tu t'enveloppais dans les ténèbres ; tu choisissais en vain des complices muets : les entends-tu maintenant ? Ils ont de toutes parts déposé contre toi, et révélé ta turpitude à l'univers. Ô toi qui les gouvernes par ta sagesse ! ô Brama ! tes jugements sont équitables. Ta loi condamne le larcin, le parjure, le mensonge et l'adultère ; elle proscrit et les noirceurs de la calomnie, et les brigues de l'ambition, et les fureurs de la haine, et les artifices de la mauvaise foi. Tes fidèles ministres n'ont cessé d'annoncer ces vérités à tes enfants, et de les menacer des châtiments que tu réservais dans ta juste colère aux prévaricateurs ; mais en vain : les insensés se sont livrés à la fougue de leurs fassions ; ils en ont suivi le torrent ; ils ont méprisé nos avis ; ils ont ri de nos menaces ; ils ont traité nos anathèmes de vains ; leurs vices se sont accrus, fortifiés, multipliés ; la voix de leur impiété est montée jusqu'à toi, et nous n'avons pu prévenir le fléau redoutable dont tu les as frappés. Après avoir longtemps imploré ta miséricorde, louons maintenant ta justice. Accablés sous tes coups, sans doute ils reviendront à toi et reconnaîtront la main qui s'est appesantie sur eux. Mais, ô prodige de dureté ! ô comble de l'aveuglement ! ils ont imputé l'effet de ta puissance au mécanisme aveugle de la nature. Ils ont dit dans leurs cœurs : Brama n'est point. Toutes les propriétés de la matière ne nous sont pas connues ; et la nouvelle preuve de son existence n'en est qu'une de l'ignorance et de la crédulité de ceux qui nous l'opposent. Sur ce fondement ils ont élevé des systèmes, imaginé des hypothèses, tenté des expériences ; mais du haut de sa demeure éternelle, Brama a ri de leurs vains projets. Il a confondu la science audacieuse ; et les bijoux ont brisé, comme le verre, le frein impuissant qu'on opposait à leur loquacité. Qu'ils confessent donc, ces vers orgueilleux, la faiblesse de leur raison et la vanité de leurs efforts. Qu'ils cessent de nier l'existence de Brama, ou de fixer des limites à sa puissance. Brama est, il est tout-puissant ; et il ne se montre pas moins clairement à nous dans ses terribles fléaux que dans ses faveurs ineffables.

Mais qui les a attirés sur cette malheureuse contrée, ces fléaux ? Ne sont-ce pas tes injustices, homme avide et sans foi ! tes galanteries et tes folles amours, femme mondaine et sans pudeur ! tes excès et tes débordements honteux, voluptueux infâme ! ta dureté pour nos monastères, avare ! tes injustices, magistrat vendu à la faveur ! tes usures, négociant insatiable ! ta mollesse et ton irréligion, courtisan impie et efféminé !

Et vous sur qui cette plaie s'est particulièrement répandue, femmes et filles plongées dans le désordre ; quand, renonçant aux devoirs de notre état, nous garderions un silence profond sur vos dérèglements, vous portez avec vous une voix plus importune que la nôtre ; elle vous suit, et partout elle vous reprochera vos désirs impurs, vos attachements équivoques, vos liaisons criminelles, tant de soins pour plaire, tant d'artifices pour engager, tant d'adresse pour fixer, et l'impétuosité de vos transports et les fureurs de votre jalousie. Qu'attendez-vous donc pour secouer le joug de Cadabra, et rentrer sous les douces lois de Brama ? Mais revenons à notre sujet. Je vous disais donc que les mondains s'asseyent hérétiquement pour neuf raisons, la première, etc. »

Ce discours fit des impressions fort différentes. Mangogul et la sultane, qui seuls avaient le secret de l'anneau, trouvèrent que le bramine avait aussi heureusement expliqué le caquet des bijoux par le secours de la religion, qu'Orcotome par les lumières de la raison. Les femmes et les petits-maîtres de la cour dirent que le sermon était séditieux, et le prédicateur un visionnaire. Le reste de l'auditoire le regarda comme un prophète, versa des larmes, se mit en prière, se flagella même, et ne changea point de vie.

Il en fut bruit jusque dans les cafés. Un bel esprit décida que le bramine n'avait qu'effleuré la question, et que sa pièce n'était qu'une déclamation froide et maussade ; mais au jugement des dévotes et des illuminés, c'était le morceau d'éloquence le plus solide qu'on eût prononcé dans les temples depuis un siècle. Au mien, le bel esprit et les dévotes avaient raison.

Chapitre XVI

VISION DE MANGOGUL

Ce fut au milieu du caquet des bijoux qu'il s'éleva un autre trouble dans l'empire ; ce trouble fut causé par l'usage du penum, ou du petit morceau de drap qu'on appliquait aux moribonds. L'ancien rite ordonnait de le placer sur la bouche. Des réformateurs prétendirent qu'il fallait le mettre au derrière. Les esprits s'étaient échauffés. On était sur le point d'en venir aux mains, lorsque le sultan, auquel les deux partis en avaient appelé, permit, en sa présence, un colloque entre les plus savants de leurs chefs. L'affaire fut profondément discutée. On allégua la tradition, les livres sacrés et leurs commentateurs. Il y avait de grandes raisons et de puissantes autorités des deux côtés. Mangogul, perplexe, renvoya l'affaire à huitaine. Ce terme expiré, les sectaires et leurs antagonistes reparurent à son audience.

LE SULTAN – Pontifes, et vous prêtres, asseyez-vous, leur dit-il. Pénétré de l'importance du point de discipline qui vous divise, depuis la conférence qui s'est tenue au pied de notre trône, nous n'avons cessé d'implorer les lumières d'en haut. La nuit dernière, à l'heure à laquelle Brama se plaît à se communiquer aux hommes qu'il chérit, nous avons eu une vision ; il nous a semblé entendre l'entretien de deux graves personnages, dont l'un croyait avoir deux nez au milieu du visage, et l'autre deux trous au cul ; et voici ce qu'ils se disaient. Ce fut le personnage aux deux nez qui parla le premier.

« Porter à tout moment la main à son derrière, voilà un tic bien ridicule...

— Il est vrai...

— Ne pourriez-vous pas vous en défaire ?...

— Pas plus que vous de vos deux nez...

— Mais mes deux nez sont réels ; je les vois, je les touche ; et plus je les vois et les touche, plus je suis convaincu que je

Person with two noses

les ai, au lieu que depuis dix ans que vous vous tâtez et que vous vous trouvez le cul comme un autre, vous auriez dû vous guérir de votre folie...

— Ma folie ! Allez, l'homme aux deux nez ; c'est vous qui êtes fou.

— Point de querelle. Passons, passons : je vous ai dit comment mes deux nez m'étaient venus. Racontez-moi l'histoire de vos deux trous, si vous vous en souvenez...

— Si je m'en souviens ! cela ne s'oublie pas. C'était le trente et un du mois, entre une heure et deux du matin.

— Eh bien !

— Permettez, s'il vous plaît. Je crains ; non. Si je sais un peu d'arithmétique, il n'y a précisément que ce qu'il faut.

— Cela est bien étrange ! cette nuit donc ?...

— Cette nuit, j'entendis une voix qui ne m'était pas inconnue, et qui criait : *A moi ! à moi !* Je regarde, et je vois une jeune créature effarée, échevelée, qui s'avançait à toutes jambes de mon côté. Elle était poursuivie par un vieillard violent et bourru. À juger du personnage par son accoutrement, et par l'outil dont il était armé, c'était un menuisier. Il était en culotte et en chemise. Il avait les manches de sa chemise retroussées jusqu'aux coudes, les bras nerveux, le teint basané, le front ridé, le menton barbu, les joues boursouflées, l'œil étincelant, la poitrine velue et la tête couverte d'un bonnet pointu.

— Je le vois.

— La femme qu'il était sur le point d'atteindre, continuait de crier : *A moi ! à moi !* et le menuisier disait en la poursuivant : « Tu as beau fuir. Je te tiens ; il ne sera pas dit que tu sois la seule qui n'en ait point. De par tous les diables, tu en auras un comme les autres. » À l'instant, la malheureuse fait un faux pas, et tombe à plat sur le ventre, se renforçant de crier : *A moi ! à moi !* et le menuisier ajoutant : « Crie, crie tant que tu voudras ; tu en auras un, grand ou petit ; c'est moi qui t'en réponds. » À l'instant il lui relève les cotillons, et lui met le derrière à l'air. Ce derrière, blanc comme la neige, gras, ramassé, arrondi, joufflu, potelé, ressemblait comme deux gouttes d'eau à celui de la femme du souverain pontife. »

LE PONTIFE – De ma femme !

LE SULTAN – Pourquoi pas ?

« Le personnage aux deux trous ajouta : C'était elle en effet, car je me la remets. Le vieux menuisier lui pose un de ses pieds sur les reins, se baisse, passe ses deux mains au bas de ses deux fesses, à l'endroit où les jambes et les cuisses se fléchissent, lui repousse les deux genoux sous le ventre, et lui relève le cul ; mais si bien que je pouvais le reconnaître à mon aise, reconnaissance qui ne me déplaisait pas, quoique de dessous les cotillons il sortît une voix défaillante qui criait : *A moi ! à moi !* Vous me croirez une âme dure, un cœur impitoyable ; mais il ne faut pas se faire meilleur qu'on n'est ; et j'avoue, à ma honte, que dans ce moment, je me sentis plus de curiosité que de commisération, et que je songeai moins à secourir qu'à contempler. »

Ici le grand pontife interrompit encore le sultan, et lui dit : « Seigneur, serais-je par hasard un des deux interlocuteurs de cet entretien ?...

— Pourquoi pas ?

— L'homme aux deux nez ?

— Pourquoi pas ?

— Et moi, ajouta le chef des novateurs, l'homme aux deux trous ?

— Pourquoi pas ? »

« Le scélérat de menuisier avait repris son outil qu'il avait mis à terre. C'était un vilebrequin[23]. Il en passe la mèche dans sa bouche, afin de l'humecter ; il s'en applique fortement le manche contre le creux de l'estomac, et se penchant sur l'infortunée qui criait toujours : *A moi ! à moi !* il se dispose à lui

23. « Outil d'artisan, qui sert à trouer, percer du bois, de la pierre, du métal, par le moyen d'un petit fer qui a un taillant arrondi, et qu'on fait entrer en le tournant. » (*Dictionnaire de l'Académie*, 1762).

percer un trou où il devait y en avoir deux, et où il n'y en avait point. »

Le pontife – Ce n'est pas ma femme.

Le sultan – Le menuisier interrompant tout à coup son opération, et se ravisant, dit : « La belle besogne que j'allais faire ! « Mais aussi c'eût été sa faute : Pourquoi ne pas se prêter de bonne grâce ? Madame, un petit moment de patience. » Il remet à terre son vilebrequin ; il tire de sa poche un ruban couleur de rose pâle ; avec le pouce de sa main gauche, il en fixe un bout à la pointe du coccyx, et pliant le reste en gouttière, en le pressant entre les deux fesses avec le tranchant de son autre main, il le conduit circulairement jusqu'à la naissance du bas-ventre de la dame, qui, tout en criant : *A moi ! à moi !* s'agitait, se débattait, se démenait de droite et de gauche, et dérangeait le ruban et les mesures du menuisier, qui disait : « Madame, il n'est pas encore temps de crier ; je ne vous fais point de mal. Je ne saurais y procéder avec plus de ménagement. Si vous n'y prenez garde, la besogne ira tout de travers ; mais vous n'aurez à vous en prendre qu'à vous-même. Il faut accorder à chaque chose son terrain. Il y a certaines proportions à garder. Cela est plus important que vous ne pensez. Dans un moment il n'y aura plus de remède ; et vous en serez au désespoir. »

Le pontife – Et vous entendiez tout cela, seigneur ?

Le sultan – Comme je vous entends.

Le pontife – Et la femme ?

Le sultan – Il me sembla, ajoute l'interlocuteur, qu'elle était à demi persuadée ; et je présumai, à la distance de ses talons, qu'elle commençait à se résigner. Je ne sais trop ce qu'elle disait au menuisier ; mais le menuisier lui répondait : « Ah ! c'est de la raison que cela ; qu'on a de peine à résoudre les femmes ! » Ses mesures prises un peu plus tranquillement, maître Anofore [24] étendant son ruban couleur de rose pâle sur un petit pied-de-roi, et tenant un crayon, dit à la dame :

24. Littéralement, « perceur d'anus ».

« Comment le voulez-vous ?
— Je n'entends pas.
— Est-ce dans la proportion antique, ou dans la proportion moderne ?... »
LE PONTIFE – Ô profondeur des décrets d'en haut ! combien cela serait fou, si cela n'était pas révélé ! Soumettons nos entendements, et adorons.
LE SULTAN – Je ne me rappelle plus la réponse de la dame ; mais le menuisier répliqua : « En vérité, elle extravague ; cela ne ressemblera à rien. On dira : Qui est l'âne qui a percé ce cul-là ?... »
LA DAME – Trêve de verbiage, maître Anofore, faites-le comme je vous dis...
ANOFORE – Faites-le comme je vous dis ! Madame, mais chacun a son honneur à garder...
LA DAME – Je le veux ainsi, et là, vous dis-je. Je le veux, je le veux...
« Le menuisier riait à gorge déployée ; et moi donc, croyez-vous que j'étais sérieux ? Cependant Anofore trace ses lignes sur le ruban, le remet en place, et s'écrie : Madame, cela ne se peut pas ; cela n'a pas de sens commun. Quiconque verra ce cul-là, pour peu qu'il soit connaisseur, se moquera de vous et de moi. On sait bien qu'il faut de là à là, un intervalle ; mais on ne l'a jamais pratiqué de cette étendue. Trop est trop. Vous le voulez ?... »
LA DAME – « Eh ! oui, je le veux, et finissons... »

A l'instant maître Anofore prend son crayon, marque sur les fesses de la dame des lignes correspondantes à celles qu'il avait tirées sur le ruban ; il forme son trait carré, en haussant les épaules, et murmurant tout bas : « Quelle mine cela aura ! mais c'est sa fantaisie. » Il ressaisit son vilebrequin, et dit : « Madame le veut là ?
— Oui, là ; allez donc...
— Allons, madame.
— Qu'y a-t-il encore ?

— Ce qu'il y a ? c'est que cela ne se peut.

— Et pourquoi, s'il vous plaît ?

— Pourquoi ? c'est que vous tremblez, et que vous serrez les fesses ; c'est que j'ai perdu de vue mon trait carré, et que je percerai trop haut ou trop bas. Allons, madame, un peu de courage.

— Cela vous est facile à dire ; montrez-moi votre mèche ; miséricorde !

— Je vous jure que c'est la plus petite de ma boutique. Tandis que nous parlons j'en aurais déjà percé une demi-douzaine. Allons, madame, desserrez ; fort bien ; encore un peu ; à merveille ; encore, encore. » Cependant je voyais le menuisier narquois approcher tout doucement son vilebrequin. Il allait... lorsqu'une fureur mêlée de pitié s'empare de moi. Je me débats ; je veux courir au secours de la patiente : mais je me sens garrotté par les deux bras, et dans l'impossibilité de remuer. Je crie au menuisier : « Infâme, coquin, arrête. » Mon cri est accompagné d'un si violent effort, que les liens qui m'attachaient en sont rompus. Je m'élance sur le menuisier : je le saisis à la gorge. Le menuisier me dit : « Qui es-tu ? à qui en veux-tu ? est-ce que tu ne vois pas qu'elle n'a point de cul ? Connais-moi ; je suis le grand Anofore ; c'est moi qui fais des culs à ceux qui n'en ont point. Il faut que je lui en fasse un, c'est la volonté de celui qui m'envoie ; et après moi, il en viendra un autre plus puissant que moi ; il n'aura pas un vilebrequin ; il aura une gouge, et il achèvera avec sa gouge de lui restituer ce qui lui manque. Retire-toi, profane ; ou par mon vilebrequin, ou par la gouge de mon successeur, je te...

— À moi ?

— À toi, oui, à toi... » À l'instant, de sa main gauche il fait bruire l'air de son instrument.

Et l'homme aux deux trous, que vous avez entendu jusqu'ici, dit à l'homme aux deux nez : « Qu'avez-vous ? vous vous éloignez.

— Je crains qu'en gesticulant, vous ne me cassiez un de mes nez. Continuez.
— Je ne sais plus où j'en étais.
— Vous en étiez à l'instrument dont le menuisier faisait bruire l'air...
— Il m'applique sur les épaules un coup du revers de son bras droit, mais un coup si furieux, que j'en suis renversé sur le ventre ; et voilà ma chemise troussée, un autre derrière à l'air ; et le redoutable Anofore qui me menace de la pointe de son outil ; et me dit : "Demande grâce, maroufle ; demande grâce, ou je t'en fais deux..." Aussitôt je sentis le froid de la mèche du vilebrequin. L'horreur me saisit ; je m'éveille ; et depuis, je me crois deux trous au cul. »

Ces deux interlocuteurs, ajouta le sultan, se mirent alors à se moquer l'un de l'autre. « Ah, ah, ah, il a deux trous au cul !
— Ah, ah, ah, c'est l'étui de tes deux nez ! »

Puis se tournant gravement vers l'assemblée, il dit : « Et vous, pontifes, et vous ministres des autels, vous riez aussi ! et quoi de plus commun que de se croire deux nez au visage, et de se moquer de celui qui se croit deux trous au cul ? »

Puis, après un moment de silence, reprenant un air serein, et s'adressant aux chefs de la secte, il leur demanda ce qu'ils pensaient de sa vision.

« Par Brama, répondirent-ils, c'est une des plus profondes que le ciel ait départies à aucun prophète.
— Y comprenez-vous quelque chose ?
— Non, seigneur.
— Que pensez-vous de ces deux interlocuteurs ?
— Que ce sont deux fous.
— Et s'il leur venait en fantaisie de se faire chefs de parti, et que la secte des deux trous au cul se mît à persécuter la secte aux deux nez ?... »

Les pontifes et les prêtres baissèrent la vue ; et Mangogul dit : « Je veux que mes sujets vivent et meurent à leur mode. Je veux que le penum leur soit appliqué ou sur la bouche, ou au derrière, comme il plaira à chacun d'eux ; et qu'on ne me fatigue plus de ces impertinences. »

Les prêtres se retirèrent ; et au synode qui se tint quelques mois après, il fut déclaré que la vision de Mangogul serait insérée dans le recueil des livres canoniques, qu'elle ne dépara pas.

Chapitre XVII

LES MUSELIÈRES

Tandis que les bramines faisaient parler Brama, promenaient les Pagodes, et exhortaient les peuples à la pénitence, d'autres songeaient à tirer parti du caquet des bijoux.

Les grandes villes fourmillent de gens que la misère rend industrieux. Ils ne volent ni ne filoutent ; mais ils sont aux filous, ce que les filous sont aux fripons. Ils savent tout, ils font tout, ils ont des secrets pour tout ; ils vont et viennent, ils s'insinuent. On les trouve à la cour, à la ville, au palais, à l'église, à la comédie, chez les courtisanes, au café, au bal, à l'opéra, dans les académies ; ils sont tout ce qu'il vous plaira qu'ils soient. Sollicitez-vous une pension, ils ont l'oreille du ministre. Avez-vous un procès, ils solliciteront pour vous. Aimez-vous le jeu, ils sont croupiers ; la table, ils sont chefs de loge ; les femmes, ils vous introduiront chez Amine ou chez Acaris. De laquelle des deux vous plaît-il d'acheter la mauvaise santé ? choisissez ; lorsque vous l'aurez prise, ils se chargeront de votre guérison. Leur occupation principale est d'épier les ridicules des particuliers, et de profiter de la sottise du public. C'est de leur part qu'on distribue au coin des rues, à la porte des temples, à l'entrée des spectacles, à la sortie des promenades, des papiers par lesquels on vous avertit gratis qu'un tel, demeurant au Louvre, dans Saint-Jean, au Temple ou dans l'Abbaye, à telle enseigne, à tel étage, dupe chez lui depuis neuf heures du matin jusqu'à midi, et le reste du jour en ville.

Les bijoux commençaient à peine à parler, qu'un de ces intrigants remplit les maisons de Banza d'un petit imprimé, dont voici la forme et le contenu. On lisait, au titre, en gros caractères :

AVIS AUX DAMES

Au-dessous, en petit italique :

Par permission de monseigneur le grand sénéchal, et avec l'approbation de messieurs de l'Académie royale des sciences.

Et plus bas :

« Le sieur Éolipile, de l'Académie royale de Banza, membre de la société royale de Monoémugi, de l'académie impériale de Biafara, de l'académie des curieux de Loango, de la société de Camur au Monomotapa[25], de l'institut d'Erecco, et des académies royales de Béléguanze et d'Angola, qui fait depuis plusieurs années des cours de babioles avec les applaudissements de la cour, de la ville et de la province, a inventé, en faveur du beau sexe, des muselières ou bâillons portatifs, qui ôtent aux bijoux l'usage de la parole, sans gêner leurs fonctions naturelles. Ils sont propres et commodes ; il en a de toute grandeur, pour tout âge et à tout prix ; et il a eu l'honneur d'en fournir aux personnes de la première distinction. »

Il n'est rien tel que d'être d'un corps. Quelque ridicule que soit un ouvrage, on le prône, et il réussit. C'est ainsi que l'invention d'Éolipile fit fortune. On courut en foule chez lui : les femmes galantes y allèrent dans leur équipage ; les femmes raisonnables s'y rendirent en fiacre ; les dévotes y envoyèrent leur confesseur ou leur laquais : on y vit même arriver des tourières. Toutes voulaient avoir une muselière ; et depuis la duchesse jusqu'à la bourgeoise, il n'y eut femme qui n'eût la sienne, ou par air ou pour cause.

Les bramines, qui avaient annoncé le caquet des bijoux comme une punition divine, et qui s'en étaient promis de la réforme dans les mœurs et d'autres avantages, ne virent point sans frémir une machine qui trompait la vengeance du ciel et leurs espérances. Ils étaient à peine descendus de leurs chaires, qu'ils y remontent, tonnent, éclatent, font parler les oracles, et prononcent que la muselière est une ma-

25. Nom bantu, qui vient des récits de voyage portugais. Royaume du sud-est de l'Afrique. Lieu de publication allégué de la première édition, anonyme, des *Bijoux indiscrets*.

chine infernale, et qu'il n'y a point de salut pour quiconque s'en servira. « Femmes mondaines, quittez vos muselières ; soumettez-vous, s'écrièrent-ils, à la volonté de Brama. Laissez à la voix de vos bijoux réveiller celle de vos consciences ; et ne rougissez point d'avouer des crimes que vous n'avez point eu honte de commettre. »

Mais ils eurent beau crier, il en fut des muselières comme il en avait été des robes sans manches, et des pelisses piquées. Pour cette fois on les laissa s'enrhumer dans leurs temples. On prit des bâillons, et on ne les quitta que quand on en eut reconnu l'inutilité, ou qu'on en fut las.

Chapitre XVIII

DES VOYAGEURS

Ce fut dans ces circonstances, qu'après une longue absence, des dépenses considérables, et des travaux inouïs, reparurent à la cour les voyageurs que Mangogul avait envoyés dans les contrées les plus éloignées pour en recueillir la sagesse ; il tenait à la main leur journal, et faisait à chaque ligne un éclat de rire.

« Que lisez-vous donc de si plaisant ? lui demanda Mirzoza.

— Si ceux-là, lui répondit Mangogul, sont aussi menteurs que les autres, du moins ils sont plus gais. Asseyez-vous sur ce sofa, et je vais vous régaler d'un usage des thermomètres dont vous n'avez pas la moindre idée.

« Je vous promis hier, me dit Cyclophile, un spectacle amusant...

MIRZOZA – Et qui est ce Cyclophile ?
MONGOGUL – C'est un insulaire...
MIRZOZA – Et de quelle île ?...
MANGOGUL – Qu'importe ?...
MIRZOZA – Et à qui s'adresse-t-il ?...
MANGOGUL – À un de mes voyageurs...
MIRZOZA – Vos voyageurs sont donc enfin revenus ?...
MANGOGUL – Assurément ; et vous l'ignoriez ?
MIRZOZA – Je l'ignorais...
MANGOGUL – Ah çà, arrangeons-nous, ma reine ; vous êtes quelquefois un peu bégueule. Je vous laisse la maîtresse de vous en aller lorsque ma lecture vous scandalisera.
MIRZOZA – Et si je m'en allais d'abord ?
MANGOGUL – Comme il vous plaira. »

Je ne sais si Mirzoza resta ou s'en alla ; mais Mangogul, reprenant le discours de Cyclophile, lut ce qui suit :

« Ce spectacle amusant, c'est celui de nos temples, et de ce qui s'y passe. La propagation de l'espèce est un objet sur lequel la politique et la religion fixent ici leur attention ; et la manière dont on s'en occupe ne sera pas indigne de la vôtre. Nous avons ici des cocus : n'est-ce pas ainsi qu'on appelle dans votre langue ceux dont les femmes se laissent caresser par d'autres ? Nous avons donc ici des cocus, autant et plus qu'ailleurs, quoique nous ayons pris des précautions infinies pour que les mariages soient bien assortis.

— Vous avez donc, répondis-je, le secret qu'on ignore ou qu'on néglige parmi nous, de bien assortir les époux ?

— Vous n'y êtes pas, reprit Cyclophile ; nos insulaires sont conformés de manière à rendre tous les mariages heureux, si l'on y suivait à la lettre les lois usitées.

— Je ne vous entends pas bien, répliquai-je ; car dans notre monde rien n'est plus conforme aux lois qu'un mariage ; et rien n'est souvent plus contraire au bonheur et à la raison.

— Eh bien ! interrompit Cyclophile, je vais m'expliquer. Quoi ! depuis quinze jours que vous habitez parmi nous, vous ignorez encore que les bijoux mâles et féminins sont ici de différentes figures ? à quoi donc avez-vous employé votre temps ? Ces bijoux sont de toute éternité destinés à s'agencer les uns avec les autres ; un bijou féminin en écrou est prédestiné à un bijou mâle fait en vis. Entendez-vous ?

— J'entends, lui dis-je ; cette conformité de figure peut avoir son usage jusqu'à un certain point ; mais je ne la crois pas suffisante pour assurer la fidélité conjugale.

— Que désirez-vous de plus ?

— Je désirerais que, dans une contrée où tout se règle par des lois géométriques[26], on eût eu quelque égard au rapport de chaleur entre les conjoints. Quoi ! vous voulez qu'une brune de dix-huit ans, vive comme un petit démon, s'en tienne strictement à un vieillard sexagénaire et glacé ! Cela ne sera pas, ce vieillard eût-il son bijou masculin en vis sans fin...

26. Le *Supplément au Voyage de Bougainville* (1772) de Diderot aura pour sous-titre « Sur l'inconvénient d'attacher des idées morales à des actions physiques qui n'en comportent pas », travers que l'on peut reprocher aux personnages des *Bijoux indiscrets*.

— Vous avez de la pénétration, me dit Cyclophile. Sachez donc que nous y avons pourvu...
— Et comment cela ?...
— Par une longue suite d'observations sur des cocus bien constatés...
— Et à quoi vous ont mené ces observations ?
— À déterminer le rapport nécessaire de chaleur entre deux époux...
— Et ces rapports connus ?
— Ces rapports connus, on gradua des thermomètres[27] applicables aux hommes et aux femmes. Leur figure n'est pas la même ; la base des thermomètres féminins ressemble à un bijou masculin d'environ huit pouces de long sur un pouce et demi de diamètre ; et celle des thermomètres masculins, à la partie supérieure d'un flacon qui aurait précisément en concavité les mêmes dimensions. Les voilà, me dit-il en m'introduisant dans le temple, ces ingénieuses machines dont vous verrez tout à l'heure l'effet ; car le concours du peuple et la présence des sacrificateurs m'annoncent le moment des expériences sacrées. »

Nous perçâmes la foule avec peine, et nous arrivâmes dans le sanctuaire, où il n'y avait pour autels que deux lits de damas sans rideaux. Les prêtres et les prêtresses étaient debout autour, en silence, et tenant des thermomètres dont on leur avait confié la garde, comme celle du feu sacré aux vestales. Au son des hautbois et des musettes, s'approchèrent deux couples d'amants conduits par leurs parents. Ils étaient nus ; et je vis qu'une des filles avait le bijou circulaire, et son amant le bijou cylindrique.

« Ce n'est pas là merveille, dis-je à Cyclophile.
— Regardez les deux autres », me répondit-il.

27. « M. de Réaumur a inventé un *thermomètre* nouveau », en 1731, note d'Alembert dans l'article « Thermomètre » de l'*Encyclopédie* : il s'agit d'un thermomètre à alcool, indexé sur une échelle de températures connues de la congélation à l'ébullition, en passant par l'estimation de la température du corps humain. Les rapports de Réaumur et des encyclopédistes seront conflictuels.

J'y portai la vue. Le jeune homme avait un bijou parallélépipède, et la fille un bijou carré.
« Soyez attentif à l'opération sainte », ajouta Cyclophile.

Alors deux prêtres étendirent une des filles sur l'autel ; un troisième lui appliqua le thermomètre sacré ; et le grand pontife observait attentivement le degré où la liqueur monta en six minutes. Dans le même temps, le jeune homme avait été étendu sur l'autre lit par deux prêtresses ; et une troisième lui avait adapté le thermomètre. Le grand prêtre ayant observé ici l'ascension de la liqueur dans le même temps donné, il prononça sur la validité du mariage, et renvoya les époux se conjoindre à la maison paternelle. Le bijou féminin carré et le bijou masculin parallélépipède furent examinés avec la même rigueur, éprouvés avec la même précision ; mais le grand prêtre, attentif à la progression des liqueurs, ayant reconnu quelques degrés de moins dans le garçon que dans la fille, selon le rapport marqué par le rituel (car il y avait des limites), monta en chaire, et déclara les parties inhabiles à se conjoindre. Défense à elles de s'unir, sous les peines portées par les lois ecclésiastiques et civiles contre les incestueux. L'inceste dans cette île n'était donc pas une chose tout à fait vide de sens. Il y avait aussi un véritable péché contre nature ; c'était l'approche de deux bijoux de différents sexes, dont les figures ne pouvaient s'inscrire ou se circonscrire.

Il se présenta un nouveau mariage. C'était une fille à bijou terminé par une figure régulière de côtés impairs, et un jeune homme à bijou pyramidal, en sorte que la base de la pyramide pouvait s'inscrire dans le polygone de la fille. On leur fit l'essai du thermomètre, et l'excès ou le défaut s'étant trouvé peu considérable dans le rapport des hauteurs des fluides, le pontife prononça qu'il y avait cas de dispense, et l'accorda. On en faisait autant pour un bijou féminin à plusieurs côtés impairs, recherché par un bijou masculin et prismatique, lorsque les ascensions de liqueur étaient à peu près égales.

Pour peu qu'on ait de géométrie, l'on conçoit aisément que

ce qui concernait la mesure des surfaces et des solides était poussé dans l'île à un point de perfection très élevé, et que tout ce qu'on avait écrit sur les figures isopérimètres y était très essentiel ; au lieu que parmi nous ces découvertes attendent encore leur usage. Les filles et les garçons à bijoux circulaires et cylindriques y passaient pour heureusement nés, parce que de toutes les figures, le cercle est celui qui renferme le plus d'espace sur un même contour.

Cependant les sacrificateurs attendaient pratique. Le chef me démêla dans la foule, et me fit signe d'approcher J'obéis. « Ô étranger ! me dit-il, tu as été témoin de nos augustes mystères ; et tu vois comment parmi nous la religion a des liaisons intimes avec le bien de la société. Si ton séjour y était plus long, il se présenterait sans doute des cas plus rares et plus singuliers ; mais peut-être des raisons pressantes te rappellent dans ta patrie. Va, et apprends notre sagesse à tes concitoyens. »

Je m'inclinai profondément ; et il continua en ces termes : « S'il arrive que le thermomètre sacré soit d'une dimension à ne pouvoir être appliqué à une jeune fille, cas extraordinaire, quoique j'en aie vu cinq exemples depuis douze ans, alors un de mes acolytes la dispose au sacrement ; et cependant tout le peuple est en prière. Tu dois entrevoir, sans que je m'explique, les qualités essentielles pour l'entrée dans le sacerdoce, et la raison des ordinations.

Plus souvent le thermomètre ne peut s'appliquer au garçon, parce que son bijou indolent ne se prête pas à l'opération. Alors toutes les grandes filles de l'île peuvent s'approcher et s'occuper de la résurrection du mort. Cela s'appelle faire ses dévotions. On dit d'une fille zélée pour cet exercice, qu'elle est pieuse ; elle édifie. Tant il est vrai, ajouta-t-il en me regardant fixement, ô étranger ! que tout est opinion et préjugé ! On appelle crime chez toi, ce que nous regardons ici comme un acte agréable à la Divinité. On augurerait mal parmi nous, d'une fille qui aurait atteint sa treizième année sans avoir encore approché des autels ; et ses parents lui en feraient de justes et fortes réprimandes.

Si une fille tardive ou mal conformée s'offre au thermomètre sans faire monter la liqueur, elle peut se cloîtrer. Mais il arrive dans notre île, aussi souvent qu'ailleurs, qu'elle s'en repent ; et que, si le thermomètre lui était appliqué, elle ferait monter la liqueur aussi haut et aussi rapidement qu'aucune femme du monde. Aussi plusieurs en sont-elles mortes de désespoir. Il s'ensuivait mille autres abus et scandales que j'ai retranchés.

Pour illustrer mon pontificat, j'ai publié un diplôme qui fixe le temps, l'âge et le nombre de fois qu'une fille sera thermométrisée avant que de prononcer ses vœux, et notamment la veille et le jour marqués pour sa profession. Je rencontre nombre de femmes qui me remercient de la sagesse de mes règlements, et dont en conséquence les bijoux me sont dévoués ; mais ce sont des menus droits que j'abandonne à mon clergé.

Une fille qui fait monter la liqueur à une hauteur et avec une célérité dont aucun homme ne peut approcher, est constituée courtisane, état très respectable et très honoré dans notre île ; car il est bon que tu saches que chaque grand seigneur y a sa courtisane, comme chaque femme de qualité y a son géomètre. Ce sont deux modes également sages, quoique la dernière commence à passer.

Si un jeune homme usé, mal né, ou maléficié, laisse la liqueur du thermomètre immobile, il est condamné au célibat. Un autre, au contraire, qui en fera monter la liqueur à un degré dont aucune femme ne peut approcher, est obligé de se faire moine, comme qui dirait carme ou cordelier. C'est la ressource de quelques riches dévotes à qui les secours séculiers viennent à manquer.

Ah ! combien, s'écriait-il ensuite en levant ses yeux et ses mains au ciel, l'Église a perdu de son ancienne splendeur ! »

Il allait continuer, lorsque son aumônier l'interrompant, lui dit : « Monseigneur, votre Grande Sacrificature ne s'aperçoit

pas que l'office est fini, et que votre éloquence refroidira le dîner auquel vous êtes attendu. » Le prélat s'arrêta, me fit baiser son anneau ; nous sortîmes du temple avec le reste du peuple ; et Cyclophile, reprenant la suite de son discours, me dit :
« Le grand pontife ne vous a pas tout révélé ; il ne vous a point parlé ni des accidents arrivés dans l'île, ni des occupations de nos femmes savantes. Ces objets sont pourtant dignes de votre curiosité.
— Vous pouvez apparemment la satisfaire, lui répliquai-je. Eh bien ! quels sont ces accidents et ces occupations ? Concernent-ils encore les mariages et les bijoux ?
— Justement, répliqua-t-il. Il y a environ trente-cinq ans qu'on s'aperçut dans l'île d'une disette de bijoux masculins cylindriques. Tous les bijoux féminins circulaires s'en plaignirent, et présentèrent au conseil d'État des mémoires et des requêtes, tendant à ce que l'on pourvût à leurs besoins. Le conseil, toujours guidé par des vues supérieures, ne répondit rien pendant un mois. Les cris des bijoux devinrent semblables à ceux d'un peuple affamé qui demande du pain. Les sénateurs nommèrent donc des députés pour constater le fait, et en rapporter à la compagnie. Cela dura encore plus d'un mois. Les cris redoublèrent ; et l'on touchait au moment d'une sédition, lorsqu'un bijoutier, homme industrieux, se présenta à l'académie. On fit des essais qui réussirent ; et sur l'attestation des commissaires, et d'après la permission du lieutenant de police, il fut gratifié par le conseil d'un brevet portant privilège exclusif de pourvoir, pendant le cours de vingt années consécutives, aux besoins des bijoux circulaires.

Le second accident fut une disette totale de bijoux féminins polygonaux. On invita tous les artistes à s'occuper de cette calamité. On proposa des prix. Il y eut une multitude de machines inventées, entre lesquelles le prix fut partagé.

— Vous avez vu, ajouta Cyclophile, les différentes figures de nos bijoux féminins. Ils gardent constamment celles qu'ils ont apportées en naissant. En est-il de même parmi vous ?

— Non, lui répondis-je. Un bijou féminin européen, asiatique ou africain, a une figure variable à l'infini, *cujus-libet figurae capax, nullius tenax.*

— Nous ne nous sommes donc pas trompés, reprit-il, dans l'explication que donnèrent nos physiciens sur un phénomène de ce genre. Il y a environ vingt ans qu'une jeune brune fort aimable parut dans l'île. Personne n'en tendait sa langue ; mais lorsqu'elle eut appris la nôtre, elle ne voulut jamais dire quelle était sa patrie. Cependant les grâces de sa figure et les agréments de son esprit enchantèrent la plupart de nos jeunes seigneurs. Quelques-uns des plus riches lui proposèrent de l'épouser ; et elle se détermina en faveur du sénateur Colibri. Le jour pris, on les conduisit au temple, selon l'usage. La belle étrangère, étendue sur l'autel, présenta aux yeux des spectateurs surpris un bijou qui n'avait aucune figure déterminée, et le thermomètre appliqué, la liqueur monta tout à coup à cent quatre-vingt-dix degrés. Le grand sacrificateur prononça sur-le-champ que ce bijou reléguait la propriétaire dans la classe des courtisanes, et défense fut faite à l'amoureux Colibri de l'épouser. Dans l'impossibilité de l'avoir pour femme, il en fit sa maîtresse. Un jour qu'elle en était apparemment satisfaite, elle lui avoua qu'elle était née dans la capitale de votre empire : ce qui n'a pas peu contribué à nous donner une grande idée de vos femmes. »

Le sultan en était là, lorsque Mirzoza rentra.

« Votre pudeur, toujours déplacée, lui dit Mangogul, vous a privée de la plus délicieuse lecture. Je voudrais bien que vous me dissiez à quoi sert cette hypocrisie qui vous est commune à toutes, sages ou libertines. Sont-ce les choses qui vous effarouchent ? Non ; car vous les savez. Sont-ce les mots ? en vérité, cela n'en vaut pas la peine. S'il est ridicule de rougir de l'action, ne l'est-il pas infiniment davantage de rougir de l'expression ? J'aime à la folie les insulaires dont il est question dans ce précieux journal ; ils appellent tout par leur nom ; la langue en est plus simple, et la notion des choses honnêtes ou

malhonnêtes beaucoup mieux déterminée...
MIRZOZA – Là, les femmes sont-elles vêtues ?...
MANGOGUL – Assurément ; mais ce n'est point par décence, c'est par coquetterie : elles se couvrent pour irriter le désir et la curiosité...
MIRZOZA – Et cela vous paraît tout à fait conforme aux bonnes mœurs ?
MANGOGUL – Assurément...
MIRZOZA – Je m'en doutais.
MANGOGUL – Oh ! vous vous doutez toujours de tout. »

En s'entretenant ainsi, il feuilletait négligemment son journal, et disait : « Il y a là-dedans des usages tout à fait singuliers. Tenez, voilà un chapitre sur la configuration des habitants. Il n'y a rien que votre excellente pruderie ne puisse entendre. En voici un autre sur la toilette des femmes, qui est tout à fait de votre ressort, et dont peut-être vous pourrez tirer parti. Vous ne me répondez pas ! Vous vous méfiez toujours de moi.

— Ai-je si grand tort ?

— Il faudra que je vous mette entre les mains de Cyclophile, et qu'il vous conduise parmi ses insulaires. Je vous jure que vous en reviendrez infiniment parfaite.

— Il me semble que je le suis assez.

— Il vous semble ! cependant je ne saurais presque dire un mot sans vous donner des distractions. Cependant vous en vaudriez beaucoup mieux, et j'en serais beaucoup plus à mon aise, si je pouvais toujours parler, et si vous pouviez toujours m'écouter.

— Et que vous importe que je vous écoute ?

— Mais après tout, vous avez raison. Ah çà, à ce soir, à demain, ou à un autre jour, le chapitre de la figure de nos insulaires, et celui de la toilette de leurs femmes. »

Chapitre XIX

DE LA FIGURE DES INSULAIRES, ET DE LA TOILETTE DES FEMMES

C'était après dîner ; Mirzoza faisait des nœuds, et Mangogul, étalé sur un sofa, les yeux à demi fermés, établissait doucement sa digestion. Il avait passé une bonne heure dans le silence et le repos, lorsqu'il dit à la favorite : « Madame se sentirait-elle disposée à m'écouter ?

— C'est selon.

— Mais, après tout, comme vous me l'avez dit avec autant de jugement que de politesse, que m'importe que vous m'écoutiez ou non ? » Mirzoza sourit, et Mangogul dit : « Qu'on m'apporte le journal de mes voyageurs, et surtout qu'on ne déplace pas les marques que j'y ai faites, ou par ma barbe... »

On lui présente le journal ; il l'ouvre et lit : « Les insulaires n'étaient point faits comme on l'est ailleurs. Chacun avait apporté en naissant des signes de sa vocation : aussi en général on y était ce qu'on devait être. Ceux que la nature avait destinés à la géométrie avaient les doigts allongés en compas ; mon hôte était de ce nombre. Un sujet propre à l'astronomie avait les yeux en colimaçon ; à la géographie, la tête en globe ; à la musique ou acoustique, les oreilles en cornet ; à l'arpentage, les jambes en jalons ; à l'hydraulique... » Ici le sultan s'arrêta ; et Mirzoza lui dit : « Eh bien ! à l'hydraulique ?... » Mangogul lui répondit : « C'est vous qui le demandez ; le bijou en ajoutoir, et pissait en jet d'eau ; à la chimie, le nez en alambic ; à l'anatomie, l'index en scalpel ; aux mécaniques, les bras en lime ou en scie, etc. »

Mirzoza ajouta : « Il n'en était pas chez ce peuple comme parmi nous, où tels qui, n'ayant reçu de Brama que des bras nerveux, semblaient être appelés à la charrue, tiennent le timon de votre État, siègent dans vos tribunaux, ou président dans votre académie ; où tel, qui ne voit non plus qu'une taupe, passe sa vie à faire des observations, c'est-à-dire à une profession qui demande des yeux de lynx. »

Le sultan continua de lire. « Entre les habitants on en remarquait dont les doigts visaient au compas, la tête au globe, les yeux au télescope, les oreilles au cornet ; ces hommes-ci, dis-je à mon hôte, sont apparemment vos virtuoses, de ces hommes universels qui portent sur eux l'affiche de tous les talents. »

Mirzoza interrompit le sultan, et dit : « Je gage que je sais la réponse de l'hôte...

Mangogul – Et quelle est-elle ?

Mirzoza – Il répondit que ces gens, que la nature semble avoir destinés à tout, n'étaient bons à rien.

Mangogul – Par Brama, c'est cela ; en vérité, sultane, vous avez bien de l'esprit. Mon voyageur ajoute que cette conformation des insulaires donnait au peuple entier un certain air automate ; quand ils marchent, on dirait qu'ils arpentent ; quand ils gesticulent, ils ont l'air de décrire des figures ; quand ils chantent, ils déclament avec emphase.

Mirzoza – En ce cas, leur musique doit être mauvaise.

Mangogul – Et pourquoi cela, s'il vous plaît ?

Mirzoza – C'est qu'elle doit être au-dessous de la déclamation. »

Mangogul – À peine eus-je fait quelques tours dans la grande allée de leur jardin public, que je devins le sujet de l'entretien et l'objet de la curiosité. C'est un tombé de la lune, disait l'un ; vous vous trompez, disait l'autre, il vient de Saturne. Je le crois habitant de Mercure, disait un troisième. Un quatrième s'approcha de moi, et me dit : « Étranger, pourrait-on vous demander d'où vous êtes ?

— Je suis du Congo, lui répondis-je.

— Et où est le Congo ? »

« J'allais satisfaire à sa question, lorsqu'il s'éleva autour de moi un bruit de mille voix d'hommes et de femmes qui répétaient : "C'est un Congo, c'est un Congo, c'est un Congo." Assourdi de ce tintamarre, je mis mes mains sur mes oreilles, et je me hâtai de sortir du jardin. Cependant on avait arrêté mon hôte, pour savoir de lui si un Congo était un animal ou un homme. Les jours suivants, sa porte fut obsédée d'une foule d'habitants qui demandaient à voir le Congo. Je me montrai ; je parlai ; et ils s'éloignèrent tous avec un mépris marqué par des huées, en s'écriant : *Fi donc, c'est un homme.* »

Ici Mirzoza se mit à rire aux éclats. Puis elle ajouta : « Et la toilette ? »

Mangogul lui dit : « Madame se rappellerait-elle un certain brame noir, fort original, moitié sensé, moitié fou ?

— Oui, je me le rappelle. C'était un bon homme qui mettait de l'esprit à tout, et que les autres brames noirs, ses confrères, firent mourir de chagrin.

— Fort bien. Il n'est pas que vous n'ayez entendu parler, ou peut-être même que vous n'ayez vu un certain clavecin [28] où il avait diapasonné les couleurs selon l'échelle des sons, et sur lequel il prétendait exécuter pour les yeux une sonate, un allegro, un presto, un adagio, un cantabile, aussi agréables que ces pièces bien faites le sont pour les oreilles.

— J'ai fait mieux : un jour je lui proposai de me traduire dans un menuet de couleurs, un menuet de sons ; et il s'en tira fort bien.

— Et cela vous amusa beaucoup ?

— Beaucoup ; car j'étais alors un enfant.

— Eh bien ! mes voyageurs ont retrouvé la même machine chez leurs insulaires, mais appliquée à son véritable usage.

— J'entends ; à la toilette.

— Il est vrai ; mais comment cela ?

— Comment ? le voici. Une pièce de notre ajustement étant donnée, il ne s'agit que de frapper un certain nombre de touches du clavecin pour trouver les harmoniques de cette pièce, et déterminer les couleurs différentes des autres.

---

28. Le fameux clavecin oculaire proposé par le père Castel dans le *Journal de Trévoux* en 1735 devait « peindre le son... de sorte qu'un sourd puisse jouir et juger de la beauté d'une musique ». Diderot lui consacre un article dans l'*Encyclopédie*, il en parle dans sa *Lettre sur les sourds et muets* (1751) notamment. Louis Boffard a construit un *piano oculaire* en 1993.

— Vous êtes insupportable ! On ne saurait vous rien apprendre ; vous devinez tout.
— Je crois même qu'il y a dans cette espèce de musique des dissonances à préparer et à sauver.
— Vous l'avez dit.
— Je crois en conséquence que le talent d'une femme de chambre suppose autant de génie et d'expérience, autant de profondeur et d'études que dans un maître de chapelle.
— Et ce qui s'ensuit de là, le savez-vous ?
— Non.
— C'est qu'il ne me reste plus qu'à fermer mon journal, et qu'à prendre mon sorbet. Sultane, votre sagacité me donne de l'humeur.
— C'est-à-dire que vous m'aimeriez un peu bête.
— Pourquoi pas ? cela nous rapprocherait, et nous nous en amuserions davantage. Il faut une terrible passion pour tenir contre une humiliation qui ne finit point. Je changerai ; prenez-y garde.
— Seigneur, ayez pour moi la complaisance de reprendre votre journal, et d'en continuer la lecture.
— Très volontiers. C'est donc mon voyageur qui va parler. »

« Un jour, au sortir de table, mon hôte se jeta sur un sofa où il ne tarda pas à s'endormir, et j'accompagnai les dames dans leur appartement. Après avoir traversé plusieurs pièces, nous entrâmes dans un cabinet, grand et bien éclairé, au milieu duquel il y avait un clavecin. Madame s'assit, promena ses doigts sur le clavier, les yeux attachés sur l'intérieur de la caisse, et dit d'un air satisfait :
— Je le crois d'accord. »
« Et moi, je me disais tout bas : "Je crois qu'elle rêve" ; car je n'avais point entendu de son... »
« Madame est musicienne, et sans doute elle accompagne ?
— Non.

— Qu'est-ce donc que cet instrument ?

— Vous l'allez voir. » Puis, se tournant vers ses filles : « Sonnez, dit-elle à l'aînée, pour mes femmes. »

« Il en vint trois, auxquelles elle tint à peu près ce discours :

— Mesdemoiselles, je suis très mécontente de vous. Il y a plus de six mois que ni mes filles ni moi n'avons été mises avec goût. Cependant vous me dépensez un argent immense. Je vous ai donné les meilleurs maîtres ; et il semble que vous n'avez pas encore les premiers principes de l'harmonie [29]. Je veux aujourd'hui que ma fontange soit verte et or. Trouvez-moi le reste. »

« La plus jeune pressa les touches, et fit sortir un rayon blanc, un jaune, un cramoisi, un vert, d'une main ; et de l'autre, un bleu et un violet.

— Ce n'est pas cela, dit la maîtresse d'un ton impatient ; adoucissez-moi ces nuances. »

« La femme de chambre toucha de nouveau, blanc, citron, bleu turc, ponceau, couleur de rose, aurore et noir.

— Encore pis ! dit la maîtresse. Cela est à excéder. Faites le dessus. »

« La femme de chambre obéit ; et il en résulta : blanc, orangé, bleu pâle, couleur de chair, soufre et gris.

La maîtresse s'écria :

— On n'y saurait plus tenir.

— Si madame voulait faire attention, dit une des deux autres femmes, qu'avec son grand panier et ses petites mules...

— Mais oui, cela pourrait aller... »

« Ensuite la dame passa dans un arrière-cabinet pour s'habiller dans cette modulation. Cependant l'aînée de ses filles priait la suivante de lui jouer un ajustement de fantaisie, ajoutant :

---

29. La débauche de couleurs et d'accessoires qui suit signe la « culture des apparences » du XVIIIe siècle (D. Roche, *La Culture des apparences. Une histoire du vêtement XVIIe-XVIIIe siècle*, Fayard, 1989), et fait écho au sublime article « Teinture » de l'*Encyclopédie* qui décline la palette poétique de toutes les couleurs dérivées des couleurs primaires. On pensera aux robes de *Peau d'Âne*, de Charles Perrault. Les hommes ne connaissent pas encore « l'uniforme » noir et gris qui sera de mise au siècle suivant.

— Je suis priée d'un bal ; et je me voudrais leste, singulière et brillante. Je suis lasse des couleurs pleines.
— Rien n'est plus aisé », dit la suivante ; et elle toucha gris de perle, avec un clair-obscur qui ne ressemblait à rien ; et dit : « Voyez, mademoiselle, comme cela fera bien avec votre coiffure de la Chine, votre mantelet de plumes de paon, votre jupon céladon et or, vos bas cannelle, et vos souliers de jais ; surtout si vous vous coiffez en brun, avec votre aigrette de rubis.
— Tu vaux trop, ma chère, répliqua la jeune fille. Viens toi-même exécuter tes idées. »

« Le tour de la cadette arriva ; la suivante qui restait lui dit :
— Votre grande sœur va au bal ; mais vous, n'allez-vous pas au temple ?...
— Précisément ; et c'est par cette raison que je veux que tu me touches quelque chose de fort coquet.
— Eh bien ! répondit la suivante, prenez votre robe de gaze couleur de feu, et je vais chercher le reste de l'accompagnement. Je n'y suis pas... m'y voici... non... c'est cela... oui, c'est cela ; vous serez à ravir... Voyez, mademoiselle : jaune, vert, noir, couleur de feu, azur, blanc et bleu ; cela fera à merveille avec vos boucles d'oreilles de topaze de Bohême, une nuance de rouge, deux assassins, trois croissants et sept mouches... »

« Ensuite elles sortirent, en me faisant une profonde révérence. Seul, je me disais : « Elles sont aussi folles ici que chez nous. Ce clavecin épargne pourtant bien de la peine. »

Mirzoza, interrompant la lecture, dit au sultan : « Votre voyageur aurait bien dû nous apporter une ariette au moins d'ajustements notés, avec la basse chiffrée.
Le sultan – C'est ce qu'il a fait.
Mirzoza – Et qui est-ce qui nous jouera cela ?
Le sultan – Mais quelqu'un des disciples du brame noir ; celui entre les mains duquel son instrument oculaire est resté. Mais en avez-vous assez ?
Mirzoza – Y en a-t-il encore beaucoup ?...

LE SULTAN – Non ; encore quelques pages, et vous en serez quitte...
MIRZOZA – Lisez-les.
LE SULTAN – « J'en étais là, dit mon journal, lorsque la porte du cabinet où la mère était entrée, s'ouvrit, et m'offrit une figure si étrangement déguisée, que je ne la reconnus pas. Sa coiffure pyramidale et ses mules en échasses l'avaient agrandie d'un pied et demi ; elle avait avec cela une palatine blanche, un mantelet orange, une robe de velours ras bleu pâle, un jupon couleur de chair, des bas soufre, et des mules petit-gris ; mais ce qui me frappa surtout, ce fut un panier pentagone, à angles saillants et rentrants, dont chacun portait une toise de projection. Vous eussiez dit que c'était un donjon ambulant, flanqué de cinq bastions. L'une des filles parut ensuite.
— Miséricorde ! s'écria la mère, qui est-ce qui vous a ajustée de la sorte ? Retirez-vous ! vous me faites horreur. Si l'heure du bal n'était pas si proche, je vous ferais déshabiller. J'espère du moins que vous vous masquerez. » Puis, s'adressant à la cadette : « Pour cela », dit-elle, en la parcourant de la tête aux pieds, « voilà qui est raisonnable et décent. »
« Cependant monsieur, qui avait aussi fait sa toilette après son médianoche[30], se montra avec un chapeau couleur de feuille morte, sous lequel s'étendait une longue perruque en volutes, un habit de drap à double broche, avec des parements en carré long, d'un pied et demi chacun ; cinq boutons par-devant, quatre poches, mais point de plis ni de paniers ; une culotte et des bas chamois, des souliers de maroquin vert ; le tout tenant ensemble, et formant un pantalon. »
Ici Mangogul s'arrêta et dit à Mirzoza, qui se tenait les côtés : « Ces insulaires vous paraissent fort ridicules... »
Mirzoza, lui coupant la parole, ajouta : « Je vous dispense du reste ; pour cette fois, sultan, vous avez raison ; que ce soit, je vous prie, sans tirer à conséquence. Si vous vous avisez de devenir raisonnable, tout est perdu. Il est sûr que nous paraî-

30. « Terme qui nous vient d'Italie ; c'est un repas qui se fait la nuit, après un bal ou un autre divertissement, au passage d'un jour maigre à un jour gras » (article « Médianoche », *Encyclopédie*).

trions aussi bizarres à ces insulaires, qu'ils nous le paraissent ; et qu'en fait de modes, ce sont les fous qui donnent la loi aux sages, les courtisanes qui la donnent aux honnêtes femmes, et qu'on n'a rien de mieux à faire que de la suivre. Nous rions en voyant les portraits de nos aïeux, sans penser que nos neveux riront en voyant les nôtres.
MANGOGUL – J'ai donc eu une fois en ma vie le sens commun !...
MIRZOZA – Je vous le pardonne ; mais n'y retournez pas...
MANGOGUL – Avec toute votre sagacité, l'harmonie, la mélodie et le clavecin oculaire...
MIRZOZA – Arrêtez, je vais continuer... donnèrent lieu à un schisme qui divisa les hommes, les femmes et tous les citoyens. Il y eut une insurrection d'école contre école, de maître contre maître ; on disputa, on s'injuria, on se haït.

— Fort bien ; mais ce n'est pas tout.
— Aussi, n'ai-je pas tout dit.
— Achevez.
— Ainsi qu'il est arrivé dernièrement à Banza, dans la querelle sur les sons, où les sourds se montrèrent les plus entêtés disputeurs. Dans la contrée de vos voyageurs, ceux qui crièrent le plus longtemps et le plus haut sur les couleurs, ce furent les aveugles... »

À cet endroit, le sultan dépité prit les cahiers de ses voyageurs, et les mit en pièces.

« Eh ? que faites-vous là ?
— Je me débarrasse d'un ouvrage inutile.
— Pour moi, peut-être ; mais pour vous ?
— Tout ce qui n'ajoute rien à votre bonheur m'est indifférent.
— Je vous suis donc bien chère ?
— Voilà une question à détacher de toutes les femmes. Non, elles ne sentent rien ; elles croient que tout leur est dû ; quoi qu'on fasse pour elles, on n'en a jamais fait assez. Un moment de contrariété efface une année de service. Je m'en vais.
— Non, vous restez ; allons, approchez-vous, et baisez-moi... »

Le sultan l'embrassa, et dit :
« N'est-il pas vrai que nous ne sommes que des marionnettes ?
— Oui, quelquefois. »

Chapitre XX

LES DEUX DÉVOTES

Le sultan laissait depuis quelques jours les bijoux en repos. Des affaires importantes, dont il était occupé, suspendaient les effets de sa bague. Ce fut dans cet intervalle que deux femmes de Banza apprêtèrent à rire à toute la ville.

Elles étaient dévotes de profession. Elles avaient conduit leurs intrigues avec toute la discrétion possible, et jouissaient d'une réputation que la malignité même de leurs semblables avait respectée. Il n'était bruit dans les mosquées que de leur vertu. Les mères les proposaient en exemple à leurs filles ; les maris à leurs femmes. Elles tenaient l'une et l'autre, pour maxime principale, que le scandale est le plus grand de tous les péchés. Cette conformité de sentiments, mais surtout la difficulté d'édifier à peu de frais un prochain clairvoyant et malin, l'avait emporté sur la différence de leurs caractères ; et elles étaient très bonnes amies.

Zélide recevait le bramine de Sophie ; c'était chez Sophie que Zélide conférait avec son directeur ; et en s'examinant un peu, l'une ne pouvait guère ignorer ce qui concernait le bijou de l'autre ; mais l'indiscrétion bizarre de ces bijoux les tenait toutes deux dans de cruelles alarmes. Elles se voyaient à la veille d'être démasquées, et de perdre cette réputation de vertu qui leur avait coûté quinze ans de dissimulation et de manège, et dont elles étaient alors fort embarrassées.

Il y avait des moments où elles auraient donné leur vie, du moins Zélide, pour être aussi décriées que la plus grande partie de leurs connaissances. « Que dira le monde ? que fera mon mari ?... Quoi ! cette femme si réservée, si modeste, si vertueuse ; cette Zélide n'est... comme les autres... Ah ! cette idée me désespère !... Oui, je voudrais n'en avoir point, n'en avoir jamais eu », s'écriait brusquement Zélide.

Elle était alors avec son amie, que les mêmes réflexions occupaient, mais qui n'en était pas autant agitée. Les dernières paroles de Zélide la firent sourire.

« Riez, madame, ne vous contraignez point. Éclatez, lui dit Zélide dépitée. Il y a vraiment de quoi.

— Je connais comme vous, lui répondit froidement Sophie, tout le danger qui nous menace ; mais le moyen de s'y soustraire ? car vous conviendrez, avec moi, qu'il n'y a pas d'apparence que votre souhait s'accomplisse.

— Imaginez donc un expédient, repartit Zélide.

— Oh ! reprit Sophie, je suis lasse de me creuser : je n'imagine rien... S'aller confiner dans le fond d'une province est un parti ; mais laisser à Banza les plaisirs, et renoncer à la vie, c'est ce que je ne ferai point. Je sens que mon bijou ne s'accommodera jamais de cela.

— Que faire donc ?...

— Que faire ! Abandonner tout à la Providence, et rire, à mon exemple, du qu'en-dira-t-on. J'ai tout tenté pour concilier la réputation et les plaisirs. Mais puisqu'il est dit qu'il faut renoncer à la réputation, conservons au moins les plaisirs. Nous étions uniques. Eh bien ! ma chère, nous ressemblerons à cent mille autres ; cela vous paraît-il donc si dur ?

— Oui, sans doute, répliqua Zélide ; il me paraît dur de ressembler à celles pour qui l'on avait affecté un mépris souverain. Pour éviter cette mortification, je m'enfuirais, je crois, au bout du monde.

— Partez, ma chère, continua Sophie ; pour moi, je reste... Mais à propos, je vous conseille de vous pourvoir de quelque secret, pour empêcher votre bijou de babiller en route.

— En vérité, reprit Zélide, la plaisanterie est ici de bien mauvaise grâce ; et votre intrépidité...

— Vous vous trompez, Zélide, il n'y a point d'intrépidité dans mon fait. Laisser prendre aux choses un train dont on ne peut les détourner, c'est résignation. Je vois qu'il faut être déshonorée ; eh bien ! déshonorée pour déshonorée, je m'épargnerai du moins de l'inquiétude le plus que je pourrai.

— Déshonorée ! reprit Zélide, fondant en larmes ; déshonorée ! Quel coup ! Je n'y puis résister... Ah, maudit bonze ! c'est toi qui m'as perdue. J'aimais mon époux ; j'étais née vertueuse ; je l'aimerais encore, si tu n'avais abusé de ton ministère et de ma confiance. Déshonorée ! chère Sophie... »

Elle ne put achever. Les sanglots lui coupèrent la parole ; et elle tomba sur un canapé, presque désespérée. Zélide ne reprit l'usage de la voix que pour s'écrier douloureusement : « Ah ! ma chère Sophie, j'en mourrai... Il faut que j'en meure. Non, je ne survivrai jamais à ma réputation...

— Mais, Zélide, ma chère Zélide, ne vous pressez pourtant pas de mourir : peut-être que... lui dit Sophie.

— Il n'y a peut-être qui tienne ; il faut que j'en meure...

— Mais peut-être qu'on pourrait...

— On ne pourra rien, vous dis-je... Mais parlez, ma chère, que pourrait-on ?

— Peut-être qu'on pourrait empêcher un bijou de parler.

— Ah ! Sophie, vous cherchez à me soulager par de fausses espérances ; vous me trompez.

— Non, non, je ne vous trompe point ; écoutez-moi seulement, au lieu de vous désespérer comme une folle. J'ai entendu parler de Frénicol, d'Éolipile, de bâillons et de muselières.

— Eh, qu'ont de commun Frénicol, Éolipile et les muselières, avec le danger qui nous menace ? Qu'a à faire ici mon bijoutier ? et qu'est-ce qu'une muselière ?

— Le voici, ma chère. Une muselière est une machine imaginée par Frénicol, approuvée par l'académie et perfectionnée par Éolipile, qui se faisait toutefois les honneurs de l'invention.

— Eh bien ! cette machine imaginée par Frénicol, approuvée par l'académie et perfectionnée par ce benêt d'Éolipile ?...

— Oh ! vous êtes d'une vivacité qui passe l'imagination. Eh bien ! cette machine s'applique et rend un bijou discret, malgré qu'il en ait...

— Serait-il bien vrai, ma chère ?
— On le dit.
— Il faut savoir cela, reprit Zélide, et sur-le-champ »

Elle sonna ; une de ses femmes parut ; et elle envoya chercher Frénicol[31].

« Pourquoi pas Éolipile ? dit Sophie.
— Frénicol marque moins », répondit Zélide. Le bijoutier ne se fit pas attendre.

« Ah ! Frénicol, vous voilà, lui dit Zélide ; soyez le bienvenu. Dépêchez-vous, mon cher, de tirer deux femmes d'un embarras cruel...
— De quoi s'agit-il, mesdames ?... Vous faudrait-il quelques rares bijoux ?...
— Non ; mais nous en avons deux, et nous voudrions bien...
— Vous en défaire, n'est-ce pas ? Eh bien ! mesdames, il faut les voir. Je les prendrai, ou nous ferons un échange....
— Vous n'y êtes pas, monsieur Frénicol ; nous n'avons rien à troquer...
— Ah ! je vous entends ; c'est quelques boucles d'oreilles que vous auriez envie de perdre, de manière que vos époux les retrouvassent chez moi...
— Point du tout. Mais, Sophie, dites-lui donc de quoi il est question !
— Frénicol, continua Sophie, nous avons besoin de deux... Quoi ! vous n'entendez pas ?...
— Non, madame ; comment voulez-vous que j'entende ? Vous ne me dites rien...
— C'est, répondit Sophie, que, quand une femme a de la pudeur, elle souffre à s'exprimer sur certaines choses...
— Mais, reprit Frénicol, encore faut-il qu'elle s'explique. Je suis bijoutier et non pas devin.
— Il faut pourtant que vous me deviniez...
— Ma foi, mesdames, plus je vous envisage et moins je vous comprends. Quand on est jeunes, riches et jolies comme vous,

31. Ce nom évoque celui d'un bijoutier en vogue, La Frenaye.

on n'en est pas réduites à l'artifice : d'ailleurs, je vous dirai sincèrement que je n'en vends plus. J'ai laissé le commerce de ces babioles à ceux de mes confrères qui commencent. »

Nos dévotes trouvèrent l'erreur du bijoutier si ridicule, qu'elles lui firent toutes deux en même temps un éclat de rire qui le déconcerta.

« Souffrez, mesdames, leur dit-il, que je vous fasse la révérence et que je me retire. Vous pouviez vous dispenser de m'appeler d'une lieue pour plaisanter à mes dépens.

— Arrêtez, mon cher, arrêtez, lui dit Zélide en continuant de rire. Ce n'était point notre dessein. Mais, faute de nous entendre, il vous est venu des idées si burlesques...

— Il ne tient qu'à vous, mesdames, que j'en aie enfin de plus justes. De quoi s'agit-il ?

— Oh ! mons Frénicol, souffrez que je rie tout à mon aise ayant que de vous répondre. »

Zélide rit à s'étouffer. Le bijoutier songeait en lui-même qu'elle avait des vapeurs ou qu'elle était folle, et prenait patience. Enfin, Zélide cessa.

« Eh bien ! lui dit-elle, il est question de nos bijoux ; des nôtres, entendez-vous, monsieur Frénicol ? Vous savez apparemment que, depuis quelque temps, il y en a plusieurs qui se sont mis à jaser comme des pies ; or, nous voudrions bien que les nôtres ne suivissent point ce mauvais exemple.

— Ah ! j'y suis maintenant ; c'est-à-dire, reprit Frénicol, qu'il vous faut une muselière...

— Fort bien, vous y êtes en effet. On m'avait bien dit que monsieur Frénicol n'était pas un sot...

— Madame, vous avez bien de la bonté. Quant à ce que vous me demandez, j'en ai de toutes sortes, et de ce pas je vais vous en chercher. »

Frénicol partit ; cependant Zélide embrassait son amie et la remerciait de son expédient : et moi, dit l'auteur africain, j'allai me reposer en attendant qu'il revînt.

Chapitre XXI

RETOUR DU BIJOUTIER

Le bijoutier revint et présenta à nos dévotes deux muselières des mieux conditionnées.

« Ah ! miséricorde ! s'écria Zélide. Quelles muselières ! quelles énormes muselières sont-ce là ! et qui sont les malheureuses à qui cela servira ? Cela a une toise de long. Il faut, en vérité, mon ami, que vous ayez pris mesure sur la jument du sultan.

— Oui, dit nonchalamment Sophie, après les avoir considérées et compassées avec les doigts : vous avez raison ; et il n'y a que la jument du sultan ou la vieille Rimosa à qui elles puissent convenir...

— Je vous jure, mesdames, reprit Frénicol, que c'est la grandeur ordinaire ; et que Zelmaïde, Zyrphile, Amiane, Zulique et cent autres en ont pris de pareilles...

— Cela est impossible, répliqua Zélide.

— Cela est pourtant, repartit Frénicol : mais toutes ont dit comme vous ; et, comme elles, si vous voulez vous détromper, vous le pouvez à l'essai...

— Monsieur Frénicol en dira tout ce qu'il voudra ; mais il ne me persuadera jamais que cela me convienne, dit Zélide.

— Ni à moi, dit Sophie. Qu'il nous en montre d'autres, s'il en a. »

Frénicol, qui avait éprouvé plusieurs fois qu'on ne convertissait pas les femmes sur cet article, leur présenta des muselières de treize ans.

« Ah ! voilà ce qu'il nous faut ! s'écrièrent-elles toutes deux en même temps.

— Je le souhaite, répondit tout bas Frénicol.

— Combien les vendez-vous ? dit Zélide...

— Madame, ce n'est que dix ducats...

— Dix ducats ! vous n'y pensez pas, Frénicol...

— Madame, c'est en conscience...
— Vous nous faites payer la nouveauté...
— Je vous jure, mesdames, que c'est argent troqué...
— Il est vrai qu'elles sont joliment travaillées ; mais dix ducats, c'est une somme...
— Je n'en rabattrai rien.
— Nous irons chez Éolipile.
— Vous le pouvez, mesdames : mais il y a ouvrier et ouvrier, muselières et muselières. »

Frénicol tint ferme, et Zélide en passa par là. Elle paya les deux muselières ; et le bijoutier s'en retourna, bien persuadé qu'elles leur seraient trop courtes et qu'elles ne tarderaient pas à lui revenir pour le quart de ce qu'il les avait vendues. Il se trompa. Mangogul ne s'étant point trouvé à portée de tourner sa bague sur ces deux femmes, il ne prit aucune envie à leurs bijoux de parler plus haut qu'à l'ordinaire, heureusement pour elles ; car Zélide, ayant essayé sa muselière, la trouva la moitié trop petite. Cependant elle ne s'en défit pas, imaginant presque autant d'inconvénient à la changer qu'à ne s'en point servir.

On a su ces circonstances d'une de ses femmes, qui les dit en confidence à son amant, qui les redit en confidence à d'autres, qui les confièrent sous le secret à tout Banza. Frénicol parla de son côté ; l'aventure de nos dévotes devint publique et occupa quelque temps les médisants du Congo.

Zélide en fut inconsolable. Cette femme, plus à plaindre qu'à blâmer, prit son bramine en aversion, quitta son époux et s'enferma dans un couvent. Pour Sophie, elle leva le masque, brava les discours, mit du rouge et des mouches, se répandit dans le grand monde et eut des aventures.

Chapitre XXII

SEPTIÈME ESSAI DE L'ANNEAU – LE BIJOU SUFFOQUÉ

Quoique les bourgeoises de Banza se doutassent que les bijoux de leur espèce n'auraient pas l'honneur de parler, toutes cependant se munirent de muselières. On eut à Banza sa muselière, comme on prend ici le deuil de cour.

En cet endroit, l'auteur africain remarque avec étonnement que la modicité du prix et la roture des muselières n'en firent point cesser la mode au sérail. « Pour cette fois, dit-il, l'utilité l'emporta sur le préjugé. » Une réflexion aussi commune ne valait pas la peine qu'il se répétât : mais il m'a semblé que c'était le défaut de tous les anciens auteurs du Congo, de tomber dans des redites, soit qu'ils se fussent proposés de donner ainsi un air de vraisemblance et de facilité à leurs productions ; soit qu'ils n'eussent pas, à beaucoup près, autant de fécondité que leurs admirateurs le supposent.

Quoi qu'il en soit, un jour, Mangogul, se promenant dans ses jardins, accompagné de toute sa cour, s'avisa de tourner sa bague sur Zélaïs. Elle était jolie et soupçonnée de plusieurs aventures ; cependant son bijou ne fit que bégayer et ne proféra que quelques mots entrecoupés qui ne signifiaient rien et que les persifleurs interprétèrent comme ils voulurent... « Ouais, dit le sultan, voici un bijou qui a la parole bien malaisée. Il faut qu'il y ait ici quelque chose qui lui gêne la prononciation. » Il appliqua donc plus fortement son anneau. Le bijou fit un second effort pour s'exprimer ; et, surmontant en partie l'obstacle qui lui fermait la bouche, on entendit très distinctement : « Ahi... ahi... J'ét... j'ét... j'étouffe. Je n'en puis plus... Ahi... ahi... J'étouffe. »

Zélaïs se sentit aussitôt suffoquer : son visage pâlit, sa gorge s'enfla, et elle tomba, les yeux fermés et la bouche entrouverte, entre les bras de ceux qui l'environnaient.

Partout ailleurs Zélaïs eût été promptement soulagée. Il ne s'agissait que de la débarrasser de sa muselière et de rendre à son bijou la respiration ; mais le moyen de lui porter une main secourable en présence de Mangogul ! « Vite, vite, des médecins, s'écriait le sultan ; Zélaïs se meurt. »

Des pages coururent au palais et revinrent, les docteurs s'avançant gravement sur leurs traces ; Orcotome était à leur tête. Les uns opinèrent pour la saignée [32], les autres pour le kermès [33] ; mais le pénétrant Orcotome fit transporter Zélaïs dans un cabinet voisin, la visita et coupa les courroies de son caveçon [34]. Ce bijou emmuselé fut un de ceux qu'il se vanta d'avoir vus dans le paroxysme.

Cependant le gonflement était excessif, et Zélaïs eût continué de souffrir si le sultan n'eût eu pitié de son état. Il retourna sa bague ; les humeurs se remirent en équilibre ; Zélaïs revint, et Orcotome s'attribua le miracle de cette cure.

L'accident de Zélaïs et l'indiscrétion de son médecin discréditèrent beaucoup les muselières. Orcotome, sans égard pour les intérêts d'Éolipile, se proposa d'élever sa fortune sur les débris de la sienne ; se fit annoncer pour médecin attitré des bijoux enrhumés ; et l'on voit encore son affiche dans les rues détournées. Il commença par gagner de l'argent et finit par être méprisé. Le sultan s'était fait un plaisir de rabattre la présomption de l'empirique. Orcotome se vantait-il d'avoir réduit au silence quelque bijou qui n'avait jamais soufflé mot ? Mangogul avait la cruauté de le faire parler. On en vint jusqu'à remarquer que tout bijou qui s'ennuyait de se taire n'avait qu'à recevoir deux ou trois visites d'Orcotome. Bientôt on le mit, avec Éolipile, dans la classe des charlatans ; et tous deux y demeureront jusqu'à ce qu'il plaise à Brama de les en tirer.

32. « Opération de chirurgie qu'on fait avec une lancette pour tirer le sang corrompu ou superflu qui est dans les veines » (*Dictionnaire* de Furetière). Dans l'*Encyclopédie*, il est précisé que « c'est un des plus grands et des plus prompts moyens de guérison que la médecine connaisse ».

33. Excroissance qui pousse sur le chêne vert et sert de teinture, ou de vomitif.

34. « Espèce de bride ou de muserolle qu'on met sur le nez du cheval, qui le serre, le contraint, et sert à le dompter, le dresser, et le gouverner. Ce mot vient de l'espagnol *cabeca*, tête » (*Encyclopédie*).

On préféra la honte à l'apoplexie. « On meurt de celle-ci », disait-on. On renonça donc aux muselières ; on laissa parler les bijoux, et personne n'en mourut.

you must let
your bijou
talk, then
you'll live

if you try &
oppress it,
you'll die

- glorifies female
desire &
sexuality?!

praises nature

Chapitre XXIII

HUITIÈME ESSAI DE L'ANNEAU – LES VAPEURS

Il y eut un temps, comme on voit, que les femmes, craignant que leurs bijoux ne parlassent, étaient suffoquées, se mouraient : mais il en vint un autre, qu'elles se mirent au-dessus de cette frayeur, se défirent des muselières et n'eurent plus que des vapeurs.

La favorite avait, entre ses complaisantes, une fille singulière. Son humeur était charmante, quoique inégale. Elle changeait de visage dix fois par jour ; mais quel que fût celui qu'elle prît, il plaisait. Unique dans sa mélancolie, ainsi que dans sa gaieté, il lui échappait, dans ses moments les plus extravagants, des propos d'un sens exquis ; et il lui venait, dans les accès de sa tristesse, des extravagances très réjouissantes.

Mirzoza s'était si bien faite à Callirhoé, c'était le nom de cette jeune folle, qu'elle ne pouvait presque s'en passer. Une fois que le sultan se plaignait à la favorite de je ne sais quoi d'inquiet et de froid qu'il lui remarquait :

« Prince, lui dit-elle, embarrassée de ses reproches, sans mes trois bêtes, mon serin, ma chartreuse [35] et Callirhoé, je ne vaux rien ; et vous voyez bien que la dernière me manque...

— Et pourquoi n'est-elle pas ici ? lui demanda Mangogul.

— Je ne sais, répondit Mirzoza, mais il y a quelques mois qu'elle m'annonça que, si Mazul faisait la campagne, elle ne pourrait se dispenser d'avoir des vapeurs ; et Mazul partit hier...

— Passe encore pour celle-là, répliqua le sultan. Voilà ce qui s'appelle des vapeurs bien fondées. Mais vis-à-vis de quoi s'avisent d'en avoir cent autres, dont les maris sont tout jeunes, et qui ne se laissent pas manquer d'amants ?

— Prince, répondit un courtisan, c'est une maladie à la mode. C'est un air à une femme que d'avoir des vapeurs. Sans amants

35. Race de chat d'un gris bleuté.

et sans vapeurs, on n'a aucun usage du monde ; et il n'y a pas une bourgeoise à Banza qui ne s'en donne. »

Mangogul sourit et se détermina sur-le-champ à visiter quelques-unes de ces vaporeuses. Il alla droit chez Salica. Il la trouva couchée, la gorge découverte, les yeux allumés, la tête échevelée, et à son chevet le petit médecin bègue et bossu Farfadi, qui lui faisait des contes. Cependant elle allongeait un bras, puis un autre, bâillait, soupirait, se portait la main sur le front et s'écriait douloureusement : « Ahi... Je n'en puis plus... Ouvrez les fenêtres... Donnez-moi de l'air... Je n'en puis plus ; Je me meurs... »

Mangogul prit le moment que ses femmes troublées aidaient Farfadi à alléger ses couvertures, pour tourner sa bague sur elle ; et l'on entendit à l'instant : « Oh ! que je m'ennuie de ce train ! Voilà-t-il pas que madame s'est mis en tête d'avoir des vapeurs ! Cela durera la huitaine ; et je veux mourir si je sais à propos de quoi : car après les efforts de Farfadi pour déraciner ce mal, il me semble qu'il a tort de persister. »

« Bon, dit le sultan en retournant sa bague, j'entends. Celle-ci a des vapeurs en faveur de son médecin. Voyons ailleurs. »

Il passa de l'hôtel de Salica dans celui d'Arsinoé, qui n'en est pas éloigné. Il entendit, dès l'entrée de son appartement, de grands éclats de rire et s'avança, comptant la trouver en compagnie : cependant elle était seule ; et Mangogul n'en fut pas trop surpris. « Une femme se donnant des vapeurs, elle se les donne apparemment, dit-il, tristes ou gaies, selon qu'il est à propos. »

Il tourna sa bague sur elle, et sur-le-champ son bijou se mit à rire à gorge déployée.

Il passa brusquement de ses ris immodérés à des lamentations ridicules sur l'absence de Narcès, à qui il conseillait en bon ami de hâter son retour, et continua sur nouveaux frais à sangloter, pleurer, gémir, soupirer, se désespérer, comme s'il eût enterré tous les siens.

Le sultan se contenant à peine d'éclater d'une affliction si bizarre, retourna sa bague et partit, laissant Arsinoé et son bijou se lamenter tout à leur aise et concluant en lui-même la fausseté du proverbe.

embrace natural drives & sexuality

Chapitre XXIV

NEUVIÈME ESSAI DE L'ANNEAU – DES CHOSES PERDUES ET RETROUVÉES

Pour servir de supplément au savant Traité de Pancirolle[36] *et aux Mémoires de l'Académie des Inscriptions*

Mangogul s'en revenait dans son palais, occupé des ridicules que les femmes se donnent, lorsqu'il se trouva, soit distraction de sa part, soit méprise de son anneau, sous les portiques du somptueux édifice que Thélis a décoré des riches dépouilles de ses amants. Il profita de l'occasion pour interroger son bijou.

Thélis était femme de l'émir Sambuco, dont les ancêtres avaient régné dans la Guinée. Sambuco s'était acquis de la considération dans le Congo par cinq ou six victoires célèbres qu'il avait remportées sur les ennemis d'Erguebzed. Non moins habile négociateur que grand capitaine, il avait été chargé des ambassades les plus distinguées et s'en était tiré supérieurement. Il vit Thélis au retour de Loango et il en fut épris. Il touchait alors à la cinquantaine et Thélis ne passait pas vingt-cinq ans. Elle avait plus d'agréments que de beauté ; les femmes disaient qu'elle était très bien et les hommes la trouvaient adorable. De puissants partis l'avaient recherchée ; mais soit qu'elle eût déjà ses vues, soit qu'il y eût entre elle et ses soupirants disproportion de fortune, ils avaient tous été refusés. Sambuco la vit, mit à ses pieds des richesses immenses, un nom, des lauriers et des titres qui ne le cédaient qu'à ceux des souverains, et l'obtint.

Thélis fut ou parut vertueuse pendant six semaines entières après son mariage ; mais un bijou né voluptueux se dompte rarement de lui-même, et un mari quinquagénaire, quelque héros qu'il soit d'ailleurs, est un insensé, s'il se promet de

36. Gui Panciroli, auteur des *Rerum memorabilium sive deperditarum libri [...]* (1599), traduit sous le titre : *Livre premier des antiquitez perdues, et si au vif représentées par la plume de... G. Pancirol, qu'on en peut tirer grand profit de la perte, accompagné d'un second des choses nouvellement inventées et auparavant inconnues...* (1617).

vaincre cet ennemi. Quoique Thélis mît dans sa conduite de la prudence, ses premières aventures ne furent point ignorées. C'en fut assez dans la suite pour lui en supposer de secrètes, et Mangogul, curieux de ces vérités, se hâta de passer du vestibule de son palais dans son appartement.

On était alors au milieu de l'été : il faisait une chaleur extrême, et Thélis, après le dîner, s'était jetée sur un lit de repos, dans un arrière-cabinet orné de glaces et de peintures. Elle dormait, et sa main était encore appuyée sur un recueil de contes persans qui l'avaient assoupie.

Mangogul la contempla quelque temps, convint qu'elle avait des grâces, et tourna sa bague sur elle. « Je m'en souviens encore, comme si j'y étais, dit incontinent le bijou de Thélis : neuf preuves d'amour en quatre heures. Ah ! quels moments ! que Zermounzaïd est un homme divin ! Ce n'est point là le vieux et glacé Sambuco. Cher Zermounzaïd, j'avais ignoré les vrais plaisirs, le bien réel ; c'est toi qui me l'as fait connaître. »

Mangogul, qui désirait s'instruire des particularités du commerce de Thélis avec Zermounzaïd, que le bijou lui dérobait, en ne s'attachant qu'à ce qui frappe le plus un bijou, frotta quelque temps le chaton de sa bague contre sa veste, et l'appliqua sur Thélis, tout étincelant de lumière. L'effet en parvint bientôt jusqu'à son bijou, qui mieux instruit de ce qu'on lui demandait, reprit d'un ton plus historique :

« Sambuco commandait l'armée du Monoémugi, et je le suivais en campagne. Zermounzaïd servait sous lui en qualité de colonel, et le général, qui l'honorait de sa confiance, nous avait mis sous son escorte. Le zélé Zermounzaïd ne désempara pas de son poste : il lui parut trop doux, pour le céder à quelque autre ; et le danger de le perdre fut le seul qu'il craignit de toute la campagne.

« Pendant le quartier d'hiver, je reçus quelques nouveaux hôtes, Cacil, Jékia, Almamoum, Jasub, Sélim, Manzora, Néreskim, tous militaires que Zermounzaïd avait mis à la mode, mais qui ne le valaient pas. Le crédule Sambuco s'en reposait de la vertu de sa femme sur elle-même, et sur les soins de Zermounzaïd ; et tout occupé des détails immenses de la guerre, et des grandes opérations qu'il méditait pour la gloire du Congo, il n'eut jamais le moindre soupçon que Zermounzaïd le trahît, et que Thélis lui fût infidèle.

« La guerre continua ; les armées rentrèrent en campagne, et nous reprîmes nos litières. Comme elles allaient très lentement, insensiblement le corps de l'armée gagna de l'avance sur nous, et nous nous trouvâmes à l'arrière-garde. Zermounzaïd la commandait. Ce brave garçon, que la vue des grands périls n'avait jamais écarté du chemin de la gloire, ne put résister à celle du plaisir. Il abandonna à un subalterne le soin de veiller aux mouvements de l'ennemi qui nous harcelait, et passa dans notre litière ; mais à peine y fut-il, que nous entendîmes un bruit confus d'armes et de cris. Zermounzaïd, laissant son ouvrage à demi, veut sortir ; mais il est étendu par terre, et nous restons au pouvoir du vainqueur.

« Je commençai donc par engloutir l'honneur et les services d'un officier qui pouvait attendre de sa bravoure et de son mérite les premiers emplois de la guerre, s'il n'eût jamais connu la femme de son général. Plus de trois mille hommes périrent en cette occasion. C'est encore autant de bons sujets que nous avons ravis à l'État. »

Qu'on imagine la surprise de Mangogul à ce discours ! Il avait entendu l'oraison funèbre de Zermounzaïd, et il ne le reconnaissait point à ces traits. Erguebzed son père avait regretté cet officier : les nouvelles à la main [37], après avoir prodigué les derniers éloges à sa belle retraite, avaient attribué sa défaite et sa mort à la supériorité des ennemis, qui, disaient-elles, s'étaient trouvés six contre un. Tout le Congo avait plaint un homme qui avait si bien fait son devoir. Sa femme avait obtenu une pension : on avait accordé son régiment à son fils aîné, et l'on promettait un bénéfice au cadet.

Que d'horreurs ! s'écria tout bas Mangogul ; un époux

37. Gazettes manuscrites publiées clandestinement.

déshonoré, l'État trahi, des citoyens sacrifiés, ces forfaits ignorés, récompensés même comme des vertus, et tout cela à propos d'un bijou !

Le bijou de Thélis, qui s'était interrompu pour reprendre haleine, continua : « Me voilà donc abandonné à la discrétion de l'ennemi. Un régiment de dragons était prêt à fondre sur nous. Thélis en parut éplorée, et ne souhaita rien tant ; mais les charmes de la proie semèrent la discorde entre les prédateurs. On tira les cimeterres et trente à quarante hommes furent massacrés en un clin d'œil. Le bruit de ce désordre parvint jusqu'à l'officier général. Il accourut, calma ces furieux, et nous mit en séquestre sous une tente, où nous n'avions pas eu le temps de nous reconnaître, qu'il vint solliciter le prix de ses services. « Malheur aux vaincus ! » s'écria Thélis en se renversant sur un lit ; et toute la nuit fut employée à ressentir son infortune.

« Nous nous trouvâmes le lendemain sur le rivage du Niger. Une saïque [38] nous y attendait, et nous partîmes, ma maîtresse et moi, pour être présentés à l'empereur de Benin. Dans ce voyage de vingt-quatre heures, le capitaine du bâtiment s'offrit à Thélis, fut accepté, et je connus par expérience que le service de mer était infiniment plus vif que celui de terre. Nous vîmes l'empereur de Benin ; il était jeune, ardent, voluptueux : Thélis fit encore sa conquête ; mais celles de son mari l'effrayèrent. Il demanda la paix, et il ne lui en coûta, pour l'obtenir, que trois provinces et ma rançon.

« Autres temps, autres fatigues. Sambuco apprit, je ne sais comment, la raison des malheurs de la campagne précédente ; et pendant celle-ci, il me mit en dépôt sur la frontière chez un chef de bramines, de ses amis. L'homme saint ne se défendit guère ; il succomba aux agaceries de Thélis, et en moins de six mois, j'engloutis ses revenus immenses, trois étangs et deux bois de haute futaie. »

---

38. « Sorte de vaisseau de charge dont on se sert dans la mer Méditerranée » (*Dictionnaire de l'Académie française*, 1694).

— Miséricorde ! s'écria Mangogul, trois étangs et deux bois ! quel appétit pour un bijou !

« C'est une bagatelle, reprit celui-ci. La paix se fit, et Thélis suivit son époux en ambassade au Monomotapa. Elle jouait et perdait fort bien cent mille sequins en un jour, que je regagnais en une heure. Un ministre, dont les affaires de son maître ne remplissaient pas tous les moments, me tomba sous la dent, et je lui dévorai en trois ou quatre mois une fort belle terre, le château tout meublé, le parc, un équipage avec les petits chevaux pie. Une faveur de quatre minutes, mais bien filée, nous valait des fêtes, des présents, des pierreries, et l'aveugle ou politique Sambuco ne nous tracassait point.

« Je ne mettrai point en ligne de compte, ajouta le bijou, les marquisats, les comtés, les titres, les armoiries, etc., qui se sont éclipsés devant moi. Adressez-vous à mon secrétaire, qui vous dira ce qu'ils sont devenus. J'ai fort écorné le domaine du Biafara, et je possède une province entière du Béléguanze. Erguebzed me proposa sur la fin de ses jours... » À ces mots, Mangogul retourna sa bague, et fit taire le gouffre ; il respectait la mémoire de son père, et ne voulut rien entendre qui pût ternir dans son esprit l'éclat des grandes qualités qu'il lui reconnaissait.

De retour dans son sérail, il entretint la favorite des vaporeuses, et de l'essai de son anneau sur Thélis. « Vous admettez, lui dit-il, cette femme à votre familiarité ; mais vous ne la connaissez pas apparemment aussi bien que moi.

— Je vous entends, seigneur, répondit la sultane. Son bijou vous aura sottement conté ses aventures avec le général Micokof, l'émir Féridour, le sénateur Marsupha, et le grand bramine Ramadanutio. Eh ! qui ne sait qu'elle soutient le jeune Alamir, et que le vieux Sambuco, qui ne dit rien, en est aussi bien informé que vous !

— Vous n'y êtes pas, reprit Mangogul. Je viens de faire rendre gorge à son bijou.

— Vous avait-il enlevé quelque chose ? répondit Mirzoza.

— Non pas à moi, dit le sultan, mais bien à mes sujets, aux grands de mon empire, aux potentats mes voisins : des terres, des provinces, des châteaux, des étangs, des bois, des diamants, des équipages, avec les petits chevaux pie.

— Sans compter, seigneur, ajouta Mirzoza, la réputation et les vertus. Je ne sais quel avantage vous apportera votre bague ; mais plus vous en multipliez les essais, plus mon sexe me devient odieux : celles même à qui je croyais devoir quelque considération n'en sont pas exceptées. Je suis contre elles d'une humeur à laquelle je demande à Votre Hautesse de m'abandonner pour quelques moments. »

Mangogul, qui connaissait la favorite pour ennemie de toute contrainte, lui baisa trois fois l'oreille droite, et se retira.

Chapitre XXV

ÉCHANTILLON DE LA MORALE DE MANGOGUL

Mangogul, impatient de revoir la favorite, dormit peu, se leva plus matin qu'à l'ordinaire, et parut chez elle au petit jour. Elle avait déjà sonné : on venait d'ouvrir ses rideaux ; et ses femmes se disposaient à la lever. Le sultan regarda beaucoup autour d'elle, et ne lui voyant point de chien, il lui demanda la raison de cette singularité.

« C'est, lui répondit Mirzoza, que vous supposez que je suis singulière en cela, et qu'il n'en est rien.

— Je vous assure, répliqua le sultan, que je vois des chiens à toutes les femmes de ma cour, et que vous m'obligeriez de m'apprendre pourquoi elles en ont, ou pourquoi vous n'en avez point. La plupart d'entre elles en ont même plusieurs ; et il n'y en a pas une qui ne prodigue au sien des caresses qu'elle semble n'accorder qu'avec peine à son amant. Par où ces bêtes méritent-elles la préférence ? qu'en fait-on ? »

Mirzoza ne savait que répondre à ces questions.

« Mais, lui disait-elle, on a un chien comme un perroquet ou un serin. Il est peut-être ridicule de s'attacher aux animaux ; mais il n'est pas étrange qu'on en ait : ils amusent quelquefois, et ne nuisent jamais. Si on leur fait des caresses, c'est qu'elles sont sans conséquence. D'ailleurs, croyez-vous, prince, qu'un amant se contentât d'un baiser tel qu'une femme le donne à son gredin ?

— Sans doute, je le crois, dit le sultan. Il faudrait, parbleu, qu'il fût bien difficile, s'il n'en était pas satisfait. »

Une des femmes de Mirzoza, qui avait gagné l'affection du sultan et de la favorite par de la douceur, des talents et du zèle, dit : « Ces animaux sont incommodes et malpropres ; ils tachent les habits, gâtent les meubles, arrachent les dentelles, et font en un quart d'heure plus de dégât qu'il n'en faudrait pour attirer la disgrâce de la femme de chambre la plus fidèle ;

cependant on les garde.

— Quoique, selon madame, ils ne soient bons qu'à cela, ajouta le sultan.

— Prince, répondit Mirzoza, nous tenons à nos fantaisies ; et il faut que, d'avoir un gredin, c'en soit une, telle que nous en avons beaucoup d'autres, qui ne seraient plus des fantaisies, si l'on en pouvait rendre raison. Le règne des singes est passé ; les perruches se soutiennent encore. Les chiens étaient tombés ; les voilà qui se relèvent. Les écureuils ont eu leur temps ; et il en est des animaux comme il en a été successivement de l'italien, de l'anglais, de la géométrie, des prétintailles, et des falbalas [39].

— Mirzoza, répliqua le sultan en secouant la tête, n'a pas là-dessus toutes les lumières possibles ; et les bijoux...

— Votre Hautesse ne va-t-elle pas s'imaginer, dit la favorite, qu'elle apprendra du bijou d'Haria pourquoi cette femme, qui a vu mourir son fils, une de ses filles et son époux sans verser une larme, a pleuré pendant quinze jours la perte de son doguin ?

— Pourquoi non ? répondit Mangogul.

— Vraiment, dit Mirzoza, si nos bijoux pouvaient expliquer toutes nos fantaisies, ils seraient plus savants que nous-mêmes.

— Et qui vous le dispute ? repartit le sultan. Aussi crois-je que le bijou fait faire à une femme cent choses sans qu'elle s'en aperçoive ; et j'ai remarqué dans plus d'une occasion, que telle qui croyait suivre sa tête, obéissait à son bijou. Un grand philosophe plaçait l'âme, la nôtre s'entend, dans la glande pinéale [40]. Si j'en accordais une aux femmes, je sais bien, moi,

---

39. Le siècle aime : « les falbalas, les franges, les agréments que l'on met aux jupons des femmes et à leurs robes » (article « Prétintaille », *Encyclopédie*). Diderot, qui s'est passionné pour l'industrie textile comme pour les mœurs de son temps, invite le savant à « écrire quelques pages pour expliquer ce que c'est qu'un falbala ou qu'un pompon », dans l'article « Encyclopédie ».

40. Dans son *Traité de l'homme*, Descartes avait vu dans la glande pinéale le centre d'où s'exerçaient les fonctions de l'âme. Le médecin La Peyronie, contemporain de Diderot, lui préfère le corps calleux. Diderot ne croit guère à l'idée d'un « siège de l'âme », contraire à son matérialisme (supplément de l'article « Âme », *Encyclopédie*). Voir C. Jacot Grapa, *Dans le vif du sujet. Diderot, corps et âme*, Classiques Garnier, 2009.

où je la placerais.

— Je vous dispense de m'en instruire, reprit aussitôt Mirzoza.

— Mais vous me permettrez au moins, dit Mangogul, de vous communiquer quelques idées que mon anneau m'a suggérées sur les femmes, dans la supposition qu'elles ont une âme. Les épreuves que j'ai faites de ma bague m'ont rendu grand moraliste. Je n'ai ni l'esprit de La Bruyère, ni la logique de Port-Royal, ni l'imagination de Montaigne, ni la sagesse de Charron : mais j'ai recueilli des faits qui leur manquaient peut-être.

— Parlez, prince, répondit ironiquement Mirzoza : je vous écouterai de toutes mes oreilles. Ce doit être quelque chose de curieux, que les essais de morale d'un sultan de votre âge !

— Le système d'Orcotome est extravagant, n'en déplaise au célèbre Hiragu son confrère : cependant je trouve du sens dans les réponses qu'il a faites aux objections qui lui ont été proposées. Si j'accordais une âme aux femmes, je supposerais volontiers, avec lui, que les bijoux ont parlé de tout temps, bas à la vérité, et que l'effet de l'anneau du génie Cucufa se réduit à leur hausser le ton. Cela posé, rien ne serait plus facile que de vous définir toutes tant que vous êtes :

« La femme sage, par exemple, serait celle dont le bijou est muet, ou n'en est pas écouté.

La prude, celle qui fait semblant de ne pas écouter son bijou.

La galante, celle à qui le bijou demande beaucoup, et qui lui accorde trop.

La voluptueuse, celle qui écoute son bijou avec complaisance.

La courtisane, celle à qui son bijou demande à tout moment, et qui ne lui refuse rien.

La coquette, celle dont le bijou est muet, ou n'en est point écouté ; mais qui fait espérer à tous les hommes qui l'approchent, que son bijou parlera quelque jour, et qu'elle pourra ne pas faire la sourde oreille. »

« Eh bien ! délices de mon âme, que pensez-vous de mes définitions ?

— Je pense, dit la favorite, que Votre Hautesse a oublié la femme tendre.
— Si je n'en ai point parlé, répondit le sultan, c'est que je ne sais pas encore bien ce que c'est, et que d'habiles gens prétendent que le mot tendre, pris sans aucun rapport au bijou, est vide de sens.
— Comment ! vide de sens ? s'écria Mirzoza. Quoi ! il n'y a point de milieu ; et il faut absolument qu'une femme soit prude, galante, coquette, voluptueuse ou libertine ?
— Délices de mon âme, dit le sultan, je suis prêt à convenir de l'inexactitude de mon énumération, et j'ajouterai la femme tendre aux caractères précédents ; mais à condition que vous m'en donnerez une définition qui ne retombe dans aucune des miennes.
— Très volontiers, dit Mirzoza. Je compte en venir à bout sans sortir de votre système.
— Voyons, ajouta Mangogul.
— Eh bien ! reprit la favorite... La femme tendre est celle...
— Courage, Mirzoza, dit Mangogul.
— Oh ! ne me troublez point, s'il vous plaît. La femme tendre est celle... qui a aimé sans que son bijou parlât, ou... dont le bijou n'a jamais parlé qu'en faveur du seul homme qu'elle aimait. »

Il n'eût pas été galant au sultan de chicaner la favorite, et de lui demander ce qu'elle entendait par aimer : aussi n'en fit-il rien. Mirzoza prit son silence pour un aveu, et ajouta, toute fière de s'être tirée d'un pas qui lui paraissait difficile : « Vous croyez, vous autres hommes, parce que nous n'argumentons pas, que nous ne raisonnons point. Apprenez une bonne fois que nous trouverions aussi facilement le faux de vos paradoxes, que vous celui de nos raisons, si nous voulions nous en donner la peine. Si Votre Hautesse était moins pressée de satisfaire sa curiosité sur les gredins [41], je lui donnerais à mon tour un petit échantillon de ma philosophie. Mais elle

41. Espèce de petit chien à longs poils.

n'y perdra rien ; ce sera pour quelqu'un de ces jours, qu'elle aura plus de temps à m'accorder. »

Mangogul lui répondit qu'il n'avait rien de mieux à faire que de profiter de ses idées philosophiques ; que la métaphysique d'une sultane de vingt-deux ans ne devait pas être moins singulière que la morale d'un sultan de son âge.

Mais Mirzoza appréhendant qu'il n'y eût de la complaisance de la part de Mangogul, lui demanda quelque temps pour se préparer, et fournit ainsi au sultan un prétexte pour voler où son impatience pouvait l'appeler.

Mangogul doesn't think Mirzoza is wiser than him

Chapitre XXVI

DIXIÈME ESSAI DE L'ANNEAU — LES GREDINS

Mangogul se transporta sur-le-champ chez Haria ; et comme il parlait très volontiers seul, il disait en soi-même : « Cette femme ne se couche point sans ses quatre mâtins ; et les bijoux ne savent rien de ces animaux, ou le sien m'en dira quelque chose ; car, Dieu merci, on n'ignore point qu'elle aime ses chiens à l'adoration. »

Il se trouva dans l'antichambre d'Haria, sur la fin de ce monologue, et pressentit de loin que madame reposait avec sa compagnie ordinaire. C'était un petit gredin, une danoise et deux doguins. Le sultan tira sa tabatière, se précautionna de deux prises de son tabac d'Espagne, et s'approcha d'Haria. Elle dormait ; mais la meute, qui avait l'oreille au guet, entendant quelque bruit, se mit à aboyer, et la réveilla. « Taisez-vous, mes enfants, leur dit-elle d'un ton si doux qu'on ne pouvait la soupçonner de parler à ses filles ; dormez, dormez, et ne troublez point mon repos ni le vôtre. »

Jadis Haria fut jeune et jolie ; elle eut des amants de son rang ; mais ils s'éclipsèrent plus vite encore que ses grâces. Pour se consoler de cet abandon, elle donna dans une espèce de faste bizarre, et ses laquais étaient les mieux tournés de Banza. Elle vieillit de plus en plus ; les années la jetèrent dans la réforme ; elle se restreignit à quatre chiens et à deux bramines et devint un modèle d'édification. En effet, la satire la plus envenimée n'avait pas là de quoi mordre, et Haria jouissait en paix, depuis plus de dix ans, d'une haute réputation de vertu, et de ces animaux. On savait même sa tendresse si décidée pour les gredins, qu'on ne soupçonnait plus les bramines de la partager.

Haria réitéra sa prière à ses bêtes, et elles eurent la complaisance d'obéir. Alors Mangogul porta la main sur son anneau, et le bijou suranné se mit à raconter la dernière de ses aventures. Il y avait si longtemps que les premières s'étaient passées, qu'il en avait presque perdu la mémoire. « Retire-toi, Médor, dit-il d'une voix enrouée ; tu me fatigues. J'aime mieux Lisette ; je la trouve plus douce. » Médor, à qui la voix du bijou était inconnue, allait toujours son train ; mais Haria se réveillant, continua : « Ôte-toi donc, petit fripon, tu m'empêches de reposer. Cela est bon quelquefois ; mais trop est trop. » Médor se retira, Lisette prit sa place, et Haria se rendormit.

Mangogul, qui avait suspendu l'effet de son anneau, le retourna, et le très antique bijou, poussant un soupir profond, se mit à radoter, et dit : « Ah ! que je suis fâché de la mort de la grande levrette ! c'était bien la meilleure petite femme, la créature la plus caressante ; elle ne cessait de m'amuser : c'était tout esprit et toute gentillesse ; vous n'êtes que des bêtes en comparaison. Ce vilain monsieur l'a tuée... la pauvre Zinzoline ; je n'y pense jamais sans avoir la larme à l'œil... Je crus que ma maîtresse en mourrait. Elle passa deux jours sans boire et sans manger ; la cervelle lui en tournait : jugez de sa douleur. Son directeur, ses amis, ses gredins même ne m'approchèrent pas. Ordre à ses femmes de refuser l'entrée de son appartement à monsieur, sous peine d'être chassées... Ce monstre m'a ravi ma chère Zinzoline, s'écriait-elle ; qu'il ne paraisse pas ; je ne veux le voir de ma vie. »

Mangogul, curieux des circonstances de la mort de Zinzoline, ranima la force électrique de son anneau, en le frottant contre la basque de son habit, le dirigea sur Haria, et le bijou reprit : « Haria, veuve de Ramadec, se coiffa de Sindor. Ce jeune homme avait de la naissance, peu de bien ; mais un mérite qui plaît aux femmes, et qui faisait, après les gredins, le goût dominant d'Haria. L'indigence vainquit la répugnance de Sindor pour les années et pour les chiens d'Haria. Vingt mille écus de rente dérobèrent à ses yeux les rides de ma maîtresse et l'incommodité des gredins, et il l'épousa.

« Il s'était flatté de l'emporter sur nos bêtes par ses talents et ses complaisances, et de les disgracier dès le commencement de son règne ; mais il se trompa. Au bout de quelques mois qu'il crut avoir bien mérité de nous, il s'avisa de remontrer à madame que ses chiens n'étaient pas au lit aussi bonne compagnie pour lui que pour elle ; qu'il était ridicule d'en avoir plus de trois, et que c'était faire de la couche nuptiale un chenil, que d'y en admettre plus d'un à tour de rôle.

— Je vous conseille, répondit Haria d'un ton courroucé, de m'adresser de pareils discours ! Vraiment, il sied bien à un misérable cadet de Gascogne, que j'ai tiré d'un galetas qui n'était pas assez bon pour mes chiens, de faire ici le délicat ! On parfumait apparemment vos draps, mon petit seigneur, quand vous logiez en chambre garnie. Sachez, une bonne fois pour toujours, que mes chiens étaient longtemps avant vous en possession de mon lit, et que vous pouvez en sortir, ou vous résoudre à le partager avec eux. »

« La déclaration était précise, et nos chiens restèrent maîtres de leur poste ; mais une nuit que nous reposions tous, Sindor en se retournant, frappa malheureusement du pied Zinzoline. La levrette, qui n'était point faite à ces traitements, lui mordit le gras de la jambe, et madame fut aussitôt réveillée par les cris de Sindor.

— Qu'avez-vous donc, monsieur ? lui dit-elle ; il semble qu'on vous égorge. Rêvez-vous ?

— Ce sont vos chiens, madame, lui répondit Sindor, qui me dévorent, et votre levrette vient de m'emporter un morceau de la jambe.

— N'est-ce que cela ? dit Haria en se retournant, vous faites bien du bruit pour rien. »

« Sindor, piqué de ce discours, sortit du lit, jurant de ne point y remettre le pied que la meute n'en fût bannie. Il employa des amis communs pour obtenir l'exil des chiens ; mais tous échouèrent dans cette négociation importante. Haria leur répondit : Que Sindor était un freluquet qu'elle avait tiré d'un grenier qu'il partageait avec des souris et des rats ; qu'il ne lui convenait point de faire tant le difficile ; qu'il dormait toute la nuit ; qu'elle aimait ses chiens ; qu'ils l'amusaient ; qu'elle avait pris goût à leurs caresses dès la plus tendre enfance, et qu'elle était résolue de ne s'en séparer qu'à la mort. Encore dites-lui, continua-t-elle en s'adressant aux médiateurs, que s'il ne se soumet humblement à mes volontés, il s'en repentira toute sa vie ; que je rétracterai la donation que je lui ai faite, et que je l'ajouterai aux sommes que je laisse par mon testament pour la substance et l'entretien de mes chers enfants. »

« Entre nous, ajoutait le bijou, il fallait que Sindor fût un grand sot d'espérer qu'on ferait pour lui ce que n'avaient pu obtenir vingt amants, un directeur, un confesseur, avec une kyrielle de bramines, qui tous y avaient perdu leur latin. Cependant, toutes les fois que Sindor rencontrait nos animaux, il lui prenait des impatiences qu'il avait peine à contenir. Un jour l'infortunée Zinzoline lui tomba sous la main ; il la saisit par le col, et la jeta par la fenêtre : la pauvre bête mourut de sa chute. Ce fut alors qu'il se fit un beau bruit. Haria, le visage enflammé, les yeux baignés de pleurs... »

Le bijou allait reprendre ce qu'il avait déjà dit, car les bijoux tombent volontiers dans des répétitions. Mais Mangogul lui coupa la parole : son silence ne fut pas de longue durée. Lorsque le prince crut avoir dérouté ce bijou radoteur, il lui rendit la liberté de parler ; et le babillard, éclatant de rire, reprit comme par réminiscence : « Mais, à propos, j'oubliais de vous raconter ce qui se passa la première nuit des noces d'Haria. J'ai bien vu des choses ridicules en ma vie ; mais jamais aucune qui le fût tant. Après un grand souper, les époux sont conduits à leur appartement ; tout le monde se retire, à l'exception des femmes de madame, qui la déshabillent. La voilà déshabillée ; on la met au lit, et Sindor reste seul avec elle. S'apercevant que, plus alertes que lui, les gredins, les doguins, les levrettes s'emparaient de son épouse : « Permettez,

madame, lui dit-il, que j'écarte un peu ces rivaux.
— Mon cher, faites ce que vous pourrez, lui dit Haria ; pour moi, je n'ai pas le courage de les chasser. Ces petits animaux me sont attachés ; et il y a si longtemps que je n'ai d'autre compagnie...
— Ils auront peut-être, reprit Sindor, la politesse de me céder aujourd'hui une place que je dois occuper.
— Voyez, monsieur », lui répondit Haria.

« Sindor employa d'abord les voies de douceur, et supplia Zinzoline de se retirer dans un coin ; mais l'animal indocile se mit à gronder. L'alarme se répandit parmi le reste de la troupe ; et le doguin et les gredins aboyèrent comme si l'on eût égorgé leur maîtresse. Impatienté de ce bruit, Sindor culbute le doguin, écarte un des gredins, et saisit Médor par la patte. Médor, le fidèle Médor, abandonné de ses alliés, avait tenté de réparer cette perte par les avantages du poste. Collé sur les cuisses de sa maîtresse, les yeux enflammés, le poil hérissé, et la gueule béante, il fronçait le mufle, et présentait à l'ennemi deux rangs de dents des plus aiguës. Sindor lui livra plus d'un assaut ; plus d'une fois Médor le repoussa, les doigts pinces et les manchettes déchirées. L'action avait duré plus d'un quart d'heure avec une opiniâtreté qui n'amusait qu'Haria, lorsque Sindor recourut au stratagème contre un ennemi qu'il désespérait de vaincre par la force. Il agaça Médor de la main droite. Médor attentif à ce mouvement, n'aperçut point celui de la gauche, et fut pris par le col. Il fit pour se dégager des efforts inouïs, mais inutiles ; il fallut abandonner le champ de bataille, et céder Haria. Sindor s'en empara, mais non sans effusion de sang ; Haria avait apparemment résolu que la première nuit de ses noces fût sanglante. Ses animaux firent une belle défense, et ne trompèrent point son attente. »

« Voilà, dit Mangogul, un bijou qui écrirait la gazette mieux que mon secrétaire. » Sachant alors à quoi s'en tenir sur les gredins, il revint chez la favorite. « Apprêtez-vous, lui dit-il du plus loin qu'il l'aperçut, à entendre les choses du monde les

attack

plus extravagantes. C'est bien pis que les magots de Palabria. Pourrez-vous croire que les quatre chiens d'Haria ont été les rivaux, et les rivaux préférés de son mari ; et que la mort d'une levrette a brouillé ces gens-là, à n'en jamais revenir ?

— Que dites-vous, reprit la favorite, de rivaux et de chiens ? Je n'entends rien à cela. Je sais qu'Haria aime éperdument les gredins ; mais aussi je connais Sindor pour un homme vif, qui peut-être n'aura pas eu toutes les complaisances qu'exigent d'ordinaire les femmes à qui l'on doit sa fortune. Du reste, quelle qu'ait été sa conduite, je ne conçois pas qu'elle ait pu lui attirer des rivaux. Haria est si vénérable, que je voudrais bien que Votre Hautesse daignât s'expliquer plus intelligiblement.

— Écoutez, lui répondit Mangogul, et convenez que les femmes ont des goûts bizarres à l'excès, pour ne rien dire de pis. »

Il lui fit tout de suite l'histoire d'Haria, mot pour mot, comme le bijou l'avait racontée. Mirzoza ne put s'empêcher de rire du combat de la première nuit. Cependant reprenant un air sérieux :

« Je ne sais, dit-elle à Mangogul, quelle indignation s'empare de moi. Je vais prendre en aversion ces animaux et toutes celles qui en auront, et déclarer à mes femmes que je chasserai la première qui sera soupçonnée de nourrir un gredin.

— Eh pourquoi, lui répondit le sultan, étendre ainsi les haines ? Vous voilà bien, vous autres femmes, toujours dans les extrêmes ! Ces animaux sont bons pour la chasse, sont nécessaires dans les campagnes, et ont je ne sais combien d'autres usages, sans compter celui qu'en fait Haria.

— En vérité, dit Mirzoza, je commence à croire que Votre Hautesse aura peine à trouver une femme sage.

— Je vous l'avais bien dit, répondit Mangogul ; mais ne précipitons rien : vous pourriez un jour me reprocher de tenir de votre impatience un aveu que je prétends devoir uniquement aux essais de ma bague. J'en médite qui vous étonneront. Tous les secrets ne sont pas dévoilés, et je compte arracher des choses plus importantes aux bijoux qui me restent à consulter. »

Mirzoza craignait toujours pour le sien. Le discours de Mangogul la jeta dans un trouble qu'elle ne fut pas la maîtresse de lui dérober : mais le sultan qui s'était lié par un serment, et qui avait de la religion dans le fond de l'âme, la rassura de son mieux, lui donna quelques baisers fort tendres, et se rendit à son conseil, où des affaires de conséquence l'appelaient.

Mirzoza worried about her bijou - why?

what does Haria do with dogs?!

Chapitre XXVII

ONZIÈME ESSAI DE L'ANNEAU – LES PENSIONS

Le Congo avait été troublé par des guerres sanglantes, sous le règne de Kanoglou et d'Erguebzed, et ces deux monarques s'étaient immortalisés par les conquêtes qu'ils avaient faites sur leurs voisins. Les empereurs d'Abex et d'Angote regardèrent la jeunesse de Mangogul et le commencement de son règne comme des conjonctures favorables pour reprendre les provinces qu'on leur avait enlevées. Ils déclarèrent donc la guerre au Congo, et l'attaquèrent de toutes parts. Le conseil de Mangogul était le meilleur qu'il y eût en Afrique ; et le vieux Sambuco et l'émir Mirzala, qui avaient vu les anciennes guerres, furent mis à la tête des troupes, remportèrent victoires sur victoires, et formèrent des généraux capables de les remplacer ; avantage plus important encore que leurs succès.

Grâce à l'activité du conseil et à la bonne conduite des généraux, l'ennemi qui s'était promis d'envahir l'empire, n'approcha pas de nos frontières, défendit mal les siennes, et vit ses places et ses provinces ravagées. Mais, malgré des succès si constants et si glorieux, le Congo s'affaiblissait en s'agrandissant : les fréquentes levées de troupes avaient dépeuplé les villes et les campagnes, et les finances étaient épuisées.

Les sièges et les combats avaient été fort meurtriers : le grand vizir, peu ménager du sang de ses soldats, était accusé d'avoir risqué des batailles qui ne menaient à rien. Toutes les familles étaient dans le deuil ; il n'y en avait aucune où l'on ne pleurât un père, un frère ou un ami. Le nombre des officiers tués avait été prodigieux, et ne pouvait être comparé qu'à celui de leurs veuves qui sollicitaient des pensions. Les cabinets des ministres en étaient assaillis. Elles accablaient le sultan même de placets, où le mérite et les services des morts, la douleur des veuves, la triste situation des enfants, et les autres motifs touchants n'étaient pas oubliés. Rien ne paraissait plus juste que leurs demandes : mais sur quoi asseoir des pensions qui montaient à des millions ?

Les ministres, après avoir épuisé les belles paroles, et quelquefois l'humeur et les brusqueries, en étaient venus à des délibérations sur les moyens de finir cette affaire ; mais il y avait une excellente raison pour ne rien conclure. On n'avait pas un sou.

Mangogul, ennuyé des faux raisonnements de ses ministres et des lamentations des veuves, rencontra l'expédient qu'on cherchait depuis si longtemps. « Messieurs, dit-il à son conseil, il me semble qu'avant que d'accorder des pensions, il serait à propos d'examiner si elles sont légitimement dues...

— Cet examen, répondit le grand sénéchal, sera immense, et d'une discussion prodigieuse. Cependant comment résister aux cris et à la poursuite de ces femmes, dont vous êtes, seigneur, le premier excédé ?

— Cela ne sera pas aussi difficile que vous pensez, monsieur le sénéchal, répliqua le sultan ; et je vous promets que demain à midi tout sera terminé selon les lois de l'équité la plus exacte. Faites-les seulement entrer à mon audience à neuf heures. »

On sortit du conseil ; le sénéchal rentra dans son bureau, rêva profondément, et minuta le placard suivant, qui fut trois heures après imprimé, publié à son de trompe, et affiché dans tous les carrefours de Banza.

De par le sultan et monseigneur le grand sénéchal

« Nous, Bec d'Oison, grand sénéchal du Congo, vizir du premier banc, porte-queue de la grande Manimonbanda, chef et surintendant des balayeurs du divan, savoir faisons que demain, à neuf heures du matin, le magnanime sultan donnera audience aux veuves des officiers tués à son service, pour, sur le vu de leurs demandes, ordonner ce que de raison. En notre *sénéchalerie*, le douze de la lune de Régeb, l'an 147 200 000 009. »

Toutes les désolées du Congo, et il y en avait beaucoup, ne manquèrent pas de lire l'affiche, ou de l'envoyer lire par leurs laquais, et moins encore de se trouver à l'heure marquée dans l'antichambre de la salle du trône...

« Pour éviter le tumulte, qu'on ne fasse entrer, dit le sultan, que six de ces dames à la fois. Quand nous les aurons écoutées, on leur ouvrira la porte du fond qui donne sur mes cours extérieures. Vous, messieurs, soyez attentifs, et prononcez sur leurs demandes. »

Cela dit, il fit signe au premier huissier audiencier ; et les six qui se trouvèrent les plus voisines de la porte furent introduites. Elles entrèrent en long habit de deuil, et saluèrent profondément Sa Hautesse. Mangogul s'adressa à la plus jeune et à la plus jolie. Elle se nommait Isec. « Madame, lui dit-il, y a-t-il longtemps que vous avez perdu votre mari ?

— Il y a trois mois, seigneur, répondit Isec en pleurant. Il était lieutenant général au service de Votre Hautesse. Il a été tué à la dernière bataille ; et six enfants sont tout ce qui me reste de lui...

— De lui ? » interrompit une voix qui, pour venir d'Isec, n'avait pas tout à fait le même son que la sienne. Madame sait mieux qu'elle ne dit. Ils ont tous été commencés et terminés par un jeune bramine qui la venait consoler, tandis que monsieur était en campagne. »

On devine aisément d'où partait la voix indiscrète qui prononça cette réponse. La pauvre Isec, décontenancée, pâlit, chancela, se pâma.

« Madame est sujette aux vapeurs, dit tranquillement Mangogul ; qu'on la transporte dans un appartement du sérail, et qu'on la secoure. » Puis s'adressant tout de suite à Phénice :

« Madame, lui demanda-t-il, votre mari n'était-il pas pacha ?

— Oui, seigneur, répondit Phénice, d'une voix tremblante.

— Et comment l'avez-vous perdu ?...

— Seigneur, il est mort dans son lit, épuisé des fatigues de la dernière campagne...

— Des fatigues de la dernière campagne ! » reprit le bijou de Phénice. « Allez, madame, votre mari a rapporté du camp une santé ferme et vigoureuse ; et il en jouirait encore, si deux ou trois baladins... Vous m'entendez ; et songez à vous. »

— Écrivez, dit le sultan, que Phénice demande une pension pour les bons services qu'elle a rendus à l'État et à son époux. »

Une troisième fut interrogée sur l'âge et le nom de son mari, qu'on disait mort à l'armée, de la petite vérole...

« De la petite vérole ! dit le bijou ; en voilà bien d'une autre ! Dites, madame, de deux bons coups de cimeterre qu'il a reçus du sangiac Cavagli, parce qu'il trouvait mauvais que l'on dît que son fils aîné ressemblait au sangiac comme deux gouttes d'eau, et madame sait aussi bien que moi, ajouta le bijou, que jamais ressemblance ne fut mieux fondée. »

La quatrième allait parler sans que Mangogul l'interrogeât, lorsqu'on entendit par bas son bijou s'écrier :

« Que depuis dix ans que la guerre durait, elle avait assez bien employé son temps ; que deux pages et un grand coquin de laquais avaient suppléé à son mari, et qu'elle destinait sans doute la pension qu'elle sollicitait, à l'entretien d'un acteur de l'Opéra-Comique. »

Une cinquième s'avança avec intrépidité, et demanda d'un ton assuré la récompense des services de feu monsieur son époux, aga des janissaires, qui avait laissé la vie sous les murs de Matatras. Le sultan tourna sa bague sur elle, mais inutilement. Son bijou fut muet. « Il faut avouer, dit l'auteur africain qui l'avait vue, qu'elle était si laide, qu'on eût été fort étonné que son bijou eût quelque chose à dire. »

Mangogul en était à la sixième ; et voici les propres mots de son bijou :

« Vraiment, madame a bonne grâce, dit-il en parlant de celle dont le bijou avait obstinément gardé le silence, de solliciter des pensions, tandis qu'elle vit de la poule ; qu'elle tient chez elle un brelan qui lui donne plus de trois mille sequins par an ; qu'on y fait de petits soupers aux dépens des joueurs, et qu'elle a reçu six cents sequins d'Osman, pour m'attirer à un de ces soupers, où le traître d'Osman...

— On fera droit sur vos demandes, mesdames, leur dit le sultan ; vous pouvez sortir à présent. »

Puis, adressant la parole à ses conseillers, il leur demanda s'ils ne trouveraient pas ridicule d'accorder des pensions à une foule de petits bâtards de bramines et d'autres, et à des femmes qui s'étaient occupées à déshonorer de braves gens qui étaient allés chercher de la gloire à son service, aux dépens de leur vie.

Le sénéchal se leva, répondit, pérora, résuma et opina obscurément, à son ordinaire. Tandis qu'il parlait, Isec, revenue de son évanouissement, et furieuse de son aventure, mais qui, n'attendant point de pension, eût été désespérée qu'une autre en obtînt une, ce qui serait arrivé selon toute apparence, rentra dans l'antichambre, glissa dans l'oreille à deux ou trois de ses amies qu'on ne les avait rassemblées que pour entendre à l'aise jaser leurs bijoux ; qu'elle-même, dans la salle d'audience, en avait ouï un débiter des horreurs ; qu'elle se garderait bien de le nommer ; mais qu'il faudrait être folle pour s'exposer au même danger.

Cet avis passa de main en main, et dispersa la foule des veuves. Lorsque l'huissier ouvrit la porte pour la seconde fois, il ne s'en trouva plus.

« Eh bien ! sénéchal, me croirez-vous une autre fois ? dit Mangogul instruit de la désertion, à ce bonhomme, en lui frappant sur l'épaule. Je vous avais promis de vous délivrer de toutes ces pleureuses ; et vous en voilà quitte. Elles étaient pourtant très assidues à vous faire leur cour, malgré vos quatre-vingt-quinze ans sonnés. Mais quelques prétentions que vous y puissiez avoir, car je connais la facilité que vous aviez d'en former vis-à-vis de ces dames, je compte que vous me saurez gré de leur évasion. Elles vous donnaient plus d'embarras que de plaisir. »

L'auteur africain nous apprend que la mémoire de cet essai s'est conservée dans le Congo, et que c'est par cette raison que le gouvernement y est si réservé à accorder des pensions ; mais ce ne fut pas le seul bon effet de l'anneau de Cucufa, comme on va voir dans le chapitre suivant.

Chapitre XXVIII

DOUZIÈME ESSAI DE L'ANNEAU – QUESTIONS DE DROIT

Le viol était sévèrement puni dans le Congo [42] : or, il en arriva un très célèbre sous le règne de Mangogul. Ce prince, à son avènement à la couronne, avait juré, comme tous ses prédécesseurs, de ne point accorder de pardon pour ce crime ; mais quelque sévères que soient les lois, elles n'arrêtent guère ceux qu'un grand intérêt pousse à les enfreindre. Le coupable était condamné à perdre la partie de lui-même par laquelle il avait péché, opération cruelle dont il périssait ordinairement ; celui qui la faisait y prenant moins de précaution que Petit [43]. Kersael, jeune homme de naissance, languissait depuis six mois au fond d'un cachot, dans l'attente de ce supplice. Fatmé, femme jeune et jolie, était sa Lucrèce et son accusatrice. Ils avaient été fort bien ensemble ; personne ne l'ignorait : l'indulgent époux de Fatmé n'y trouvait point à redire. Ainsi le public aurait eu mauvaise grâce de se mêler de leurs affaires.

Après deux ans d'un commerce tranquille, soit inconstance, soit dégoût, Kersael s'attacha à une danseuse de l'Opéra de Banza, et négligea Fatmé, sans toutefois rompre ouvertement avec elle. Il voulait que sa retraite fût décente, ce qui l'obligeait à fréquenter encore dans la maison. Fatmé, furieuse de cet abandon, médita sa vengeance, et profita de ce reste d'assiduités pour perdre son infidèle.

Un jour que le commode époux les avait laissés seuls, et que Kersael, ayant déceint son cimeterre, tâchait d'assoupir les soupçons de Fatmé par ces protestations qui ne coûtent rien aux amants, mais qui ne surprennent jamais la crédulité d'une femme alarmée, celle-ci, les yeux égarés, et mettant en cinq ou

42. G. Vigarello a fait l'histoire des « relatives tolérances » à l'égard du viol dans la France ancienne (*Histoire du viol, XVIe-XXe siècle*, Le Seuil, 1998).

43. Jean-Louis Petit (1674-1750), chirurgien qui avait inventé un procédé de ligature pour empêcher l'hémorragie lors d'une opération.

six coups de main le désordre dans sa parure, poussa des cris effrayants, et appela à son secours son époux et ses domestiques qui accoururent, et devinrent les témoins de l'offense que Fatmé disait avoir reçue de Kersael, en montrant le cimeterre, « que l'infâme a levé dix fois sur ma tête, ajouta-t-elle, pour me soumettre à ses désirs ».

Le jeune homme, interdit de la noirceur de l'accusation, n'eut ni la force de répondre, ni celle de s'enfuir. On le saisit, et il fut conduit en prison, et abandonné aux poursuites de la justice du Cadilesker.

Les lois ordonnaient que Fatmé serait visitée ; elle le fut donc, et le rapport des matrones se trouva très défavorable à l'accusé. Elles avaient un protocole pour constater l'état d'une femme violée, et toutes les conditions requises concoururent contre Kersael. Les juges l'interrogèrent : Fatmé lui fut confrontée ; on entendit les témoins. Il avait beau protester de son innocence, nier le fait, et démontrer par le commerce qu'il avait entretenu plus de deux ans avec son accusatrice que ce n'était pas une femme qu'on violât ; la circonstance du cimeterre, la solitude du tête-à-tête, les cris de Fatmé, l'embarras de Kersael à la vue de l'époux et des domestiques, toutes ces choses formaient, selon les juges, des présomptions violentes. De son côté, Fatmé, loin d'avouer des faveurs accordées, ne convenait pas même d'avoir donné des lueurs d'espérance, et soutenait que l'attachement opiniâtre à son devoir, dont elle ne s'était jamais relâchée, avait sans doute poussé Kersael à lui arracher de force ce qu'il avait désespéré d'obtenir par séduction. Le procès-verbal des duègnes était encore une pièce terrible ; il ne fallait que le parcourir et le comparer avec les dispositions du code criminel, pour y lire la condamnation du malheureux Kersael. Il n'attendait son salut ni de ses défenses, ni du crédit de sa famille ; et les magistrats avaient fixé le jugement définitif de son procès au treize de la lune de Régeb. On l'avait même annoncé au peuple, à son de trompe, selon la coutume.

Cet événement fut le sujet des conversations, et partagea longtemps les esprits. Quelques vieilles bégueules, qui n'avaient jamais eu à redouter le viol, allaient criant : « Que l'attentat de Kersael était énorme ; que si l'on n'en faisait un exemple sévère, l'innocence ne serait plus en sûreté, et qu'une honnête femme risquerait d'être insultée jusqu'au pied des autels. » Puis elles citaient des occasions où de petits audacieux avaient osé attaquer la vertu de plusieurs dames respectables ; les détails ne laissaient aucun doute que les dames respectables dont elles parlaient, c'étaient elles-mêmes ; et tous ces propos se tenaient avec des bramines moins innocents que Kersael, et par des dévotes aussi sages que Fatmé, par forme d'entretiens édifiants.

Les petits-maîtres, au contraire, et même quelques petites-maîtresses, avançaient que le viol était une chimère : qu'on ne se rendait jamais que par capitulation, et que, pour peu qu'une place fût défendue, il était de toute impossibilité de l'emporter de vive force. Les exemples venaient à l'appui des raisonnements ; les femmes en connaissaient, les petits-maîtres en créaient ; et l'on ne finissait point de citer des femmes qui n'avaient point été violées. « Le pauvre Kersael ! disait-on, de quoi diable s'est-il avisé, d'en vouloir à la petite Bimbreloque (c'était le nom de la danseuse) ; que ne s'en tenait-il à Fatmé ? Ils étaient au mieux ; et l'époux les laissait aller leur chemin, que c'était une bénédiction... Les sorcières de matrones ont mal mis leurs lunettes, ajoutait-on, et n'y ont vu goutte ; car qui est-ce qui voit clair là ? Et puis messieurs les sénateurs vont le priver de sa joie, pour avoir enfoncé une porte ouverte. Le pauvre garçon en mourra ; cela n'est pas douteux. Et voyez, après cela, à quoi les femmes mécontentes ne seront point autorisées...

— Si cette exécution a lieu, interrompait un autre, je me fais Fri-Maçon [44]. »

---

44. Transcription de l'anglais *freemasson*, « tailleur de pierres », qui sera traduit plus tard par franc-maçon. La franc-maçonnerie est introduite en France au début du règne de Louis XV. Le mot n'apparaît que dans la sixième édition du *Dictionnaire de l'Académie* (1832).

Mirzoza, naturellement compatissante, représenta à Mangogul qui plaisantait, lui, de l'état futur de Kersael, que si les lois parlaient contre Kersael, le bon sens déposait contre Fatmé.

« Il est inouï, d'ailleurs, ajoutait-elle, que, dans un gouvernement sage, on s'arrête tellement à la lettre des lois, que la simple allégation d'une accusatrice suffise pour mettre en péril la vie d'un citoyen. La réalité d'un viol ne saurait être trop bien constatée ; et vous conviendrez, seigneur, que ce fait est du moins autant de la compétence de votre anneau que de vos sénateurs. Il serait assez singulier que les matrones en sussent sur cet article plus que les bijoux mêmes. Jusqu'à présent, seigneur, la bague de Votre Hautesse n'a presque servi qu'à satisfaire votre curiosité. Le génie de qui vous la tenez ne se serait-il point proposé de fin plus importante ? Si vous l'employiez à la découverte de la vérité et au bonheur de vos sujets, croyez-vous que Cucufa s'en offensât ? Essayez. Vous avez en main un moyen infaillible de tirer de Fatmé l'aveu de son crime, ou la preuve de son innocence.

— Vous avez raison, reprit Mangogul, et vous allez être satisfaite. »

Le sultan partit sur-le-champ : il n'y avait pas de temps à perdre ; car c'était le 12 au soir de la lune de Régeb, et le sénat devait prononcer le 13. Fatmé venait de se mettre au lit ; ses rideaux étaient entrouverts. Une bougie de nuit jetait sur son visage une lueur sombre. Elle parut belle au sultan, malgré l'agitation violente qui la défigurait. La compassion et la haine, la douleur et la vengeance, l'audace et la honte se peignaient dans ses yeux, à mesure qu'elles se succédaient dans son cœur. Elle poussait de profonds soupirs, versait des larmes, les essuyait, en répandait de nouvelles, restait quelques moments la tête abattue et les yeux baissés, les relevait brusquement, et lançait vers le ciel des regards furieux. Cependant, que faisait Mangogul ? il se parlait à lui-même, et se disait tout bas : « Voilà tous les symptômes du désespoir. Son

persuades him to use the ring to prove crime rape

ancienne tendresse pour Kersael s'est réveillée dans toute sa violence. Elle a perdu de vue l'offense qu'on lui a faite, et elle n'envisage plus que le supplice réservé à son amant. » En achevant ces mots, il tourna sur Fatmé le fatal anneau ; et son bijou s'écria vivement :

« Encore douze heures ! et nous serons vengés. Il périra, le traître, l'ingrat ; et son sang versé... » Fatmé effrayée du mouvement extraordinaire qui se passait en elle, et frappée de la voix sourde de son bijou, y porta les deux mains, et se mit en devoir de lui couper la parole. Mais l'anneau puissant continuait d'agir, et l'indocile bijou repoussant tout obstacle, ajouta : « Oui, nous serons vengés. Ô toi qui m'as trahi, malheureux Kersael, meurs ; et toi qu'il m'a préférée, Bimbreloque, désespère-toi... Encore douze heures ! Ah ! que ce temps va me paraître long. Hâtez-vous, doux moments, où je verrai le traître, l'ingrat Kersael sous le fer des bourreaux, son sang couler... Ah ! malheureux, qu'ai-je dit ?... Je verrais, sans frémir, périr l'objet que j'ai le plus aimé. Je verrais le couteau funeste levé... Ah ! loin de moi cette cruelle idée... Il me hait, il est vrai ; il m'a quitté pour Bimbreloque ; mais peut-être qu'un jour... Que dis-je, peut-être ? l'amour le ramènera sans doute sous ma loi. Cette petite Bimbreloque est une fantaisie qui lui passera ; il faut qu'il reconnaisse tôt ou tard l'injustice de sa préférence, et le ridicule de son nouveau choix. Console-toi, Fatmé, tu reverras ton Kersael. Oui, tu le reverras. Lève-toi promptement ; cours, vole détourner l'affreux péril qui le menace. Ne trembles-tu point d'arriver trop tard ?... Mais où courrai-je, lâche que je suis ? Les mépris de Kersael ne m'annoncent-ils pas qu'il m'a quitté sans retour ! Bimbreloque le possède ; et c'est pour elle que je le conserverais ! Ah ! qu'il périsse plutôt de mille morts ! S'il ne vit plus pour moi, que m'importe qu'il meure ?... Oui, je le sens, mon courroux est juste. L'ingrat Kersael a mérité toute ma haine. Je ne me repens plus de rien. J'avais tout fait pour le conserver, je ferai tout pour le perdre. Cependant un jour plus tard, et ma vengeance était trompée. Mais son mauvais génie me l'a livré, au moment même qu'il m'échappait. Il est tombé dans le piège que je lui préparais. Je le tiens. Le rendez-vous où je sus t'attirer était le dernier que tu me destinais : mais tu n'en perdras pas si tôt la mémoire... Avec quelle adresse tu sus l'amener où tu le voulais ? Fatmé, que ton désordre fut bien préparé ! Tes cris, ta douleur, tes larmes, ton embarras, tout, jusqu'à ton silence, a proscrit Kersael. Rien ne peut le soustraire au destin qui l'attend. Kersael est mort... Tu pleures, malheureuse. Il en aimait une autre, que t'importe qu'il vive ? »

Mangogul fut pénétré d'horreur à ce discours ; il retourna sa bague ; et tandis que Fatmé reprenait ses esprits, il revola chez la sultane.

« Eh bien ! Seigneur, lui dit-elle, qu'avez-vous entendu ? Kersael est-il toujours coupable, et la chaste Fatmé...

— Dispensez-moi, je vous prie, répondit le sultan, de vous répéter les forfaits que je viens d'entendre ! Qu'une femme irritée est à craindre ! Qui croirait qu'un corps formé par les grâces renfermât quelquefois un cœur pétri par les furies ? Mais le soleil ne se couchera pas demain sur mes États, qu'ils ne soient purgés d'un monstre plus dangereux que ceux qui naissent dans mes déserts. »

Le sultan fit appeler aussitôt le grand sénéchal, et lui ordonna de saisir Fatmé, de transférer Kersael dans un des appartements du sérail, et d'annoncer au sénat que Sa Hautesse se réservait la connaissance de son affaire. Ses ordres furent exécutés dans la nuit même.

Le lendemain, au point du jour, le sultan, accompagné du sénéchal et d'un effendi, se rendit à l'appartement de Mirzoza, et y fit amener Fatmé. Cette infortunée se précipita aux pieds de Mangogul, avoua son crime avec toutes ses circonstances, et conjura Mirzoza de s'intéresser pour elle. Dans ces entrefaites on introduisit Kersael. Il n'attendait que la mort ; il parut néanmoins avec cette assurance que l'innocence seule peut donner. Quelques mauvais plaisants dirent qu'il eût été

plus consterné, si ce qu'il était menacé de perdre en eût valu la peine. Les femmes furent curieuses de savoir ce qui en était. Il se prosterna respectueusement devant Sa Hautesse. Mangogul lui fit signe de se relever ; et lui tendant la main :
« Vous êtes innocent, lui dit-il ; soyez libre. Rendez graces à Brama de votre salut. Pour vous dédommager des maux que vous avez soufferts, je vous accorde deux mille sequins de pension sur mon trésor, et la première commanderie vacante dans l'ordre du Crocodile. »

Plus on répandait de grâces sur Kersael, plus Fatmé craignait le supplice. Le grand sénéchal opinait à la mort par la loi *si fœmina ff. de vi C. calumniatrix*. Le sultan inclinait pour la prison perpétuelle. Mirzoza, trouvant trop de rigueur dans l'un de ces jugements, et trop d'indulgence dans l'autre, condamna le bijou de Fatmé au cadenas[45]. L'instrument florentin lui fut appliqué publiquement, et sur l'échafaud même dressé pour l'exécution de Kersael. Elle passa de là dans une maison de force, avec les matrones qui avaient décidé dans cette affaire avec tant d'intelligence.

45. Cadenas ou ceintures de chasteté ont la réputation tenace d'être d'invention italienne, depuis Rabelais (*Tiers Livre*, chapitre 36) et Brantôme (*Recueil des dames*, II, I), jusqu'aux *Lettres historiques et critiques sur l'Italie* (1799) du président De Brosses (Mercure de France, t. I, 1986, p. 215). Voyez *Le Cadenas* (1714) de Voltaire, conte en vers, dans les *Œuvres complètes de Voltaire*, vol. 1B, Oxford, Voltaire Foundation, 2002.

Chapitre XXIX

MÉTAPHYSIQUE DE MIRZOZA – LES ÂMES

Tandis que Mangogul interrogeait les bijoux d'Haria, des veuves et de Fatmé, Mirzoza avait eu le temps de préparer sa leçon de philosophie. Une soirée que la Manimonbanda faisait ses dévotions, qu'il n'y avait ni tables de jeu, ni cercle chez elle, et que la favorite était presque sûre de la visite du sultan, elle prit deux jupons noirs, en mit un à l'ordinaire, et l'autre sur ses épaules, passa ses deux bras par les fentes, se coiffa de la perruque du sénéchal de Mangogul et du bonnet carré de son chapelain, et se crut habillée en philosophe, lorsqu'elle se fut déguisée en chauve-souris.

Sous cet équipage, elle se promenait en long et en large dans ses appartements, comme un professeur du Collège royal qui attend des auditeurs. Elle affectait jusqu'à la physionomie sombre et réfléchie d'un savant qui médite. Mirzoza ne conserva pas longtemps ce sérieux forcé. Le sultan entra avec quelques-uns de ses courtisans, et fit une révérence profonde au nouveau philosophe, dont la gravité déconcerta celle de son auditoire, et fut à son tour déconcertée par les éclats de rire qu'elle avait excités.

« Madame, lui dit Mangogul, n'aviez-vous pas assez d'avantages du côté de l'esprit et de la figure, sans emprunter celui de la robe ? Vos paroles auraient eu, sans elle, tout le poids que vous leur eussiez désiré.

— Il me paraît, seigneur, répondit Mirzoza, que vous ne la respectez guère, cette robe, et qu'un disciple doit plus d'égards à ce qui fait au moins la moitié du mérite de son maître.

— Je m'aperçois, répliqua le sultan, que vous avez déjà l'esprit et le ton de votre nouvel état. Je ne fais à présent nul doute que votre capacité ne réponde à la dignité de votre ajustement ; et j'en attends la preuve avec impatience...

— Vous serez satisfait dans la minute », répondit Mirzoza en s'asseyant au milieu d'un grand canapé.

Le sultan et les courtisans se placèrent autour d'elle ; et elle commença :

« Les philosophes du Monoémugi, qui ont présidé à l'éducation de Votre Hautesse, ne l'ont-ils jamais entretenue de la nature de l'âme ?

— Oh ! très souvent, répondit Mangogul ; mais tous leurs systèmes n'ont abouti qu'à m'en donner des notions incertaines ; et sans un sentiment intérieur qui semble me suggérer que c'est une substance différente de la matière, ou j'en aurais nié l'existence, ou je l'aurais confondue avec le corps. Entreprendriez-vous de nous débrouiller ce chaos ?

— Je n'ai garde, reprit Mirzoza ; et j'avoue que je ne suis pas plus avancée de ce côté-là que vos pédagogues. La seule différence qu'il y ait entre eux et moi, c'est que je suppose l'existence d'une substance différente de la matière, et qu'ils la tiennent pour démontrée. Mais cette substance, si elle existe, doit être nichée quelque part. Ne vous ont-ils pas encore débité là-dessus bien des extravagances ?

— Non, dit Mangogul ; tous convenaient assez généralement qu'elle réside dans la tête ; et cette opinion m'a paru vraisemblable. C'est la tête qui pense, imagine, réfléchit, juge, dispose, ordonne ; et l'on dit tous les jours d'un homme qui ne pense pas, qu'il n'a point de cervelle, ou qu'il manque de tête.

— Voilà donc, reprit la sultane, où se réduisent vos longues études et toute votre philosophie, à supposer un fait et à l'appuyer sur des expressions populaires. Prince, que diriez-vous de votre premier géographe, si, présentant à Votre Hautesse la carte de ses États, il avait mis l'orient à l'occident, ou le nord au midi ?

— C'est une erreur trop grossière, répondit Mangogul ; et jamais géographe n'en a commis une pareille.

— Cela peut être, continua la favorite ; et en ce cas vos philosophes ont été plus maladroits que le géographe le plus maladroit ne peut l'être. Ils n'avaient point un vaste empire à lever, il ne s'agissait point de fixer les limites des quatre parties du monde ; il n'était question que de descendre en eux-mêmes, et d'y marquer le vrai lieu de leur âme. Cependant ils ont mis l'est à l'ouest, ou le sud au nord. Ils ont prononcé que l'âme est dans la tête, tandis que la plupart des hommes meurent sans qu'elle ait habité ce séjour, et que sa première résidence est dans les pieds.

— Dans les pieds ! interrompit le sultan ; voilà bien l'idée la plus creuse que j'aie jamais entendue.

— Oui, dans les pieds, reprit Mirzoza ; et ce sentiment, qui vous paraît si fou, n'a besoin que d'être approfondi pour devenir sensé, au contraire de tous ceux que vous admettez comme vrais et qu'on reconnaît pour faux en les approfondissant. Votre Hautesse convenait avec moi, tout à l'heure, que l'existence de notre âme n'était fondée que sur le témoignage intérieur qu'elle s'en rendait à elle-même ; et je vais lui démontrer que toutes les preuves imaginables de sentiment concourent à fixer l'âme dans le lieu que je lui assigne.

— C'est là où nous vous attendons, dit Mangogul.

— Je ne demande point de grâces, continua-t-elle ; et je vous invite tous à me proposer vos difficultés. »

« Je vous disais donc que l'âme fait sa première résidence dans les pieds ; que c'est là qu'elle commence à exister, et que c'est par les pieds qu'elle s'avance dans le corps. C'est à l'expérience que j'en appellerai de ce fait ; et je vais peut-être jeter les premiers fondements d'une métaphysique expérimentale [46]. Nous avons tous éprouvé dans l'enfance que l'âme assoupie reste des mois entiers dans un état d'engourdissement. Alors les yeux s'ouvrent sans voir, la bouche sans parler, et les oreilles sans entendre. C'est ailleurs que l'âme cherche à se détendre

46. Mirzoza développe, sur un mode ludique, une métaphysique antispiritualiste qui interroge le statut de l'âme. Celle-ci n'est plus ici l'instance pensante, centrale et supérieure des cartésiens, mais une âme nomade et organique. Mirzoza pose les « premiers fondements » de l'imagination expérimentale par soustraction que Diderot développera bientôt pour explorer l'idiosyncrasie individuelle : « Mon idée serait donc de décomposer pour ainsi dire un homme, et de considérer ce qu'il tient de chacun des sens qu'il possède » (*Lettre sur les sourds et muets*, 1753, M. Hobson éd., Paris, GF, 2000, p. 94).

et à se réveiller ; c'est dans d'autres membres qu'elle exerce ses premières fonctions ; c'est avec ses pieds qu'un enfant annonce sa formation. Son corps, sa tête et ses bras sont immobiles dans le sein de la mère ; mais ses pieds s'allongent, se replient et manifestent son existence et ses besoins peut-être. Est-il sur le point de naître, que deviendraient la tête, le corps et les bras ? ils ne sortiraient jamais de leur prison, s'ils n'étaient aidés par les pieds : ce sont ici les pieds qui jouent le rôle principal, et qui chassent devant eux le reste du corps. Tel est l'ordre de la nature ; et lorsque quelque membre veut se mêler de commander, et que la tête, par exemple, prend la place des pieds, alors tout s'exécute de travers ; et Dieu sait ce qui en arrive quelquefois à la mère et à l'enfant.

L'enfant est-il né, c'est encore dans les pieds que se font les principaux mouvements. On est contraint de les assujettir, et ce n'est jamais sans quelque indocilité de leur part. La tête est un bloc dont on fait tout ce qu'on veut ; mais les pieds sentent, secouent le joug et semblent jaloux de la liberté qu'on leur ôte. L'enfant est-il en état de se soutenir, les pieds font mille efforts pour se mouvoir ; ils mettent tout en action ; ils commandent aux autres membres ; et les mains obéissantes vont s'appuyer contre les murs, et se portent en avant pour prévenir les chutes et faciliter l'action des pieds.

Où se tournent toutes les pensées d'un enfant, et quels sont ses plaisirs, lorsque affermi sur ses jambes, ses pieds ont acquis l'habitude de se mouvoir ? C'est de les exercer, d'aller, de venir, de courir, de sauter, de bondir. Cette turbulence nous plaît, c'est pour nous une marque d'esprit ; et nous augurons qu'un enfant ne sera qu'un stupide, lorsque nous le voyons indolent et morne. Voulez-vous contrister un enfant de quatre ans, asseyez-le pour un quart d'heure, ou tenez-le emprisonné entre quatre chaises : l'humeur et le dépit le saisiront ; aussi ne sont-ce pas seulement ses jambes que vous privez d'exercice, c'est son âme que vous tenez captive.

L'âme reste dans les pieds jusqu'à l'âge de deux ou trois ans ; elle habite les jambes à quatre ; elle gagne les genoux et les cuisses à quinze. Alors on aime la danse, les armes, les courses, et les autres violents exercices du corps. C'est la passion dominante de tous les jeunes gens, et c'est la fureur de quelques-uns. Quoi ! l'âme ne résiderait pas dans les lieux où elle se manifeste presque uniquement, et où elle éprouve ses sensations les plus agréables ? Mais si sa résidence varie dans l'enfance et dans la jeunesse, pourquoi ne varierait-elle pas pendant toute la vie ? »

Mirzoza avait prononcé cette tirade avec une rapidité qui l'avait essoufflée. Sélim, un des favoris du sultan, profita du moment qu'elle reprenait haleine, et lui dit : « Madame, je vais user de la liberté que vous avez accordée de vous proposer ses difficultés. Votre système est ingénieux, et vous l'avez présenté avec autant de grâce que de netteté ; mais je n'en suis pas séduit au point de le croire démontré. Il me semble qu'on pourrait vous dire que dans l'enfance même c'est la tête qui commande aux pieds, et que c'est de là que partent les esprits, qui, se répandant par le moyen des nerfs dans tous les autres membres, les arrêtent ou les meuvent au gré de l'âme assise sur la glande pinéale, ainsi qu'on voit émaner de la Sublime Porte les ordres de Sa Hautesse qui font agir tous ses sujets.

— Sans doute, répliqua Mirzoza ; mais on me dirait une chose assez obscure, à laquelle je ne répondrais que par un fait d'expérience. On n'a dans l'enfance aucune certitude que la tête pense, et vous-même, seigneur, qui l'avez si bonne, et qui, dans vos plus tendres années, passiez pour un prodige de raison, vous souvient-il d'avoir pensé pour lors ? Mais vous pourriez bien assurer que, quand vous gambadiez comme un petit démon, jusqu'à désespérer vos gouvernantes, c'était alors les pieds qui gouvernaient la tête.

— Cela ne conclut rien, dit le sultan. Sélim était vif, et mille enfants le sont de même. Ils ne réfléchissent point ; mais ils pensent : le temps s'écoule, la mémoire des choses s'efface, et

ils ne se souviennent plus d'avoir pensé.
— Mais par où pensaient-ils ? répliqua Mirzoza ; car c'est là le point de la question.
— Par la tête, répondit Sélim.
— Et toujours cette tête où l'on ne voit goutte, répliqua la sultane. Laissez là votre lanterne sourde, dans laquelle vous supposez une lumière qui n'apparaît qu'à celui qui la porte ; écoutez mon expérience, et convenez de la vérité de mon hypothèse. Il est si constant que l'âme commence par les pieds son progrès dans le corps, qu'il y a des hommes et des femmes en qui elle n'a jamais remonté plus haut. Seigneur, vous avez admiré mille fois la légèreté de Nini et le vol de Saligo ; répondez-moi donc sincèrement : croyez-vous que ces créatures aient l'âme ailleurs que dans les jambes ? Et n'avez-vous pas remarqué que dans Volucer et Zélindor, la tête est soumise aux pieds ? La tentation continuelle d'un danseur, c'est de se considérer les jambes. Dans tous ses pas, l'œil attentif suit la trace du pied, et la tête s'incline respectueusement devant les pieds, ainsi que devant Sa Hautesse, ses invincibles pachas.
— Je conviens de l'observation, dit Sélim ; mais je nie qu'elle soit générale.
— Aussi ne prétends-je pas, répliqua Mirzoza, que l'âme se fixe toujours dans les pieds : elle s'avance, elle voyage, elle quitte une partie, elle y revient pour la quitter encore ; mais je soutiens que les autres membres sont toujours subordonnés à celui qu'elle habite. Cela varie selon l'âge, le tempérament, les conjonctures, et de là naissent la différence des goûts, la diversité des inclinations, et celle des caractères. N'admirez-vous pas la fécondité de mon principe ? et la multitude des phénomènes auxquels il s'étend ne prouve-t-elle pas sa certitude ?
— Madame, lui répondit Sélim, si vous en faisiez l'application à quelques-uns, nous en recevrions peut-être un degré de conviction que nous attendons encore.
— Très volontiers, répliqua Mirzoza, qui commençait à sentir

ses avantages : vous allez être satisfait ; suivez seulement le fil de mes idées. Je ne me pique pas d'argumenter. Je parle sentiment : c'est notre philosophie à nous autres femmes ; et vous l'entendez presque aussi bien que nous. Il est assez vraisemblable, ajouta-t-elle, que jusqu'à huit ou dix ans l'âme occupe les pieds et les jambes ; mais alors, ou même un peu plus tard, elle abandonne ce logis, ou de son propre mouvement, ou par force. Par force, quand un précepteur emploie des machines pour la chasser de son pays natal, et la conduire dans le cerveau, où elle se métamorphose communément en mémoire et presque jamais en jugement ; c'est le sort des enfants de collège. Pareillement, s'il arrive qu'une gouvernante imbécile se travaille à former une jeune personne, lui farcisse l'esprit de connaissances, et néglige le cœur et les mœurs, l'âme vole rapidement vers la tête, s'arrête sur la langue, ou se fixe dans les yeux, et son élève n'est qu'une babillarde ennuyeuse, ou qu'une coquette. Ainsi, la femme voluptueuse est celle dont l'âme occupe le bijou, et ne s'en écarte jamais.

« La femme galante, celle dont l'âme est tantôt dans le bijou, et tantôt dans les yeux.

La femme tendre, celle dont l'âme est habituellement dans le cœur ; mais quelquefois aussi dans le bijou.

La femme vertueuse, celle dont l'âme est tantôt dans la tête, tantôt dans le cœur ; mais jamais ailleurs.

Si l'âme se fixe dans le cœur, elle formera les caractères sensibles, compatissants, vrais, généreux. Si, quittant le cœur pour n'y plus revenir, elle se relègue dans la tête, alors elle constituera ceux que nous traitons d'hommes durs, ingrats, fourbes et cruels.

La classe de ceux en qui l'âme ne visite la tête que comme une maison de campagne où son séjour n'est pas long, est très nombreuse. Elle est composée des petits-maîtres, des coquettes, des musiciens, des poètes, des romanciers, des courtisans et de tout ce qu'on appelle les jolies femmes. Écoutez raisonner ces êtres, et vous reconnaîtrez sur-le-champ des âmes vagabondes, qui se ressentent des différents climats qu'elles habitent. »

— S'il est ainsi, dit Sélim, la nature a fait bien des inutilités. Nos sages tiennent toutefois pour constant qu'elle n'a rien produit en vain.

— Laissons là vos sages et leurs grands mots, répondit Mirzoza, et quant à la nature, ne la considérons qu'avec les yeux de l'expérience, et nous en apprendrons qu'elle a placé l'âme dans le corps de l'homme, comme dans un vaste palais, dont elle n'occupe pas toujours le plus bel appartement. La tête et le cœur lui sont principalement destinés, comme le centre des vertus et le séjour de la vérité ; mais le plus souvent elle s'arrête en chemin, et préfère un galetas, un lieu suspect, une misérable auberge, où elle s'endort dans une ivresse perpétuelle. Ah ! s'il m'était donné seulement pour vingt-quatre heures d'arranger le monde à ma fantaisie, je vous divertirais par un spectacle bien étrange : en un moment j'ôterais à chaque âme les parties de sa demeure qui lui sont superflues, et vous verriez chaque personne caractérisée par celle qui lui resterait. Ainsi les danseurs seraient réduits à deux pieds, ou à deux jambes tout au plus ; les chanteurs à un gosier ; la plupart des femmes à un bijou ; les héros et les spadassins à une main armée ; certains savants à un crâne sans cervelle ; il ne resterait à une joueuse que deux bouts de mains qui agiteraient sans cesse des cartes ; à un glouton, que deux mâchoires toujours en mouvement ; à une coquette, que deux yeux ; à un débauché, que le seul instrument de ses passions ; les ignorants et les paresseux seraient réduits à rien.

— Pour peu que vous laissassiez de mains aux femmes, interrompit le sultan, ceux que vous réduiriez au seul instrument de leurs passions, seraient courus. Ce serait une chasse plaisante à voir ; et si l'on était partout ailleurs aussi avide de ces oiseaux que dans le Congo, bientôt l'espèce en serait éteinte.

— Mais les personnes tendres et sensibles, les amants constants et fidèles, de quoi les composeriez-vous ? demanda

Sélim à la favorite.

— D'un cœur, répondit Mirzoza ; et je sais bien, ajouta-t-elle en regardant tendrement Mangogul, quel est celui à qui le mien chercherait à s'unir. »

Le sultan ne put résister à ce discours ; il s'élança de son fauteuil vers sa favorite : ses courtisans disparurent, et la chaire du nouveau philosophe devint le théâtre de leurs plaisirs ; il lui témoigna à plusieurs reprises qu'il n'était pas moins enchanté de ses sentiments que de ses discours ; et l'équipage philosophique en fut mis en désordre. Mirzoza rendit à ses femmes les jupons noirs, renvoya au lord sénéchal son énorme perruque, et à M. l'abbé son bonnet carré, avec assurance qu'il serait sur la feuille à la nomination prochaine. À quoi ne fût-il point parvenu, s'il eût été bel esprit ? Une place à l'Académie était la moindre récompense qu'il pouvait espérer ; mais malheureusement il ne savait que deux ou trois cents mots, et n'avait jamais pu parvenir à en composer deux ritournelles.

Chapitre XXX

SUITE DE LA CONVERSATION PRÉCÉDENTE

Mangogul était le seul qui eût écouté la leçon de philosophie de Mirzoza, sans l'avoir interrompue. Comme il contredisait assez volontiers, elle en fut étonnée.

« Le sultan admettrait-il mon système d'un bout à l'autre ? se disait-elle à elle-même. Non, il n'y a pas de vraisemblance à cela. L'aurait-il trouvé trop mauvais pour daigner le combattre ? Cela pourrait être. Mes idées ne sont pas les plus justes qu'on ait eues jusqu'à présent ; d'accord : mais ce ne sont pas non plus les plus fausses ; et je pense qu'on a quelquefois imaginé plus mal. »

Pour sortir de ce doute, la favorite se détermina à questionner Mangogul.

— Eh bien ! prince, lui dit-elle, que pensez-vous de mon système.

— Il est admirable, lui répondit le sultan ; je n'y trouve qu'un seul défaut.

— Et quel est ce défaut ? lui demanda la favorite.

— C'est, dit Mangogul, qu'il est faux de toute fausseté. Il faudrait, en suivant vos idées, que nous eussions tous des âmes ; or, voyez donc, délices de mon cœur, qu'il n'y a pas le sens commun dans cette supposition. « J'ai une âme : voilà un animal qui se conduit la plupart du temps comme s'il n'en avait point ; et peut-être encore n'en a-t-il point, lors même qu'il agit comme s'il en avait une. Mais il a un nez fait comme le mien ; je sens que j'ai une âme et que je pense : donc cet animal a une âme, et pense aussi de son côté. » Il y a mille ans qu'on fait ce raisonnement, et il y en a tout autant qu'il est impertinent.

— J'avoue, dit la favorite, qu'il n'est pas toujours évident que les autres pensent.

— Et ajoutez, reprit Mangogul, qu'en cent occasions il est évident qu'ils ne pensent pas.

— Mais ce serait, ce me semble aller bien vite, reprit Mirzoza, que d'en conclure qu'ils n'ont jamais pensé ; ni ne penseront jamais. On n'est point toujours une bête pour l'avoir été quelquefois ; et Votre Hautesse... »

Mirzoza craignant d'offenser le sultan, s'arrêta là tout court.

« Achevez, madame, lui dit Mangogul, je vous entends ; et Ma Hautesse n'a-t-elle jamais fait la bête, voulez-vous dire, n'est-ce pas ? Je vous répondrai que je l'ai fait quelquefois, et que je pardonnais même alors aux autres de me prendre pour tel ; car vous vous doutez bien qu'ils n'y manquaient pas, quoiqu'ils n'osassent pas me le dire...

— Ah ! Prince ! s'écria la favorite, si les hommes refusaient une âme au plus grand monarque du monde, à qui en pourraient-ils accorder une ?

— Trêve de compliments, dit Mangogul. J'ai déposé pour un moment la couronne et le sceptre. J'ai cessé d'être sultan pour être philosophe, et je puis entendre et dire la vérité. Je vous ai, je crois, donné des preuves de l'un ; et vous m'avez insinué, sans m'offenser, et tout à votre aise, que je n'avais été quelquefois qu'une bête. Souffrez que j'achève de remplir les devoirs de mon nouveau caractère.

« Loin de convenir avec vous, continua-t-il, que tout ce qui porte des pieds, des bras, des mains, des yeux et des oreilles, comme j'en ai, possède une âme comme moi, je vous déclare que je suis persuadé, à n'en jamais démordre, que les trois quarts des hommes et toutes les femmes ne sont que des automates[47].

— Il pourrait bien y avoir dans ce que vous dites là, répondit la favorite, autant de vérité que de politesse.

47. En 1738, l'ingénieur Jacques de Vaucanson avait construit et présenté au public un automate qui avait défrayé la chronique : un joueur de flûte traversière capable de jouer de nombreux airs. Le terme *automate*, qui implique l'idée d'un mécanisme doué d'une certaine autonomie, avait été employé en concurrence avec le terme *machine*, pour désigner les animaux, dépourvus d'âme, selon Descartes. Diderot franchit la ligne de partage entre l'humain et l'animal, contestant le privilège du premier.

— Oh ! dit le sultan, voilà-t-il pas que madame se fâche ; et de quoi diable vous avisez-vous de philosopher, si vous ne voulez pas qu'on vous parle vrai ? Est-ce dans les écoles qu'il faut chercher la politesse ? Je vous ai laissé vos coudées franches ; que j'aie les miennes libres, s'il vous plaît. Je vous disais donc que vous êtes toutes des bêtes.

— Oui, prince ; et c'est ce qui vous restait à prouver, ajouta Mirzoza.

— C'est le plus aisé », répondit le sultan.

Alors il se mit à débiter toutes les impertinences qu'on a dites et redites, avec le moins d'esprit et de légèreté qu'il est possible, contre un sexe qui possède au souverain degré ces deux qualités. Jamais la patience de Mirzoza ne fut mise à une plus forte épreuve ; et vous ne vous seriez jamais tant ennuyé de votre vie, si je vous rapportais tous les raisonnements de Mangogul. Ce prince, qui ne manquait pas de bon sens, fut ce jour-là d'une absurdité qui ne se conçoit pas. Vous en allez juger.

« Il est si vrai, morbleu, disait-il, que la femme n'est qu'un animal, que je gage qu'en tournant l'anneau de Cucufa sur ma jument, je la fais parler comme une femme.

— Voilà, sans contredit, lui répondit Mirzoza, l'argument le plus fort qu'on ait fait et qu'on fera jamais contre nous. »

Puis elle se mit à rire comme une folle. Mangogul, dépité de ce que ses ris ne finissaient point, sortit brusquement, résolu de tenter la bizarre expérience qui s'était présentée à son imagination.

Chapitre XXXI

TREIZIÈME ESSAI DE L'ANNEAU – LA PETITE JUMENT

Je ne suis pas grand faiseur de portraits. J'ai épargné au lecteur celui de la sultane favorite ; mais je ne me résoudrai jamais à lui faire grâce de celui de la jument du sultan. Sa taille était médiocre ; elle se tenait assez bien ; on lui reprochait seulement de laisser un peu tomber sa tête en devant. Elle avait le poil blond, l'œil bleu, le pied petit, la jambe sèche, le jarret ferme et la croupe légère. On lui avait appris longtemps à danser ; et elle faisait la révérence comme un président à la messe rouge. C'était en somme une assez jolie bête ; douce surtout : on la montait aisément ; mais il fallait être excellent écuyer pour n'en être pas désarçonné. Elle avait appartenu au sénateur Aaron ; mais un beau soir, voilà la petite quinteuse qui prend le mors aux dents, jette monsieur le rapporteur les quatre fers en l'air et s'enfuit à toute bride dans les haras du sultan, emportant sur son dos, selle, bride, harnais, housse et caparaçon de prix, qui lui allaient si bien, qu'on ne jugea pas à propos de les renvoyer.

Mangogul descendit dans ses écuries, accompagné de son premier secrétaire Ziguezague.

« Écoutez attentivement, lui dit-il, et écrivez... »

À l'instant il tourna sa bague sur la jument, qui se mit à sauter, caracoler, ruer, volter en hennissant sous queue...

« A quoi pensez-vous ? dit le prince à son secrétaire : écrivez donc...

— Sultan, répondit Ziguezague, j'attends que Votre Hautesse commence...

— Ma jument, dit Mangogul, vous dictera pour cette fois ; écrivez. »

Ziguezague, que cet ordre humiliait trop, à son avis, prit la liberté de représenter au sultan qu'il se tiendrait toujours fort honoré d'être son secrétaire, mais non celui de sa jument...

« Écrivez, vous dis-je, lui réitéra le sultan.

— Prince, je ne puis, répliqua Ziguezague ; je ne sais point l'orthographe de ces sortes de mots...

— Écrivez toujours, dit encore le sultan...

— Je suis au désespoir de désobéir à Votre Hautesse, ajouta Ziguezague ; mais...

— Mais, vous êtes un faquin, interrompit Mangogul irrité d'un refus si déplacé ; sortez de mon palais, et n'y reparaissez point. »

Le pauvre Ziguezague disparut, instruit, par son expérience, qu'un homme de cœur ne doit point entrer chez la plupart des grands, ou doit laisser ses sentiments à la porte. On appela son second. C'était un Provençal franc, honnête, mais surtout désintéressé. Il vola où il crut que son devoir et sa fortune l'appelaient, fit un profond salut au sultan, un plus profond à sa jument et écrivit tout ce qu'il plut à la cavale de dicter.

On trouvera bon que je renvoie ceux qui seront curieux de son discours aux archives du Congo. Le prince en fit distribuer sur-le-champ des copies à tous ses interprètes et professeurs en langues étrangères, tant anciennes que modernes. L'un dit que c'était une scène de quelque vieille tragédie grecque qui lui paraissait fort touchante ; un autre parvint, à force de tête, à découvrir que c'était un fragment important de la théologie des Égyptiens ; celui-ci prétendait que c'était l'exorde de l'oraison funèbre d'Annibal en Carthaginois ; celui-là assura que la pièce était écrite en chinois, et que c'était une prière fort dévote à Confucius.

Tandis que les érudits impatientaient le sultan avec leurs savantes conjectures, il se rappela les voyages de Gulliver [48], et ne douta point qu'un homme qui avait séjourné aussi longtemps que cet Anglais dans une île où les chevaux ont un gouvernement, des lois, des rois, des dieux, des prêtres, une religion, des temples et des autels, et qui paraissait si parfai-

48. Clin d'œil au roman de Jonathan Swift (1726). Gulliver aborde l'île des Houyhnhnns, chevaux raisonnables et doués de langage. Le motif de la jument se trouve dans le fabliau de Garin, *Du chevalier qui fist les cons parler* (1747), republié sous le titre *Le Nocrion. De l'origine des Bijoux indiscrets* en 1750.

tement instruit de leurs mœurs et de leurs coutumes, n'eût une intelligence parfaite de leur langue. En effet Gulliver lut et interpréta tout courant le discours de la jument malgré les fautes d'écriture dont il fourmillait. C'est même la seule bonne traduction qu'on ait dans tout le Congo. Mangogul apprit, à sa propre satisfaction et à l'honneur de son système, que c'était un abrégé historique des amours d'un vieux pacha à trois queues avec une petite jument, qui avait été saillie par une multitude innombrable de baudets, avant lui ; anecdote singulière, mais dont la vérité n'était ignorée, ni du sultan, ni d'aucun autre, à la cour, à Banza et dans le reste de l'empire.

Chapitre XXXII

LE MEILLEUR PEUT-ÊTRE, ET LE MOINS LU DE CETTE HISTOIRE – RÊVE DE MANGOGUL, OU VOYAGE DANS LA RÉGION DES HYPOTHÈSES

« Ahi ! dit Mangogul en bâillant et se frottant les yeux, j'ai mal à la tête. Qu'on ne me parle jamais de philosophie ; ces conversations sont malsaines. Hier, je me couchai sur des idées creuses, et au lieu de dormir en sultan, mon cerveau a plus travaillé que ceux de mes ministres ne travailleront en un an. Vous riez ; mais pour vous convaincre que je n'exagère point et me venger de la mauvaise nuit que vos raisonnements m'ont procurée, vous allez essuyer mon rêve tout du long.

Je commençais à m'assoupir et mon imagination à prendre son essor, lorsque je vis bondir à mes côtés un animal singulier. Il avait la tête de l'aigle, les pieds du griffon, le corps du cheval et la queue du lion. Je le saisis malgré ses caracoles, et, m'attachant à sa crinière, je sautai légèrement sur son dos. Aussitôt il déploya de longues ailes qui partaient de ses flancs et je me sentis porter dans les airs avec une vitesse incroyable.

Notre course avait été longue, lorsque j'aperçus, dans le vague de l'espace, un édifice suspendu comme par enchantement. Il était vaste. Je ne dirai point qu'il péchât par les fondements, car il ne portait sur rien. Ses colonnes, qui n'avaient pas un demi-pied de diamètre, s'élevaient à perte de vue et soutenaient des voûtes qu'on ne distinguait qu'à la faveur des jours dont elles étaient symétriquement percées.

C'est à l'entrée de cet édifice que ma monture s'arrêta. Je balançai d'abord à mettre pied à terre, car je trouvais moins de hasard à voltiger sur mon hippogriffe qu'à me promener sous ce portique[49]. Cependant, encouragé par la multitude de ceux qui l'habitaient et par une sécurité remarquable qui

49. Galerie couverte, dont la voûte est soutenue par des colonnes. Élément architectural très présent dans les dialogues de Platon.

régnait sur tous les visages, je descends, je m'avance, je me jette dans la foule et je considère ceux qui la faisaient.

C'étaient des vieillards, ou bouffis, ou fluets, sans embonpoint et sans force et presque tous contrefaits. L'un avait la tête trop petite, l'autre les bras trop courts. Celui-ci péchait par le corps, celui-là manquait par les jambes. La plupart n'avaient point de pieds et n'allaient qu'avec des béquilles. Un souffle les faisait tomber, et ils demeuraient à terre jusqu'à ce qu'il prît envie à quelque nouveau débarqué de les relever. Malgré tous ces défauts, ils plaisaient au premier coup d'œil. Ils avaient dans la physionomie je ne sais quoi d'intéressant et de hardi. Ils étaient presque nus, car tout leur vêtement consistait en un petit lambeau d'étoffe qui ne couvrait pas la centième partie de leur corps.

Je continue de fendre la presse et je parviens au pied d'une tribune à laquelle une grande toile d'araignée servait de dais. Du reste, sa hardiesse répondait à celle de l'édifice. Elle me parut posée comme sur la pointe d'une aiguille et s'y soutenir en équilibre. Cent fois je tremblai pour le personnage qui l'occupait. C'était un vieillard à longue barbe, aussi sec et plus nu qu'aucun de ses disciples. Il trempait, dans une coupe pleine d'un fluide subtil, un chalumeau qu'il portait à sa bouche et soufflait des bulles [50] à une foule de spectateurs qui l'environnaient et qui travaillaient à les porter jusqu'aux nues.

— Où suis-je ? me dis-je à moi-même, confus de ces puérilités. Que veut dire ce souffleur avec ses bulles et tous ces enfants décrépits occupés à les faire voler ? Qui me développera ces choses ?... » Les petits échantillons d'étoffes m'avaient encore frappé, et j'avais observé que plus ils étaient grands moins ceux qui les portaient s'intéressaient aux bulles. Cette remarque singulière m'encouragea à aborder celui qui me paraîtrait le moins déshabillé.

50. Les bulles de savon sont un motif des vanités classiques (*cf. Les Bulles de savon*, c. 1738, de Jean-Baptiste Chardin, Metropolitan Museum of Art). Elles sont aussi un objet scientifique, comme en témoigne le mémoire d'optique du médecin Jean-Baptiste Marat sur l'irisation des bulles de savon (*Marat homme de science ?*, J. Bernard *et al.* [dir.], Le Plessis-Robinson, Synthélabo, Les empêcheurs de tourner en rond, 1993).

« J'en vis un dont les épaules étaient à moitié couvertes de lambeaux si bien rapprochés que l'art dérobait aux yeux les coutures. Il allait et venait dans la foule, s'embarrassant assez peu de ce qui s'y passait. Je lui trouvai l'air affable, la bouche riante, la démarche noble, le regard doux, et j'allai droit à lui. « Qui êtes-vous ? où suis-je ? et qui sont tous ces gens ? lui demandai-je sans façon.
— Je suis Platon, me répondit-il. Vous êtes dans la région des hypothèses, et ces gens-là sont des systématiques.
— Mais par quel hasard, lui répliquai-je, le divin Platon se trouve-t-il ici ? et que fait-il parmi ces insensés ?...
— Des recrues, me dit-il. J'ai loin de ce portique un petit sanctuaire où je conduis ceux qui reviennent des systèmes[51].
— Et à quoi les occupez-vous ?
— À connaître l'homme, à pratiquer la vertu et à sacrifier aux grâces...
— Ces occupations sont belles ; mais que signifient tous ces petits lambeaux d'étoffes par lesquels vous ressemblez mieux à des gueux qu'à des philosophes ?
— Que me demandez-vous là, dit-il en soupirant, et quel souvenir me rappelez-vous ? Ce temple fut autrefois celui de la philosophie. Hélas ! que ces lieux sont changés ! La chaire de Socrate était dans cet endroit...
— Quoi donc ! lui dis-je en l'interrompant, Socrate avait-il un chalumeau et soufflait-il aussi des bulles ?...
— Non, non, me répondit Platon ; ce n'est pas ainsi qu'il mérita des dieux le nom du plus sage des hommes ; c'est à faire des têtes, c'est à former des cœurs, qu'il s'occupa tant qu'il vécut. Le secret s'en perdit à sa mort. Socrate mourut, et les beaux jours de la philosophie passèrent. Ces pièces d'étoffes, que ces systématiques mêmes se font honneur de porter, sont des lambeaux de son habit. Il avait à peine les yeux fermés,

51. Dans les milieux encyclopédiques, on critique l'esprit de système, abstrait, et fondé sur des hypothèses, qui nuit à la philosophie expérimentale. Le rêve allégorique de Mangogul annonce, si l'on veut, le *Traité des systèmes* (1749) de Condillac et l'*Abrégé des systèmes* (1751) de La Mettrie. Dans le *Discours préliminaire de l'Encyclopédie*, d'Alembert écrit : « Le goût des systèmes, plus propres à flatter l'imagination qu'à éclairer la raison, est aujourd'hui presque entièrement banni des bons ouvrages. »

que ceux qui aspiraient au titre de philosophes se jetèrent sur sa robe et la déchirèrent.

— J'entends, repris-je, et ces pièces leur ont servi d'étiquette à eux et à leur longue postérité...

— Qui rassemblera ces morceaux, continua Platon, et nous restituera la robe de Socrate ? »

« Il en était à cette exclamation pathétique lorsque j'entrevis dans l'éloignement un enfant qui marchait vers nous à pas lents mais assurés. Il avait la tête petite, le corps menu, les bras faibles et les jambes courtes ; mais tous ses membres grossissaient et s'allongeaient à mesure qu'il s'avançait. Dans le progrès de ses accroissements successifs, il m'apparut sous cent formes diverses ; je le vis diriger vers le ciel un long télescope, estimer à l'aide d'un pendule la chute des corps, constater avec un tube rempli de mercure la pesanteur de l'air, et, le prisme à la main, décomposer la lumière. C'était alors un énorme colosse ; sa tête touchait aux deux, ses pieds se perdaient dans l'abîme et ses bras s'étendaient de l'un à l'autre pôle. Il secouait de la main droite un flambeau dont la lumière se répandait au loin dans les airs, éclairait au fond des eaux et pénétrait dans les entrailles de la terre.

— Quelle est, demandai-je à Platon, cette figure gigantesque qui vient à nous ?

— Reconnaissez l'Expérience[52], me répondit-il ; c'est elle-même. »

« À peine m'eut-il fait cette courte réponse, que je vis l'Expérience approcher et les colonnes du portique des hypothèses chanceler, ses voûtes s'affaisser et son pavé s'entrouvrir sous nos pieds.

— Fuyons, me dit encore Platon ; fuyons ; cet édifice n'a plus qu'un moment à durer. »

« À ces mots, il part ; je le suis. Le colosse arrive, frappe le portique, il s'écroule avec un bruit effroyable, et je me réveille. »

52. Cette allégorie de l'expérience, colosse enfant, peut faire penser au *Newton* de William Blake (1795), qui, lui, tiendra un compas.

— Ah ! prince, s'écria Mirzoza, c'est à faire à vous de rêver. Je serais fort aise que vous eussiez passé une bonne nuit ; mais à présent que je sais votre rêve, je serais bien fâchée que vous ne l'eussiez point eu.

— Madame, lui dit Mangogul, je connais des nuits mieux employées que celle de ce rêve qui vous plaît tant ; et si j'avais été le maître de mon voyage, il y a toute apparence que, n'espérant point vous trouver dans la région des hypothèses, j'aurais tourné mes pas ailleurs. Je n'aurais point actuellement le mal de tête qui m'afflige, ou du moins j'aurais lieu de m'en consoler.

— Prince, lui répondit Mirzoza, il faut espérer que ce ne sera rien et qu'un ou deux essais de votre anneau vous en délivreront.

— Il faut voir », dit Mangogul.

La conversation dura quelques moments encore entre le sultan et Mirzoza ; et il ne la quitta que sur les onze heures, pour devenir ce que l'on verra dans le chapitre suivant.

Chapitre XXXIII

QUATORZIÈME ESSAI DE L'ANNEAU – LE BIJOU MUET

De toutes les femmes qui brillaient à la cour du sultan, aucune n'avait plus de grâces et d'esprit que la jeune Eglé, femme du grand échanson de Sa Hautesse. Elle était de toutes les parties de Mangogul, qui aimait la légèreté de sa conversation ; et comme s'il ne dût point y avoir de plaisirs et d'amusements partout où Eglé ne se trouvait point, Eglé était encore de toutes les parties des grands de sa cour. Bals, spectacles, cercles, festins, petits soupers, chasse, jeux ; partout on voulait Eglé ; on la rencontrait partout ; il semblait que le goût des amusements la multipliât au gré de ceux qui la désiraient. Il n'est donc pas besoin que je dise que, s'il n'y avait aucune femme autant souhaitée qu'Eglé, il n'y en avait point d'aussi répandue.

Elle avait toujours été poursuivie d'une foule de soupirants, et l'on s'était persuadé qu'elle ne les avait pas tous maltraités. Soit inadvertance, soit facilité de caractère, ses simples politesses ressemblaient souvent à des attentions marquées, et ceux qui cherchaient à lui plaire supposaient quelquefois de la tendresse dans des regards où elle n'avait jamais prétendu mettre plus que de l'affabilité. Ni caustique, ni médisante, elle n'ouvrait la bouche que pour dire des choses flatteuses, et c'était avec tant d'âme et de vivacité, qu'en plusieurs occasions ses éloges avaient fait naître le soupçon qu'elle avait un choix à justifier ; c'est-à-dire que ce monde dont Eglé faisait l'ornement et les délices n'était pas digne d'elle.

On croirait aisément qu'une femme en qui l'on n'avait peut-être à reprendre qu'un excès de bonté, ne devait point avoir d'ennemis. Cependant elle en eut, et de cruels. Les dévotes de Banza lui trouvèrent un air trop libre, je ne sais quoi de dissipé dans le maintien ; ne virent dans sa conduite que la fureur des plaisirs du siècle ; en conclurent que ses mœurs étaient au moins équivoques et le suggérèrent charitablement à qui voulut les entendre.

Les femmes de la cour ne la traitèrent pas plus favorablement. Elles suspectèrent les liaisons d'Eglé, lui donnèrent des amants, l'honorèrent même de quelques grandes aventures, la mirent pour quelque chose dans d'autres ; on savait des détails, on citait des témoins. « Eh ! bon, se disait-on à l'oreille, on l'a surprise tête-à-tête avec Melraïm dans un des bosquets du grand parc. Eglé ne manque pas d'esprit, ajouta-t-on ; mais Melraïm en a trop pour s'amuser de ses discours, à dix heures du soir, dans un bosquet...

— Vous vous trompez, répondait un petit-maître ; je me suis promené cent fois sur la brune avec elle, et je m'en suis assez bien trouvé. Mais à propos, savez-vous que Zulémar est assidu à sa toilette ?...

— Sans doute, nous le savons, et qu'elle ne fait de toilette que quand son mari est de service chez le sultan...

— Le pauvre Célébi, continuait une autre, sa femme l'affiche, en vérité, avec cette aigrette et ces boucles qu'elle a reçues du pacha Ismael...

— Est-il bien vrai, madame ?...

— C'est la vérité pure : je le tiens d'elle-même ; mais, au nom de Brama, que ceci ne nous passe point ; Eglé est mon amie, et je serais bien fâchée...

— Hélas ! s'écriait douloureusement une troisième : la pauvre petite créature se perd de gaieté de cœur. C'est dommage pourtant. Mais aussi vingt intrigues à la fois, cela me paraît fort. »

Les petits-maîtres ne la ménageaient pas davantage. L'un racontait une partie de chasse où ils s'étaient égarés ensemble. Un autre dissimulait, par respect pour le sexe, les suites d'une conversation fort vive qu'il avait eue sous le masque avec elle, dans un bal où il l'avait accrochée. Celui-ci faisait l'éloge de son esprit et de ses charmes, et le terminait en montrant son portrait, qu'à l'en croire il tenait de la meilleure main. « Ce portrait, disait celui-là, est plus ressemblant que celui dont elle a fait présent à Jénaki. »

Ces discours passèrent jusqu'à son époux. Célébi aimait sa femme, mais décemment toutefois, et sans que personne en eût le moindre soupçon ; il se refusa d'abord aux premiers rapports ; mais on revint à la charge, et de tant de côtés, qu'il crut ses amis plus clairvoyants que lui : plus il avait accordé de liberté à Eglé, plus il eut de soupçon qu'elle en avait abusé. La jalousie s'empara de son âme. Il commença par gêner sa femme. Eglé souffrit d'autant plus impatiemment ce changement de procédé qu'elle se sentait innocente. Sa vivacité et les conseils de ses bonnes amies la précipitèrent dans des démarches inconsidérées qui mirent toutes les apparences contre elle et qui pensèrent lui coûter la vie. Le violent Célébi roula quelque temps dans sa tête mille projets de vengeance, et le fer, et le poison, et le lacet fatal, et se détermina pour un supplice plus lent et plus cruel, une retraite dans ses terres. C'est une mort véritable pour une femme de cour. En un mot, les ordres sont donnés ; un soir Eglé apprend son sort : on est insensible à ses larmes ; on n'écoute plus ses raisons ; et la voilà reléguée à quatre-vingts lieues de Banza, dans un vieux château, où on ne lui laisse pour toute compagnie que deux femmes et quatre eunuques noirs qui la gardent à vue.

À peine fut-elle partie, qu'elle fut innocente. Les petits-maîtres oublièrent ses aventures, les femmes lui pardonnèrent son esprit et ses charmes, et tout le monde la plaignit. Mangogul apprit, de la bouche même de Célébi, les motifs de la terrible résolution qu'il avait prise contre sa femme, et parut seul l'approuver.

Il y avait près de six mois que la malheureuse Eglé gémissait dans son exil, lorsque l'aventure de Kersael arriva. Mirzoza souhaitait qu'elle fût innocente, mais elle n'osait s'en flatter. Cependant elle dit un jour au sultan : « Votre anneau, qui vient de conserver la vie à Kersael, ne pourrait-il pas finir l'exil d'Eglé ? Mais je n'y pense pas ; il faudrait pour cela consulter son bijou ; et la pauvre recluse périt d'ennui à quatre-vingts lieues d'ici...

— Vous intéressez-vous beaucoup, lui répondit Mangogul, au sort d'Eglé ?

— Oui, prince ; surtout si elle est innocente, dit Mirzoza...

— Vous en aurez des nouvelles avant une heure d'ici, répliqua Mangogul. Ne vous souvient-il plus des propriétés de ma bague ?... »

À ces mots, il passa dans ses jardins, tourna son anneau et se trouva en moins de quinze minutes dans le parc du château qu'habitait Eglé.

Il y découvrit Eglé seule et accablée de douleur ; elle avait la tête appuyée sur sa main ; elle proférait tendrement le nom de son époux, et elle arrosait de ses larmes un gazon sur lequel elle était assise. Mangogul s'approcha d'elle en tournant son anneau, et le bijou d'Eglé dit tristement : « J'aime Célébi. » Le sultan attendit la suite ; mais la suite ne venant point, il s'en prit à son anneau, qu'il frotta deux ou trois fois contre son chapeau, avant que de le diriger sur Eglé ; mais sa peine fut inutile. Le bijou reprit ; « J'aime Célébi » ; et s'arrêta tout court.

« Voilà, dit le sultan, un bijou bien discret. Voyons encore et serrons-lui de plus près le bouton. » En même temps il donna à sa bague toute l'énergie qu'elle pouvait recevoir, et la tourna subitement sur Eglé ; mais son bijou resta muet. Il garda constamment le silence, ou ne l'interrompit que pour répéter ces paroles plaintives : « J'aime Célébi, et n'en ai jamais aimé d'autres. »

Mangogul prit son parti et revint en quinze minutes chez Mirzoza.

« Quoi ! prince, dit-elle, déjà de retour ? Eh bien ! qu'avez-vous appris ? Rapportez-vous matière à nos conversations ?...

— Je ne rapporte rien, lui répondit le sultan.

— Quoi ! rien ?

— Précisément rien. Je n'ai jamais entendu de bijou plus taci-

wouldn't say anything else

turne, et n'en ai pu tirer que ces mots : « J'aime Célébi ; j'aime Célébi, et n'en ai jamais aimé d'autres. »

— Ah ! prince, reprit vivement Mirzoza, que me dites-vous là ? Quelle heureuse nouvelle ! Voilà donc enfin une femme sage. Souffrirez-vous qu'elle soit plus longtemps malheureuse ?

— Non, répondit Mangogul : son exil va finir, mais ne craignez-vous point que ce soit aux dépens de sa vertu ? Eglé est sage ; mais voyez, délices de mon cœur, ce que vous exigez de moi ; que je la rappelle à ma cour, afin qu'elle continue de l'être ; cependant vous serez satisfaite. »

Le sultan manda sur-le-champ Célébi, et lui dit qu'ayant approfondi les bruits répandus sur le compte d'Eglé, il les avait reconnus faux, calomnieux, et qu'il lui ordonnait de la ramener à la cour. Célébi obéit et présenta sa femme à Mangogul : elle voulut se jeter aux pieds de Sa Hautesse ; mais le sultan l'arrêtant :

« Madame, lui dit-il, remerciez Mirzoza. Son amitié pour vous m'a déterminé à éclaircir la vérité des faits qu'on vous imputait. Continuez d'embellir ma cour ; mais souvenez-vous qu'une jolie femme se fait quelquefois autant de tort par des imprudences que par des aventures. »

Dès le lendemain Eglé reparut chez la Manimonbanda, qui l'accueillit d'un sourire. Les petits-maîtres redoublèrent auprès d'elle de fadeurs, et les femmes coururent toutes l'embrasser, la féliciter, et recommencèrent de la déchirer.

Chapitre XXXIV

MANGOGUL AVAIT-IL RAISON ?

Depuis que Mangogul avait reçu le présent fatal de Cucufa, les ridicules et les vices du sexe étaient devenus la matière éternelle de ses plaisanteries : il ne finissait pas ; et la favorite en fut souvent ennuyée.

Mais deux effets cruels de l'ennui sur Mirzoza, ainsi que sur bien d'autres qu'elle, c'était de la mettre en mauvaise humeur, et de jeter de 1 aigreur dans ses propos. Alors malheur à ceux qui l'approchaient ! elle ne distinguait personne ; et le sultan même n'était pas épargné.

« Prince, lui disait-elle un jour dans un de ces moments fâcheux, vous qui savez tant de choses, vous ignorez peut-être la nouvelle du jour...

— Et quelle est-elle ? demanda Mangogul...

— C'est que vous apprenez par cœur, tous les matins, trois pages de Brantôme ou d'Ouville[53] : on n'assure pas de ces deux profonds écrivains quel est le préféré...

— On se trompe, madame, répondit Mangogul, c'est le Crébillon qui...

— Oh ! ne vous défendez pas de cette lecture, interrompit la favorite. Les nouvelles médisances qu'on fait de nous sont si maussades, qu'il vaut encore mieux réchauffer les vieilles. Il y a vraiment de fort bonnes choses dans ce Brantôme ; si vous joigniez à ses historiettes trois ou quatre chapitres de Bayle, vous auriez incessamment à vous seul autant d'esprit que le marquis D'...[54] et le chevalier de Mouhi[55]. Cela répandrait

---

53. On dit que Louis XV aimait à se faire lire à son lever la chronique scandaleuse de la ville, procurée par le lieutenant général de police. Diderot rapproche ici la *Vie des Dames galantes* de Brantôme (publié seulement en 1666) des *Nouvelles* et *Contes* d'Antoine Le Metel d'Ouville (1656, 1659).

54. Sans doute le marquis (Jean-Baptiste Boyer) d'Argens, auteur d'une œuvre éclectique qui va des *Mémoires secrets de la république des lettres* (1744) au scandaleux *Thérèse philosophe*, qui a pu paraître la même année que les *Bijoux*. Associé à Voltaire dans sa lutte contre « l'Infâme », le marquis est la cible de La Morlière dans son *Angola* (*Romans libertins du* XVIIIe *siècle*, R. Trousson éd., Paris, R. Laffont, coll. « Bouquins », 1993, p. 445).

55. Charles de Fieux, chevalier de Mouhy (1701-1784), écrivailleur prolifique et parasite, « nouvelliste

are their virtuous women ?

dans vos entretiens une variété surprenante. Lorsque vous auriez équipé les femmes de toutes pièces, vous tomberiez sur les Pagodes ; des Pagodes, vous reviendriez sur les femmes. En vérité, il ne vous manque qu'un petit recueil d'impiétés pour être tout à fait amusant.

— Vous avez raison, madame, lui répondit Mangogul, et je m'en ferai pourvoir. Celui qui craint d'être dupe dans ce monde et dans l'autre ne peut trop se méfier de la puissance des Pagodes, de la probité des hommes, et de la sagesse des femmes.

— C'est donc, à votre avis, quelque chose de bien équivoque que cette sagesse ?... reprit Mirzoza.

— Au-delà de tout ce que vous imaginez, répondit Mangogul.

— Prince, repartit Mirzoza, vous m'avez donné cent fois vos ministres pour les plus honnêtes gens du Congo. J'ai tant essuyé les éloges de votre sénéchal, des gouverneurs de vos provinces, de vos secrétaires, de votre trésorier, en un mot de tous vos officiers, que je suis en état de vous les répéter mot pour mot. Il est étrange que l'objet de votre tendresse soit seul excepté de la bonne opinion que vous avez conçue de ceux qui ont l'honneur de vous approcher.

— Et qui vous a dit que cela soit ? lui répliqua le sultan. Songez donc, madame, que vous n'entrez pour rien dans les discours, vrais ou faux, que je tiens des femmes, à moins qu'il ne vous plaise de représenter le sexe en général...

— Je ne le conseillerais pas à madame, ajouta Sélim, qui était présent à cette conversation. Elle n'y pourrait gagner que des défauts.

— Je ne reçois point, répondit Mirzoza, les compliments que l'on m'adresse aux dépens de mes semblables. Quand on s'avise de me louer, je voudrais qu'il n'en coutât rien à personne. La plupart des galanteries qu'on nous débite ressemblent aux fêtes somptueuses que Votre Hautesse reçoit de ses pachas : ce n'est jamais qu'à la charge du public.

à la main » et informateur de Voltaire, auteur notamment de *La Mouche ou les aventures de M. Bigand* (1736).

— Laissons cela, dit Mangogul. Mais en bonne foi, n'êtes-vous pas convaincue que la vertu des femmes du Congo n'est qu'une chimère ? Voyez donc, délices de mon âme, quelle est aujourd'hui l'éducation à la mode, quels exemples les jeunes personnes reçoivent de leurs mères, et comment on vous coiffe une jolie femme du préjugé que de se renfermer dans son domestique, régler sa maison et s'en tenir à son époux, c'est mener une vie lugubre, périr d'ennui et s'enterrer toute vive. Et puis, nous sommes si entreprenants, nous autres hommes, et une jeune enfant sans expérience est si comblée de se voir entreprise. J'ai prétendu que les femmes sages étaient rares, excessivement rares ; et loin de m'en dédire, j'ajouterais volontiers qu'il est surprenant qu'elles ne le soient pas davantage. Demandez à Sélim ce qu'il en pense.

— Prince, répondit Mirzoza, Sélim doit trop à notre sexe pour le déchirer impitoyablement.

— Madame, dit Sélim, Sa Hautesse, à qui il n'a pas été possible de rencontrer des cruelles, doit naturellement penser des femmes comme elle fait ; et vous, qui avez la bonté de juger des autres par vous-même, n'en pouvez guère avoir d'autres idées que celles que vous défendez. J'avouerai cependant que je ne suis pas éloigné de croire qu'il y a des femmes de jugement à qui les avantages de la vertu sont connus par expérience, et que la réflexion a éclairées sur les suites fâcheuses du désordre ; des femmes heureusement nées, bien élevées, qui ont appris à sentir leur devoir, qui l'aiment, et qui ne s'en écarteront jamais.

— Et sans se perdre en raisonnements, ajouta la favorite, Eglé, vive, aimable, charmante, n'est-elle pas en même temps un modèle de sagesse ? Prince, vous n'en pouvez douter, et tout Banza le sait de votre bouche : or, s'il y a une femme sage, il peut y en avoir mille.

— Oh ! pour la possibilité, dit Mangogul, je ne la dispute point.

— Mais si vous convenez qu'elles sont possibles, reprit Mirzoza, qui vous a révélé qu'elles n'existaient pas ?

— Rien que leurs bijoux, répondit le sultan. Je conviens toutefois que ce témoignage n'est pas de la force de votre argument. Que je devienne taupe si vous ne l'avez pris à quelque bramine. Faites appeler le chapelain de la Manimonbanda, et il vous dira que vous m'avez prouvé l'existence des femmes sages, à peu près comme on démontre celle de Brama en Braminologie, Par hasard, n'auriez-vous point fait un cours dans cette sublime école avant que d'entrer au sérail ?

— Point de mauvaises plaisanteries, reprit Mirzoza. Je ne conclus pas seulement de la possibilité ; je pars d'un fait, d'une expérience.

— Oui, continua Mangogul, d'un fait mutilé, d'une expérience isolée, tandis que j'ai pour moi une foule d'essais que vous connaissez bien ; mais je ne veux point ajouter à votre humeur par une plus longue contradiction.

— Il est heureux, dit Mirzoza d'un ton chagrin, qu'au bout de deux heures vous vous lassiez de me persécuter.

— Si j'ai commis cette faute, répondit Mangogul, je vais tâcher de la réparer. Madame, je vous abandonne tous mes avantages passés ; et si je rencontre dans la suite des épreuves qui me restent à tenter, une seule femme vraiment et constamment sage...

— Que ferez-vous ? interrompit vivement Mirzoza...

— Je publierai, si vous voulez, que je suis enchanté de votre raisonnement sur la possibilité des femmes sages ; j'accréditerai votre logique de tout mon pouvoir, et je vous donnerai mon château d'Amara, avec toutes les porcelaines de Saxe dont il est orné, sans en excepter le petit sapajou en émail et les autres colifichets précieux qui me viennent du cabinet de Mme de Vérue.

— Prince, dit Mirzoza, je me contenterai des porcelaines, du château et du petit sapajou.

— Soit, répondit Mangogul ; Sélim nous jugera. Je ne demande que quelque délai avant que d'interroger le bijou d'Eglé. Il faut bien laisser à l'air de la cour et à la jalousie de son époux le temps d'opérer. »

Mirzoza accorda le mois à Mangogul ; c'était la moitié plus qu'il ne demandait ; et ils se séparèrent également remplis d'espérance. Tout Banza l'eût été de paris pour et contre, si la promesse du sultan se fût divulguée. Mais Sélim se tut, et Mangogul se mit clandestinement en devoir de gagner ou de perdre. Il sortait de l'appartement de la favorite, lorsqu'il l'entendit qui lui criait du fond de son cabinet :

« Prince, et le petit sapajou ?

— Et le petit sapajou », lui répondit Mangogul en s'éloignant.

Il allait de ce pas dans la petite maison [56] d'un sénateur, où nous le suivrons.

56. Maison située dans un quartier peu fréquenté, lieu de rendez-vous galants.

Chapitre XXXV

QUINZIÈME ESSAI DE L'ANNEAU – ALPHANE

Le sultan n'ignorait pas que les jeunes seigneurs de la cour avaient tous des petites maisons ; mais il apprit que ces réduits étaient aussi à l'usage de quelques sénateurs. Il en fut étonné. « Que fait-on là ? se dit-il à lui-même (car il conservera dans ce volume l'habitude de parler seul, qu'il a contractée dans le premier). Il semble qu'un homme, à qui je confie la tranquillité, la fortune, la liberté et la vie de mon peuple, ne doit point avoir de petite maison. Mais la petite maison d'un sénateur est peut-être autre chose que celle d'un petit-maître... Un magistrat devant qui l'on discute les intérêts les plus grands de mes sujets, et qui tient en ses mains l'urne fatale d'où il tirera le sort de la veuve, oublierait la dignité de son état, l'importance de son ministère ; et tandis que Cochin fatigue vainement ses poumons à porter jusqu'à ses oreilles les cris de l'orphelin, il méditerait dans sa tête les sujets galants qui doivent orner les dessus-de-porte d'un lieu de débauches secrètes !... Cela ne peut être... Voyons pourtant. »

Il dit et part pour Alcanto. C'est là qu'est située la petite maison du sénateur Hippomanès. Il entre ; il parcourt les appartements, il en examine l'ameublement. Tout lui paraît galant. La petite maison d'Agésile, le plus délicat et le plus voluptueux de ses courtisans, n'est pas mieux. Il se déterminait à sortir, ne sachant que penser ; car après tous les lits de repos, les alcôves à glaces, les sofas mollets, le cabinet de liqueurs ambrées, le reste n'était que des témoins muets de ce qu'il avait envie d'apprendre, lorsqu'il aperçut une grosse figure étendue sur une duchesse, et plongée dans un sommeil profond. Il tourna son anneau sur elle, et tira de son bijou les anecdotes suivantes :

« Alphane est fille d'un robin. Si sa mère eût moins vécu, je ne serais pas ici. Les biens immenses de la famille se sont éclipsés entre les mains de la vieille folle ; et elle n'a presque rien laissé à quatre enfants qu'elle avait, trois garçons et une fille dont je suis le bijou. Hélas ! c'est bien pour mes péchés ! Que d'affronts j'ai soufferts ! qu'il m'en reste encore à souffrir ! On disait dans le monde que le cloître convenait assez à la fortune et à la figure de ma maîtresse ; mais je sentais qu'il ne me convenait point à moi : je préférai l'art militaire à l'état monastique, et je fis mes premières campagnes sous l'émir Azalapn. Je me perfectionnai sous le grand Nangazaki ; mais l'ingratitude du service m'en a détaché, et j'ai quitté l'épée pour la robe. Je vais donc appartenir à un petit faquin de sénateur tout bouffi de ses talents, de son esprit, de sa figure, de son équipage et de ses aïeux. Depuis deux heures je l'attends. Il viendra apparemment ; car son intendant m'a prévenu que, quand il vient, c'est sa manie que de se faire attendre longtemps. »

Le bijou d'Alphane en était là, lorsque Hippomanès arriva. Au fracas de son équipage, et aux caresses de sa familière levrette, Alphane s'éveilla. « Enfin vous voilà donc, ma reine, lui dit le petit président. On a bien de la peine à vous avoir. Parlez ; comment trouvez-vous ma petite maison ? elle en vaut bien une autre, n'est-ce pas ? »

« Alphane jouant la niaise, la timide, la désolée, comme si nous n'eussions jamais vu de petites maisons, disait son bijou, et que je ne fusse jamais entré pour rien dans ses aventures, s'écria douloureusement : « Monsieur le président, je fais pour vous une démarche étrange. Il faut que je sois entraînée par une terrible passion, pour en être aveuglée sur les dangers que je cours ; car enfin, que ne dirait-on pas, si l'on me soupçonnait ici ?

— Vous avez raison, lui dit Hippomanès ; votre démarche est équivoque ; mais vous pouvez compter sur ma discrétion.

— Mais, reprit Alphane, je compte aussi sur votre sagesse.

— Oh ! pour cela, lui dit Hippomanès en ricanant, je serai fort sage ; et le moyen de n'être pas dévot comme un ange dans une petite maison ? Sans mentir, vous avez là une gorge

charmante...
— Finissez donc, lui répondit Alphane ; déjà vous manquez à votre parole.
— Point du tout, lui répliqua le président ; mais vous ne m'avez pas répondu. Que vous semble de cet ameublement ? Puis s'adressant à sa levrette : Viens ici, Favorite, donne la patte, ma fille. C'est une bonne fille que Favorite... Mademoiselle voudrait-elle faire un tour de jardin ? Allons sur ma terrasse ; elle est charmante. Je suis dominé par quelques voisins ; mais peut-être qu'ils ne vous connaîtront pas...
— Monsieur le président, je ne suis pas curieuse, lui répondit Alphane d'un ton piqué. Il me semble qu'on est mieux ici.
— Comme il vous plaira, reprit Hippomanès. Si vous êtes fatiguée, voilà un lit. Pour peu que le cœur vous en dise, je vous conseille de l'essayer. La jeune Astérie, la petite Phénice, qui s'y connaissent, m'ont assuré qu'il était bon. »

Tout en tenant ces impertinents propos à Alphane, Hippomanès tirait sa robe par les manches, délaçait son corset, détachait ses jupes, et dégageait ses deux gros pieds de deux petites mules.

Lorsque Alphane fut presque nue, elle s'aperçut qu'Hippomanès la déshabillait...

« Que faites-vous là ? s'écria-t-elle toute surprise. Président, vous n'y pensez pas. Je me fâcherai tout de bon.
— Ah, ma reine ! lui répondit Hippomanès, vous fâcher contre un homme qui vous aime comme moi, cela serait d'une bizarrerie dont vous n'êtes pas capable. Oserais-je vous prier de passer dans ce lit ?
— Dans ce lit ? reprit Alphane. Ah ! monsieur le président, vous abusez de ma tendresse. Que j'aille dans un lit, moi, dans un lit !
— Eh ! non, ma reine, lui répondit Hippomanès. Ce n'est pas cela : qui vous dit d'y aller ? Mais il faut, s'il vous plaît, que vous vous y laissiez conduire ; car vous comprenez bien que de la taille dont vous êtes, je ne puis être d'humeur à vous y por-

ter... » Cependant il la prit à bras-le-corps, et faisant quelque effort... « Oh, qu'elle pèse ! disait-il. Mais, mon enfant, si tu ne t'aides pas, nous n'arriverons jamais. »

Alphane sentit qu'il disait vrai, s'aida, parvint à se faire lever, et s'avança vers ce lit qui l'avait tant effrayée, moitié à pied, moitié sur les bras d'Hippomanès, à qui elle balbutiait en minaudant : « En vérité, il faut que je sois folle pour être venue. Je comptais sur votre sagesse, et vous êtes d'une extravagance inouïe...

— Point du tout, lui répondait le président, point du tout. Vous voyez bien que je ne fais rien qui ne soit décent, très décent. »

Je pense qu'ils se dirent encore beaucoup d'autres gentillesses ; mais le sultan n'ayant pas jugé à propos de suivre leur conversation plus longtemps, elles seront perdues pour la postérité : c'est dommage !

Chapitre XXXVI

SEIZIÈME ESSAI DE L'ANNEAU LES PETITS-MAÎTRES

Deux fois la semaine il y avait cercle chez la favorite. Elle nommait la veille les femmes qu'elle y désirait, et le sultan donnait la liste des hommes. On y venait fort paré. La conversation était générale, ou se partageait. Lorsque l'histoire galante de la cour ne fournissait pas des aventures amusantes, on en imaginait, ou l'on s'embarquait dans quelques mauvais contes, ce qui s'appelait continuer les *Mille et une Nuits*. Les hommes avaient le privilège de dire toutes les extravagances qui leur venaient, et les femmes celui de faire des nœuds en les écoutant. Le sultan et la favorite étaient là confondus parmi leurs sujets ; leur présence n'interdisait rien de ce qui pouvait amuser, et il était rare qu'on s'ennuyât. Mangogul avait compris de bonne heure que ce n'était qu'au pied du trône qu'on trouve le plaisir, et personne n'en descendait de meilleure grâce, et ne savait déposer plus à propos la majesté.

Tandis qu'il parcourait la petite maison du sénateur Hippomanès, Mirzoza l'attendait dans le salon couleur de rose, avec la jeune Zaïde, l'enjouée Léocris, la vive Sérica, Amine et Benzaïre, femmes de deux émirs, la prude Orphise et la grande sénéchale Vétula, mère temporelle de tous les bramines. Il ne tarda pas à paraître. Il entra accompagné du comte Hannetillon et du chevalier Fadaès, Alciphenor, vieux libertin, et le jeune Marmolin son disciple, le suivaient, et deux minutes après, arrivèrent le pacha Grisgrif, l'aga Fortimbek et le sélictar Patte-de-velours. C'était bien les petits-maîtres [57] les plus déterminés de la cour. Mangogul les avait rassemblés à dessein. Rebattu du récit de leurs galants exploits, il s'était proposé de s'en instruire à n'en pouvoir douter plus longtemps. « Eh bien ! messieurs, leur dit-il, vous qui n'ignorez rien de ce

57. Le terme, qui remonte au XVIe siècle, est à la mode au XVIIIe siècle, pour désigner « la jeunesse impertinente et mal élevée » (Voltaire). Voir *Le Petit-Maître corrigé*, de Marivaux.

qui se passe dans l'empire galant, qu'y fait-on de nouveau ? où en sont les bijoux parlants ?...

— Seigneur, répondit Alciphenor, c'est un charivari qui va toujours en augmentant : si cela continue, bientôt on ne s'entendra plus. Mais rien n'est si réjouissant que l'indiscrétion du bijou de Zobeïde. Il a fait à son mari un dénombrement d'aventures.

— Cela est prodigieux, continua Marmolin : on compte cinq agas, vingt capitaines, une compagnie de janissaires presque entière, douze bramines ; on ajoute qu'il m'a nommé ; mais c'est une mauvaise plaisanterie.

— Le bon de l'affaire, reprit Grisgrif, c'est que l'époux effrayé s'est enfui en se bouchant les oreilles.

— Voilà qui est bien horrible ! dit Mirzoza.

— Oui, madame, interrompit Fortimbek, horrible, affreux, exécrable !

— Plus que tout cela, si vous voulez, reprit la favorite, de déshonorer une femme sur un ouï-dire.

— Madame, cela est à la lettre ; Marmolin n'a pas ajouté un mot à la vérité, dit Patte-de-velours.

— Cela est positif, dit Grisgrif.

— Bon, ajouta Hannetillon, il en court déjà une épigramme ; et l'on ne fait pas une épigramme sur rien. Mats pourquoi Marmolin serait-il à l'abri du caquet des bijoux ? Celui de Cynare s'est bien avisé de parler à son tour, et de me mêler avec des gens qui ne me vont point du tout. Mais comment obvier à cela ?

— C'est plus tôt fait de s'en consoler, dit Patte-de-velours.

— Vous avez raison, répondit Hannetillon ; et tout de suite il se mit à chanter :

Mon bonheur fut si grand que j'ai peine à le croire.

— Comte, dit Mangogul, en s'adressant à Hannetillon, vous avez donc connu particulièrement Cynare ?

— Seigneur, répondit Patte-de-velours, qui en doute ? Il l'a promenée pendant plus d'une lune ; ils ont été chansonnés ;

et cela durerait encore, s'il ne s'était enfin aperçu qu'elle n'était point jolie, et qu'elle avait la bouche grande.

— D'accord, reprit Hannetillon ; mais ce défaut était réparé par un agrément qui n'est pas ordinaire.

— Y a-t-il longtemps de cette aventure ? demanda la prude Orphise.

— Madame, lui répondit Hannetillon, je n'en ai pas l'époque présente. Il faudrait recourir aux tables chronologiques de mes bonnes fortunes. On y verrait le jour et le moment ; mais c'est un gros volume dont mes gens s'amusent dans mon antichambre.

— Attendez, dit Alciphenor ; je me rappelle que c'est précisément un an après que Grisgrif s'est brouillé avec Mme la sénéchale. Elle a une mémoire d'ange, et elle va nous apprendre au juste...

— Que rien n'est plus faux que votre date, répondit gravement la sénéchale. On sait assez que les étourdis n'ont jamais été de mon goût.

— Cependant, madame, reprit Alciphenor, vous ne nous persuaderez jamais que Marmolin fût excessivement sage, lorsqu'on l'introduisait dans votre appartement par un escalier dérobé, toutes les fois que Sa Hautesse appelait M. le sénéchal au conseil.

— Je ne vois pas de plus grande extravagance, ajouta Patte-develours, que d'entrer furtivement chez une femme, à propos de rien : car on ne pensait de ces visites que ce qui en était ; et madame jouissait déjà de cette réputation de vertu qu'elle a si bien soutenue depuis.

— Mais il y a un siècle de cela, dit Fadaès. Ce fut à peu près dans ce temps que Zulica fit faux bond à M. le sélictar qui était bien son serviteur, pour occuper Grisgrif qu'elle a planté là six mois après ; elle en est maintenant à Fortimbek. Je ne suis pas fâché de la petite fortune de mon ami ; je la vois, je l'admire, et le tout sans prétention.

— Zulica, dit la favorite, est pourtant fort aimable ; elle a

de l'esprit, du goût, et je ne sais quoi d'intéressant dans la physionomie, que je préférerais à des charmes.
— J'en conviens, répondit Fadaès ; mais elle est maigre, elle n'a point de gorge, et la cuisse si décharnée, que cela fait pitié.
— Vous en savez apparemment des nouvelles, ajouta la sultane.
— Bon ! madame, reprit Hannetillon, cela se devine. J'ai peu fréquenté chez Zulica, et si, j'en sais là-dessus autant que Fadaès.
— Je le croirais volontiers, dit la favorite.
— Mais, à propos, pourrait-on demander à Grisgrif, dit le sélictar, si c'est pour longtemps qu'il s'est emparé de Zyrphile ? Voilà ce qui s'appelle une jolie femme ; elle a le corps admirable.
— Eh ! qui en doute ? ajouta Marmolin.
— Que le sélictar est heureux ! continua Fadaès.
— Je vous donne Fadaès, interrompit le sélictar, pour le galant le mieux pourvu de la cour. Je lui connais la femme du vizir, les deux plus jolies actrices de l'Opéra, et une grisette adorable qu'il a placée dans une petite maison.
— Et je donnerais, reprit Fadaès, et la femme du vizir, et les deux actrices, et la grisette, pour un regard d'une certaine femme avec laquelle le sélictar est assez bien, et qui ne se doute seulement pas que tout le monde en est instruit » ; et s'avançant ensuite vers Léocris : « En vérité, madame, lui dit-il, les couleurs vous vont à ravir...
— Il y avait je ne sais combien, dit Marmolin, qu'Hannetillon balançait entre Mélisse et Fatime ; ce sont deux femmes charmantes. Il était aujourd'hui pour la blonde Mélisse, demain pour la brune Fatime.
— Voilà, continua Fadaès, un homme bien embarrassé ; que ne les prenait-il l'une et l'autre ?
— C'est ce qu'il a fait », dit Alciphenor.

Nos petits-maîtres étaient, comme on voit, en assez bon train pour n'en pas rester là, lorsque Zobeïde, Cynare, Zulica,

Mélisse, Fatmé et Zyrphile se firent annoncer. Ce contretemps les déconcerta pour un moment ; mais ils ne tardèrent pas à se remettre, et à tomber sur d'autres femmes qu'ils n'avaient épargnées dans leurs médisances que parce qu'ils n'avaient pas eu le temps de les déchirer.

Mirzoza, impatientée de leurs discours, leur dit : « Messieurs, avec le mérite et la probité surtout qu'on est forcé de vous accorder, il n'y a pas à douter que vous n'ayez eu toutes les bonnes fortunes dont vous vous vantez. Je vous avouerai toutefois que je serais bien aise d'entendre là-dessus les bijoux de ces dames ; et que je remercierais Brama de grand cœur, s'il lui plaisait de rendre justice à la vérité par leur bouche.

— C'est-à-dire, reprit Hannetillon, que madame désirerait entendre deux fois les mêmes choses : eh bien ! nous allons les lui répéter. »

Cependant Mangogul tournait son anneau suivant le rang d'ancienneté ; il débuta par la sénéchale, dont le bijou toussa trois fois, et dit d'une voix tremblante et cassée : « Je dois au grand sénéchal les prémices de mes plaisirs ; mais il y avait à peine six mois que je lui appartenais, qu'un jeune bramine fit entendre à ma maîtresse qu'on ne manquait point à son époux tant qu'on pensait à lui. Je goûtai sa morale, et je crus pouvoir admettre, dans la suite, en sûreté de conscience, un sénateur, puis un conseiller d'État, puis un pontife, puis un ou deux maîtres de requêtes, puis un musicien...

— Et Marmolin ? dit Fadaès.

— Marmolin, répondit le bijou, je ne le connais pas ; à moins que ce ne soit ce jeune fat que ma maîtresse fit chasser de son hôtel pour quelques insolences dont je n'ai pas mémoire... »

Le bijou de Cynare prit la parole, et dit : « Alciphenor, Fadaès, Grisgrif, demandez-vous ? j'étais assez bien faufilé ; mais voilà la première fois de ma vie que j'entends nommer ces gens-là : au reste, j'en saurai des nouvelles par l'émir Amalek, le financier Ténélor ou le vizir Abdiram, qui voient toute la terre, et qui sont mes amis.

— Le bijou de Cynare est discret, dit Hannetillon ; il passe sous silence Zarafis, Ahiram, et le vieux Trébister, et le jeune Mahmoud, qui n'est pas fait pour être oublié, et n'accuse pas le moindre petit bramine, quoiqu'il y ait dix à douze ans qu'il coure les monastères.

— J'ai reçu quelques visites en ma vie, dit le bijou de Mélisse, mais jamais aucune de Grisgrif et de Fortimbek, et moins encore d'Hannetillon.

— Bijou, mon cœur, lui répondit Grisgrif, vous vous trompez. Vous pouvez renier Fortimbek et moi tant qu'il vous plaira, mais pour Hannetillon, il est un peu mieux avec vous que vous n'en convenez. Il m'en a dit un mot ; et c'est le garçon du Congo le plus vrai, qui vaut mieux qu'aucun de ceux que vous avez connus, et qui peut encore faire la réputation d'un bijou.

— Celle d'imposteur ne peut lui manquer, non plus qu'à son ami Fadaès, dit en sanglotant le bijou de Fatime. Qu'ai-je fait à ces monstres pour me déshonorer ? Le fils de l'empereur des Abyssins vint à la cour d'Erguebzed ; je lui plus, il me rendit des soins ; mais il eût échoué, et j'aurais continué d'être fidèle à mon époux, qui m'était cher, si le traître de Patte-de-velours et son lâche complice Fadaès n'eussent corrompu mes femmes et introduit le jeune prince dans mes bains. »

Les bijoux de Zyrphile et de Zulica, qui avaient la même cause à défendre, parlèrent tous deux en même temps ; mais avec tant de rapidité, qu'on eut toutes les peines du monde à rendre à chacun ce qui lui appartenait… Des faveurs ! s'écriait l'un… À Patte-de-velours, disait l'autre… passe pour Zinzim… Cerbélon… Bénengel… Agarias… l'esclave français Riqueli… le jeune Éthiopien Thézaca… mais pour le fade Patte-de-velours… l'insolent Fadaès… j'en jure par Brama… j'en atteste la grande pagode et le génie Cucufa… je ne les connais point… je n'ai jamais rien eu à démêler avec eux…

Zyrphile et Zulica parleraient encore, si Mangogul n'eût retourné son anneau ; mais sa bague mystérieuse cessant d'agir

sur elles, leurs bijoux se turent subitement ; et un silence profond succéda au bruit qu'ils faisaient. Alors le sultan se leva, et lançant sur nos jeunes étourdis des regards furieux :
« Vous êtes bien osés, leur dit-il, de déchirer des femmes dont vous n'avez jamais eu l'honneur d'approcher, et qui vous connaissent à peine de nom. Qui vous a faits assez hardis pour mentir en ma présence ? Tremblez, malheureux ! »

À ces mots, il porta la main sur son cimeterre ; mais les femmes, effrayées, poussèrent un cri qui l'arrêta.

« J'allais, reprit Mangogul, vous donner la mort que vous avez méritée ; mais c'est aux dames à qui vous avez fait injure à décider de votre sort. Vils insectes, il va dépendre d'elles de vous écraser ou de vous laisser vivre. Parlez, mesdames, qu'ordonnez-vous ?
— Qu'ils vivent, dit Mirzoza ; et qu'ils se taisent, s'il est possible.
— Vivez, reprit le sultan ; ces dames vous le permettent ; mais si vous oubliez jamais à quelle condition, je jure par l'âme de mon père... »

Mangogul n'acheva pas son serment ; il fut interrompu par un des gentilshommes de sa chambre, qui l'avertit que les comédiens étaient prêts. Ce prince s'était imposé la loi de ne jamais retarder les spectacles. « Qu'on commence », dit-il ; et à l'instant il donna la main à la favorite, qu'il accompagna jusqu'à sa loge.

Chapitre XXXVII

DIX-SEPTIÈME ESSAI DE L'ANNEAU – LA COMÉDIE

Si l'on eût connu dans le Congo le goût de la bonne déclamation, il y avait des comédiens dont on eût pu se passer. Entre trente personnes qui composaient la troupe, à peine comptait-on un grand acteur et deux actrices passables. Le génie des auteurs était obligé de se prêter à la médiocrité du grand nombre ; et l'on ne pouvait se flatter qu'une pièce serait jouée avec quelque succès, si l'on n'avait eu l'intention de modeler ses caractères sur les vices des comédiens. Voilà ce qu'on entendait de mon temps par avoir l'usage du théâtre. Jadis les acteurs étaient faits pour les pièces ; alors l'on faisait les pièces pour les acteurs : si vous présentiez un ouvrage, on examinait, sans contredit, si le sujet en était intéressant, l'intrigue bien nouée, les caractères soutenus, et la diction pure et coulante ; mais n'y avait-il point de rôle pour Roscius et pour Amiane, il était refusé.

Le kislar Agasi, surintendant des plaisirs du sultan, avait mandé la troupe telle quelle, et l'on eut ce jour au sérail la première représentation d'une tragédie. Elle était d'un auteur moderne qu'on applaudissait depuis si longtemps, que sa pièce n'aurait été qu'un tissu d'impertinences, qu'on eût persisté dans l'habitude de l'applaudir ; mais il ne s'était pas démenti. Son ouvrage était bien écrit, ses scènes amenées avec art, ses incidents adroitement ménagés ; l'intérêt allait en croissant, et les passions en se développant ; les actes, enchaînés naturellement et remplis, tenaient sans cesse le spectateur suspendu sur l'avenir et satisfait du passé ; et l'on en était au quatrième de ce chef-d'œuvre, à une scène fort vive qui en préparait une autre plus intéressante encore, lorsque, pour se sauver du ridicule qu'il y avait à écouter les endroits touchants, Mangogul tira sa lorgnette, et jouant l'inattention, se mit à parcourir les loges : il aperçut à l'amphithéâtre une femme fort émue, mais d'une émotion peu relative à la pièce et très déplacée ; son anneau fut à l'instant dirigé sur elle, et l'on entendit, au milieu d'une reconnaissance très pathétique, un bijou haletant s'adresser à l'acteur en ces termes : « Ah !... ah !... finissez donc, Orgogli... vous m'attendrissez trop... Ah !... ah !... On n'y tient plus... »

On prêta l'oreille ; on chercha des yeux l'endroit d'où partait la voix : il se répandit dans le parterre qu'un bijou venait de parler ; lequel, et qu'a-t-il dit ? se demandait-on. En attendant qu'on fût instruit, on ne cessait de battre des mains et de crier : *bis, bis*. Cependant l'auteur, placé dans les coulisses, qui craignait que ce contretemps n'interrompît la représentation de sa pièce, écumait de rage, et donnait tous les bijoux au diable. Le bruit fut grand, et dura : sans le respect qu'on devait au sultan, la pièce en demeurait à cet incident ; mais Mangogul fit signe qu'on se tût ; les acteurs reprirent, et l'on acheva.

Le sultan, curieux des suites d'une déclaration si publique, fit observer le bijou qui l'avait faite. Bientôt on lui apprit que le comédien devait se rendre chez Eriphile ; il le prévint, grâce au pouvoir de sa bague, et se trouva dans l'appartement de cette femme, lorsque Orgogli se fit annoncer.

Eriphile était sous les armes, c'est-à-dire dans un déshabillé galant, et nonchalamment couchée sur un lit de repos. Le comédien entra d'un air tout à la fois empesé, conquérant, avantageux et fat : il agitait de la main gauche un chapeau simple à plumet blanc, et se caressait le dessous du nez avec l'extrémité des doigts de la droite, geste fort théâtral, et que les connaisseurs admiraient ; sa révérence fut cavalière, et son compliment familier.

« Eh ! ma reine, s'écria-t-il d'un ton minaudier, en s'inclinant vers Eriphile, comme vous voilà ! Mais savez-vous bien qu'en négligé vous êtes adorable ?... »

Le ton de ce faquin choqua Mangogul. Ce prince était jeune, et pouvait ignorer des usages...

« Mais tu me trouves donc bien, mon cher ?... lui répondit Eriphile.

— À ravir, vous dis-je...

— J'en suis tout à fait aise. Je voudrais bien que tu me répétasses un peu cet endroit qui m'a si fort émue tantôt. Cet endroit... là... Oui... c'est cela même... Que ce fripon est séduisant !... Mais poursuis ; cela me remue singulièrement... »

En prononçant ces paroles, Eriphile lançait à son héros des regards qui disaient tout, et lui tendait une main que l'impertinent Orgogli baisait comme par manière d'acquit. Plus fier de son talent que de sa conquête, il déclamait avec emphase ; et sa dame, troublée, le conjurait tantôt de continuer, tantôt de finir. Mangogul jugeant à ses mines que son bijou se chargerait volontiers d'un rôle dans cette répétition, aima mieux deviner le reste de la scène que d'en être témoin. Il disparut, et se rendit chez la favorite, qui l'attendait.

Au récit que le sultan lui fit de cette aventure :

« Prince, que dites-vous ? s'écria-t-elle ; les femmes sont donc tombées dans le dernier degré de l'avilissement ! Un comédien ! l'esclave du public ! un baladin ! Encore, si ces gens-là n'avaient que leur état contre eux ; mais la plupart sont sans mœurs, sans sentiments ; et entre eux, cet Orgogli n'est qu'une machine. Il n'a jamais pensé ; et s'il n'eût point appris de rôles, peut-être ne parlerait-il pas...

— Délices de mon cœur, lui répondit Mangogul, vous n'y pensez pas, avec votre lamentation. Avez-vous donc oublié la meute d'Haria ? Parbleu, un comédien vaut bien un gredin, ce me semble.

— Vous avez raison, prince, lui répliqua la favorite ; je suis folle de m'intriguer pour des créatures qui n'en valent pas la peine. Que Palabria soit idolâtre de ses magots, que Salica fasse traiter ses vapeurs par Farfadi comme elle l'entend, qu'Haria vive et meure au milieu de ses bêtes, qu'Eriphile s'abandonne à tous les baladins du Congo, que m'importe à moi ? Je ne risque à tout cela qu'un château. Je sens qu'il faut

s'en détacher, et m'y voilà toute résolue...
— Adieu donc le petit sapajou, dit Mangogul.
— Adieu le petit sapajou, répliqua Mirzoza, et la bonne opinion que j'avais de mon sexe : je crois que je n'en reviendrai jamais. Prince, vous me permettrez de n'admettre de femmes chez moi de plus de quinze jours.
— Il faut pourtant avoir quelqu'un, ajouta le sultan.
— Je jouirai de votre compagnie, ou je l'attendrai, répondit la favorite ; et si j'ai des instants de trop, j'en disposerai en faveur de Ricaric et de Sélim, qui me sont attachés, et dont j'aime la société. Quand je serai lasse de l'érudition de mon lecteur, votre courtisan me réjouira des aventures de sa jeunesse. »

Chapitre XXXVIII

ENTRETIEN SUR LES LETTRES

La favorite aimait les beaux esprits, sans se piquer d'être bel esprit elle-même. On voyait sur sa toilette, entre les diamants et les pompons, les romans et les pièces fugitives du temps, et elle en jugeait à merveille. Elle passait, sans se déplacer, d'un cavagnole et du biribi à l'entretien d'un académicien ou d'un savant, et tous avouaient que la seule finesse du sentiment lui découvrait dans ces ouvrages des beautés ou des défauts qui se dérobaient quelquefois à leurs lumières. Mirzoza les étonnait par sa pénétration, les embarrassait par ses questions, mais n'abusait jamais des avantages que l'esprit et la beauté lui donnaient. On n'était point fâché d'avoir tort avec elle.

Sur la fin d'une après-midi qu'elle avait passée avec Mangogul, Sélim vint, et elle fit appeler Ricaric. L'auteur africain a réservé pour un autre endroit le caractère de Sélim ; mais il nous apprend ici que Ricaric était de l'académie congeoise ; que son érudition ne l'avait point empêché d'être homme d'esprit ; qu'il s'était rendu profond dans la connaissance des siècles passés ; qu'il avait un attachement scrupuleux pour les règles anciennes qu'il citait éternellement ; que c'était une machine à principes ; et qu'on ne pouvait être partisan plus zélé des premiers auteurs du Congo, mais surtout d'un certain Miroufla qui avait composé, il y avait environ trois mille quarante ans, un poème sublime en langage cafre, sur la conquête d'une grande forêt, d'où les Cafres avaient chassé les singes qui l'occupaient de temps immémorial. Ricaric l'avait traduit en congeois, et en avait donné une fort belle édition avec des notes, des scolies, des variantes, et tous les embellissements d'une *bénédictine*[58]. On avait encore de lui deux tragédies mauvaises dans toutes les règles, un éloge des crocodiles, et quelques opéras.

58. Édition savante donnée par les moines bénédictins.

« Je vous apporte, madame, lui répondit Ricaric en s'inclinant, un roman qu'on donne à la marquise Tamazi, mais où l'on reconnaît par malheur la main de Mulhazen ; la réponse de Lambadago, notre directeur, au discours du poète Tuxigraphe que nous reçûmes hier ; et le *Tamerlan* de ce dernier.
— Cela est admirable ! dit Mangogul ; les presses vont incessamment ; et si les maris du Congo faisaient aussi bien leur devoir que les auteurs, je pourrais dans moins de dix ans mettre seize cent mille hommes sur pied, et me promettre la conquête du Monoémugi. Nous lirons le roman à loisir. Voyons maintenant la harangue, mais surtout ce qui me concerne. »

Ricaric la parcourut des yeux, et tomba sur cet endroit : « Les aïeux de notre auguste empereur se sont illustrés sans doute. Mais Mangogul, plus grand qu'eux, a préparé aux siècles à venir bien d'autres sujets d'admiration. Que dis-je, d'admiration ? Parlons plus exactement : d'incrédulité. Si nos ancêtres ont eu raison d'assurer que la postérité prendrait pour des fables les merveilles du règne de Kanoglou, combien n'en avons-nous pas davantage de penser que nos neveux refuseront d'ajouter foi aux prodiges de sagesse et de valeur dont nous sommes témoins ! »

« Mon pauvre monsieur Lambadago, dit le sultan, vous n'êtes qu'un phrasier. Ce que j'ai raison de croire, moi, c'est que vos successeurs un jour éclipseront ma gloire devant celle de mon fils, comme vous faites disparaître celle de mon père devant la mienne ; et ainsi de suite, tant qu'il y aura des académiciens. Qu'en pensez-vous, monsieur Ricaric ?
— Prince, ce que je peux vous dire, répondit Ricaric, c'est que le morceau que je viens de lire à Votre Hautesse fut extrêmement goûté du public.
— Tant pis, répliqua Mangogul. Le vrai goût de l'éloquence est donc perdu dans le Congo ? Ce n'est pas ainsi que le sublime Homilogo louait le grand Aben.
— Prince, reprit Ricaric, la véritable éloquence n'est autre chose que l'art de parler d'une manière noble, et tout en-

semble agréable et persuasive.
— Ajoutez, et sensée, continua le sultan ; et jugez d'après ce principe votre ami Lambadago. Avec tout le respect que je dois à l'éloquence moderne, ce n'est qu'un faux déclamateur.
— Mais, prince, repartit Ricaric, sans m'écarter de celui que je dois à Votre Hautesse, me permettra-t-elle...
— Ce que je vous permets, reprit vivement Mangogul, c'est de respecter le bon sens avant Ma Hautesse et de m'apprendre nettement si un homme éloquent peut jamais être dispensé d'en montrer.
— Non, prince », répondit Ricaric.

Et il allait enfiler une longue tirade d'autorités et citer tous les rhéteurs de l'Afrique, des Arabies et de la Chine, pour démontrer la chose du monde la plus incontestable, lorsqu'il fut interrompu par Sélim.

« Tous vos auteurs, lui dit le courtisan, ne prouveront jamais que Lambadago ne soit un harangueur très maladroit et fort indécent. Passez-moi ces expressions, ajouta-t-il, monsieur Ricaric. Je vous honore singulièrement ; mais, en vérité, la prévention de confraternité mise à part, n'avouerez-vous pas avec nous, que le sultan régnant, juste, aimable, bienfaisant, grand guerrier, n'a pas besoin des échasses de vos rhéteurs pour être aussi grand que ses ancêtres ; et qu'un fils qu'on élève en déprimant son père et son aïeul serait bien ridiculement vain s'il ne sentait pas qu'en l'embellissant d'une main on le défigure de l'autre ? Pour prouver que Mangogul est d'une taille aussi avantageuse qu'aucun de ses prédécesseurs, à votre avis, est-il nécessaire d'abattre la tête aux statues d'Erguebzed et de Kanoglou ?
— Monsieur Ricaric, reprit Mirzoza, Sélim a raison. Laissons à chacun ce qui lui appartient, et ne faisons pas soupçonner au public que nos éloges sont des espèces de filouteries à la mémoire de nos pères : dites cela de ma part en pleine académie à la prochaine séance.

— Il y a trop longtemps, reprit Sélim, qu'on est monté sur ce ton pour espérer quelque fruit de cet avis.

— Je crois, monsieur, que vous vous trompez, répondit Ricaric à Sélim. L'Académie est encore le sanctuaire du bon goût ; et ses beaux jours ne nous offrent ni philosophes, ni poètes auxquels nous n'en ayons aujourd'hui à opposer. Notre théâtre passait et peut passer encore pour le premier théâtre de l'Afrique. Quel ouvrage que le *Tamerlan* de Tuxigraphe ! C'est le pathétique d'Eurisopé et l'élévation d'Azophe [59]. C'est l'antiquité toute pure.

— J'ai vu, dit la favorite, la première représentation de *Tamerlan ;* et j'ai trouvé, comme vous, l'ouvrage bien conduit, le dialogue élégant et les convenances bien observées.

— Quelle différence, madame, interrompit Ricaric, entre un auteur tel que Tuxigraphe, nourri de la lecture des Anciens, et la plupart de nos modernes [60] !

— Mais ces modernes, dit Sélim, que vous frondez ici tout à votre aise, ne sont pas aussi méprisables que vous le prétendez. Quoi donc, ne leur trouvez-vous pas du génie, de l'invention, du feu, des détails, des caractères, des tirades ? Et que m'importe à moi des règles, pourvu qu'on me plaise ? Ce ne sont, assurément, ni les observations du sage Almudir et du savant Abaldok, ni la poétique du docte Facardin, que je n'ai jamais lue, qui me font admirer les pièces d'Aboulcazem, de Mubardar, d'Albaboukre et de tant d'autres Sarrasins ! Y a-t-il d'autre règle que l'imitation de la nature ? et n'avons-nous pas les mêmes yeux que ceux qui l'ont étudiée ?

— La nature, répondit Ricaric, nous offre à chaque instant des faces différentes. Toutes sont vraies ; mais toutes ne sont pas également belles. C'est dans ces ouvrages, dont il ne paraît pas que vous fassiez grand cas, qu'il faut apprendre à choisir. Ce sont les recueils de leurs expériences et de celles qu'on avait faites avant eux. Quelque esprit qu'on ait, on n'aperçoit les choses que les unes après les autres ; et un seul homme ne

59. Euripide et Sophocle.

60. La querelle des Anciens et des Modernes se poursuit dans les cercles académiques.

peut se flatter de voir, dans le court espace de sa vie, tout ce qu'on avait découvert dans les siècles qui l'ont précédé. Autrement il faudrait avancer qu'une seule science pourrait devoir sa naissance, ses progrès et toute sa perfection, à une seule tête : ce qui est contre l'expérience.

— Monsieur Ricaric, répliqua Sélim, il ne s'ensuit autre chose de votre raisonnement, sinon que les modernes, jouissant des trésors amassés jusqu'à leur temps, doivent être plus riches que les Anciens, ou si cette comparaison vous déplaît, que, montés sur les épaules de ces colosses, ils doivent voir plus loin qu'eux. En effet, qu'est-ce que leur physique, leur astronomie, leur navigation, leur mécanique, leurs calculs, en comparaison des nôtres ? Et pourquoi notre éloquence et notre poésie n'auraient-elles pas aussi la supériorité ?

— Sélim, répondit la sultane, Ricaric vous déduira quelque jour les raisons de cette différence. Il vous dira pourquoi nos tragédies sont inférieures à celles des Anciens ; pour moi, je me chargerai volontiers de vous montrer que cela est. Je ne vous accuserai point, continua-t-elle, de n'avoir pas lu les Anciens. Vous avez l'esprit trop orné pour que leur théâtre vous soit inconnu. Or, mettez à part certaines idées relatives à leurs usages, à leurs mœurs et à leur religion, et qui ne vous choquent que parce que les conjonctures ont changé ; et convenez que leurs sujets sont nobles, bien choisis, intéressants ; que l'action se développe comme d'elle-même ; que leur dialogue est simple et fort voisin du naturel ; que les dénouements n'y sont pas forcés ; que l'intérêt n'y est point partagé, ni l'action surchargée par des épisodes. Transportez-vous en idée dans l'île d'Alindala ; examinez tout ce qui s'y passe ; écoutez tout ce qui s'y dit, depuis le moment que le jeune Ibrahim et le rusé Forfanty y sont descendus ; approchez-vous de la caverne du malheureux Polipsile ; ne perdez pas un mot de ses plaintes, et dites-moi si rien vous tire de l'illusion. Citez-moi une pièce moderne qui puisse supporter le même examen et prétendre au même degré de perfection, et je me tiens pour vaincue.

— De par Brama, s'écria le sultan en bâillant, madame a fait une dissertation académique !

— Je n'entends point les règles, continua la favorite, et moins encore les mots savants dans lesquels on les a conçues ; mais je sais qu'il n'y a que le vrai qui plaise et qui touche. Je sais encore que la perfection d'un spectacle consiste dans l'imitation si exacte d'une action, que le spectateur, trompé sans interruption, s'imagine assister à l'action même. Or, y a-t-il quelque chose qui ressemble à cela dans ces tragédies que vous nous vantez ?

« En admirez-vous la conduite ? Elle est ordinairement si compliquée, que ce serait un miracle qu'il se fût passé tant de choses en si peu de temps. La ruine ou la conservation d'un empire, le mariage d'une princesse, la perte d'un prince, tout cela s'exécute en un tour de main. S'agit-il d'une conspiration, on l'ébauche au premier acte ; elle est liée, affermie au second ; toutes les mesures sont prises, tous les obstacles levés, les conspirateurs disposés au troisième ; il y aura incessamment une révolte, un combat, peut-être une bataille rangée : et vous appellerez cela conduite, intérêt, chaleur, vraisemblance ! Je ne vous le pardonnerais jamais, à vous qui n'ignorez pas ce qu'il en coûte quelquefois pour mettre à fin une misérable intrigue et combien la plus petite affaire de politique absorbe de temps en démarches, en pourparlers et en délibérations.

— Il est vrai, madame, répondit Sélim, que nos pièces sont un peu chargées ; mais c'est un mal nécessaire ; sans le secours des épisodes, on se morfondrait.

— C'est-à-dire que, pour donner de l'âme à la représentation d'un fait, il ne faut le rendre ni tel qu'il est, ni tel qu'il doit être. Cela est du dernier ridicule, à moins qu'il ne soit plus absurde encore de faire jouer à des violons des ariettes vives et des sonates de mouvement, tandis que les esprits sont imbus qu'un prince est sur le point de perdre sa maîtresse, son trône et la vie.

— Madame, vous avez raison, dit Mangogul ; ce sont des airs lugubres qu'il faut alors ; et je vais vous en ordonner. »

Mangogul se leva, sortit ; et la conversation continua entre Sélim, Ricaric et la favorite.

« Au moins, madame, répliqua Sélim, vous ne nierez pas que, si les épisodes nous tirent de l'illusion, le dialogue nous y ramène. Je ne vois personne qui l'entende comme nos tragiques.

— Personne n'y entend donc rien, reprit Mirzoza. L'emphase, l'esprit et le papillotage qui y règnent sont à mille lieues de la nature. C'est en vain que l'auteur cherche à se dérober ; mes yeux percent, et je l'aperçois sans cesse derrière ses personnages. Cinna, Sertorius, Maxime, Émilie sont à tout moment les sarbacanes de Corneille. Ce n'est pas ainsi qu'on s'entretient dans nos anciens Sarrasins. M. Ricaric vous en traduira, si vous voulez, quelques morceaux ; et vous entendrez la pure nature s'exprimer par leur bouche. Je dirais volontiers aux modernes : « Messieurs, au lieu de donner à tout propos de l'esprit à vos personnages, placez-les dans des conjonctures qui leur en donnent. »

— Après ce que madame vient de prononcer de la conduite et du dialogue de nos drames, il n'y a pas apparence, dit Sélim, qu'elle fasse grâce aux dénouements.

— Non, sans doute, reprit la favorite ; il y en a cent mauvais pour un bon. L'un n'est point amené ; l'autre est miraculeux. Un auteur est-il embarrassé d'un personnage qu'il a traîné de scènes en scènes pendant cinq actes, il vous le dépêche d'un coup de poignard : tout le monde se met à pleurer ; et moi je ris comme une folle. Et puis, a-t-on jamais parlé comme nous déclamons ? Les princes et les rois marchent-ils autrement qu'un homme qui marche bien ? Ont-ils jamais gesticulé comme des possédés ou des furieux ? Les princesses poussent-elles, en parlant, des sifflements aigus ? On suppose que nous avons porté la tragédie à un haut degré de perfection ; et moi je tiens presque pour démontré que, de tous les genres d'ouvrages de littérature auxquels les Africains se sont appliqués dans ces derniers siècles, c'est le plus imparfait [61]. »

La favorite en était là de sa sortie contre nos pièces de théâtre, lorsque Mangogul entra.

« Madame, lui dit-il, vous m'obligerez de continuer : j'ai, comme vous voyez, des secrets pour abréger une poétique, quand je la trouve longue.

— Je suppose, continua la favorite, un nouveau débarqué d'Angote, qui n'ait jamais entendu parler de spectacles, mais qui ne manque ni de sens ni d'usage ; qui connaisse un peu la cour des princes, les manèges des courtisans, les jalousies des ministres et les tracasseries des femmes, et à qui je dise en confidence : « Mon ami, il se fait dans le sérail des mouvements terribles. Le prince, mécontent de son fils en qui il soupçonne de la passion pour la Manimonbanda, est homme à tirer de tous les deux la vengeance la plus cruelle ; cette aventure aura, selon toutes les apparences, des suites fâcheuses. Si vous voulez, je vous rendrai témoin de tout ce qui se passera. » Il accepte ma proposition, et je le mène dans une loge grillée, d'où il voit le théâtre qu'il prend pour le palais du sultan. Croyez-vous que, malgré tout le sérieux que j'affecterais, l'illusion de cet homme durât un instant ? Ne conviendrez-vous pas, au contraire, qu'à la démarche empesée des acteurs, à la bizarrerie de leurs vêtements, à l'extravagance de leurs gestes, à l'emphase d'un langage singulier, rimé, cadencé, et à mille autres dissonances qui le frapperont, il doit m'éclater au nez dès la première scène et me déclarer ou que je me joue de lui, ou que le prince et toute sa cour extravaguent ?

— Je vous avoue, dit Sélim, que cette supposition me frappe : mais ne pourrait-on pas vous observer qu'on se rend au spectacle avec la persuasion que c'est l'imitation d'un événement et non l'événement même qu'on y verra ?

61. La critique de la tragédie, et précisément de l'illusion théâtrale, sera poursuivie par Diderot dans ses essais sur le théâtre (*Entretiens sur le fils naturel, De la poésie dramatique*, in *Œuvres*, t. IV, éd. L. Versini, R. Laffont, coll. « Bouquins », 1996). Elle inspirera Lessing, qui traduit une partie de ce chapitre des *Bijoux indiscrets* dans sa *Dramaturgie de Hambourg* (1768). Voir aussi J.-J. Rousseau, *Julie ou La Nouvelle Héloïse*, deuxième partie.

— Et cette persuasion, reprit Mirzoza, doit-elle empêcher qu'on n'y représente l'événement de la manière la plus naturelle ?

— C'est-à-dire, madame, interrompit Mangogul, que vous voilà à la tête des frondeurs.

— Et que, si l'on vous en croit, continua Sélim, l'empire est menacé de la décadence du bon goût ; que la barbarie va renaître et que nous sommes sur le point de retomber dans l'ignorance des siècles de Mamurrha et d'Orondado.

— Seigneur, ne craignez rien de semblable. Je hais les esprits chagrins, et n'en augmenterai pas le nombre. D'ailleurs, la gloire de Sa Hautesse m'est trop chère pour que je pense jamais à donner atteinte à la splendeur de son règne. Mais si l'on nous en croyait, n'est-il pas vrai, monsieur Ricaric, que les lettres brilleraient peut-être avec plus d'éclat ?

— Comment ! dit Mangogul, auriez-vous à ce sujet quelque mémoire à présenter à mon sénéchal ?

— Non, seigneur, répondit Ricaric ; mais après avoir remercié Votre Hautesse de la part de tous les gens de lettres du nouvel inspecteur qu'elle leur a donné, je remontrerais à votre sénéchal, en toute humilité, que le choix des savants préposés à la révision des manuscrits est une affaire très délicate ; qu'on confie ce soin à des gens qui me paraissent fort au-dessous de cet emploi ; et qu'il résulte de là une foule de mauvais effets, comme d'estropier de bons ouvrages, d'étouffer les meilleurs esprits, qui, n'ayant pas la liberté d'écrire à leur façon, ou n'écrivent point du tout, ou font passer chez l'étranger des sommes considérables avec leurs ouvrages ; de donner mauvaise opinion des matières qu'on défend d'agiter, et mille autres inconvénients qu'il serait trop long de détailler à Votre Hautesse. Je lui conseillerais de retrancher les pensions à certaines sangsues littéraires, qui demandent sans raison et sans cesse ; je parle des glossateurs, antiquaires, commentateurs et autres gens de cette espèce, qui seraient fort utiles s'ils faisaient bien leur métier, mais qui ont la malheureuse habitude de passer sur les choses obscures et d'éclaircir les endroits clairs. Je voudrais qu'il veillât à la suppression de presque tous les ouvrages posthumes, et qu'il ne souffrît point que la mémoire d'un grand auteur fût ternie par l'avidité d'un libraire qui recueille et publie longtemps après la mort d'un homme des ouvrages qu'il avait condamnés à l'oubli pendant sa vie.

— Et moi, continua la favorite, je lui marquerais un petit nombre d'hommes distingués, tels que M. Ricaric, sur lesquels il pourrait rassembler vos bienfaits. N'est-il pas surprenant que le pauvre garçon n'ait pas un sou, tandis que le précieux chyromant de la Manimonbanda touche tous les ans mille sequins sur votre trésor ?

— Eh bien ! madame, répondit Mangogul, j'en assigne autant à Ricaric sur ma cassette, en considération des merveilles que vous m'en apprenez.

— Monsieur Ricaric, dit la favorite, il faut aussi que je fasse quelque chose pour vous ; je vous sacrifie le petit ressentiment de mon amour-propre ; et j'oublie, en faveur de la récompense que Mangogul vient d'accorder à votre mérite, l'injure qu'il m'a faite.

— Pourrait-on, madame, vous demander quelle est cette injure ? reprit Mangogul.

— Oui, seigneur, et vous l'apprendre. Vous nous embarquez vous-même dans un entretien sur les belles-lettres : vous débutez par un morceau sur l'éloquence moderne, qui n'est pas merveilleux ; et lorsque, pour vous obliger, on se dispose à suivre le triste propos que vous avez jeté, l'ennui et les bâillements vous prennent ; vous vous tourmentez sur votre fauteuil ; vous changez cent fois de posture sans en trouver une bonne ; las enfin de tenir la plus mauvaise contenance du monde, vous prenez brusquement votre parti ; vous vous levez et vous disparaissez : et où allez-vous encore ? peut-être écouter un bijou.

— Je conviens, madame, du fait ; mais je n'y vois rien d'offensant. S'il arrive à un homme de s'ennuyer des belles choses et de s'amuser à en entendre de mauvaises, tant pis pour lui. Cette injuste préférence n'ôte rien au mérite de ce qu'il a quitté ; il en est seulement déclaré mauvais juge. Je pourrais ajouter à cela, madame, que tandis que vous vous occupiez à la conversion de Sélim, je travaillais presque aussi infructueusement à vous procurer un château. Enfin, s'il faut que je sois coupable, puisque vous l'avez prononcé, je vous annonce que vous avez été vengée sur-le-champ.

— Et comment cela ? dit la favorite.

— Le voici, répondit le sultan. Pour me dissiper un peu de la séance académique que j'avais essuyée, j'allai interroger quelques bijoux.

— Eh bien ! prince ?

— Eh bien ! je n'en ai jamais entendu de si maussades que les deux sur lesquels je suis tombé.

— J'en suis au comble de mes joies, reprit la favorite.

— Ils se sont mis à parler l'un et l'autre une langue inintelligible : j'ai très bien retenu tout ce qu'ils ont dit ; mais que je meure si j'en comprends un mot. »

Chapitre XXXIX

DIX-HUITIÈME ET DIX-NEUVIÈME ESSAIS DE L'ANNEAU – SPHÉROÏDE L'APLATIE ET GIRGIRO L'ENTORTILLÉ ATTRAPE QUI POURRA

« Cela est singulier, continua la favorite : jusqu'à présent j'avais imaginé que, si l'on avait quelques reproches à faire aux bijoux, c'était d'avoir parlé très clairement.

— Oh ! parbleu, madame, répondit Mangogul, ces deux-ci n'en sont pas ; et les entendra qui pourra.

Vous connaissez cette petite femme toute ronde, dont la tête est enfoncée dans les épaules, à qui l'on aperçoit à peine des bras, qui a les jambes si courtes et le ventre si dévalé qu'on la prendrait pour un magot ou pour un gros embryon mal développé, qu'on a surnommée Sphéroïde l'aplatie, qui s'est mis en tête que Brama l'appelait à l'étude de la géométrie, parce qu'elle en a reçu la figure d'un globe ; et qui conséquemment aurait pu se déterminer pour l'artillerie ; car de la façon dont elle est tournée, elle a dû sortir du sein de la nature comme un boulet de la bouche d'un canon.

J'ai voulu savoir des nouvelles de son bijou, et je l'ai questionné ; mais ce vorticose s'est expliqué en termes d'une géométrie si profonde, que je ne l'ai point entendu, et que peut-être ne s'entendait-il pas lui-même. Ce n'était que lignes droites, surfaces concaves, quantités données, longueur, largeur, profondeur, solides, forces vives, forces mortes, cône, cylindre, sections coniques, courbes, courbes élastiques, courbe rentrant en elle-même, avec son point conjugué...

— Que Votre Hautesse me fasse grâce du reste ! s'écria douloureusement la favorite. Vous avez une cruelle mémoire. Cela est à périr. J'en aurai, je crois, la migraine plus de huit jours. Par hasard, l'autre serait-il aussi réjouissant ?

— Vous allez en juger, répondit Mangogul. De par l'orteil de Brama, j'ai fait un prodige ; j'ai retenu son amphigouri mot pour mot, bien qu'il soit tellement dénué de sens et de clarté, que, si vous m'en donniez une fine et critique exposition, vous me feriez, madame, un présent gracieux.

— Comment avez-vous dit, prince ? s'écria Mirzoza : je veux mourir si vous n'avez dérobé cette phrase à quelqu'un.

— Je ne sais comment cela s'est fait, répondit Mangogul ; car ces deux bijoux sont aujourd'hui les seules personnes à qui j'aie donné audience. Le dernier sur qui j'ai tourné mon anneau, après avoir gardé le silence un moment, a dit, comme s'il se fût adressé à une assemblée :

« Messieurs,

Je me dispenserai de chercher, au mépris de ma propre raison, un modèle de penser et de m'exprimer. Si toutefois j'avance quelque chose de neuf, ce ne sera point affectation ; le sujet me l'aura fourni : si je répète ce qui aura été dit, je l'aurai pensé comme les autres.

Que l'ironie ne vienne point tourner en ridicule ce début, et m'accuser de n'avoir rien lu, ou d'avoir lu en pure perte ; un bijou comme moi n'est fait ni pour lire, ni pour profiter de ses lectures, ni pour pressentir une objection, ni pour y répondre.

Je ne me refuserai point aux réflexions et aux ornements proportionnés à mon sujet, d'autant plus qu'à cet égard il est d'une extrême modestie, n'en permettant ni la quantité ni l'éclat ; mais j'éviterai de descendre dans ces petits et menus détails qui sont le partage d'un orateur stérile ; je serais au désespoir d'être soupçonné de ce défaut.

Après vous avoir instruits, messieurs, de ce que vous devez attendre de mes découvertes et de mon élocution, quelques coups de pinceau suffiront pour vous esquisser mon caractère.

Il y a, vous le savez tous, messieurs, comme moi, deux sortes de bijoux : des bijoux orgueilleux, et des bijoux modestes ; les premiers veulent primer et tenir partout le haut bout ; les seconds, au contraire, affectent de se prêter, et se présentent d'un air soumis. Cette double intention se manifeste dans les projets de l'exécution, et les détermine les uns et les autres à agir selon le génie qui les guide.

Je crus, par attachement aux préjugés de la première éducation, que je m'ouvrirais une carrière plus sûre, plus facile et plus gracieuse, si je préférais le rôle de l'humilité à celui de l'orgueil, et je m'offris avec une pudeur enfantine et des supplications engageantes à tous ceux que j'eus le bonheur de rencontrer.

Mais que les temps sont malheureux ! après dix fois plus de *mais*, de *si* et de *comme* qu'il n'en fallait pour impatienter le plus désœuvré de tous les bijoux, on accepta mes services. Hélas ! ce ne fut pas longtemps : mon premier possesseur, se livrant à l'éclat flatteur d'une conquête nouvelle, me délaissa, et je retombai dans le désœuvrement.

Je venais de perdre un trésor, et je ne me flattais point que la fortune m'en dédommagerait ; en effet, la place vacante fut occupée, mais non remplie, par un sexagénaire en qui la bonne volonté manquait moins que le moyen.

Il travailla de toutes ses forces à m'ôter la mémoire de mon état passé. Il eut pour moi toutes ces manières reconnues pour polies et concurrentes dans la carrière que je suivais ; mais ses efforts ne prévinrent point mes regrets.

Si l'industrie, qui n'a jamais, dit-on, resté court, lui fit trouver dans les trésors de la faculté naturelle quelque adoucissement à ma peine, cette compensation me parut insuffisante, en dépit de mon imagination, qui se fatiguait vainement à chercher des rapports nouveaux, et même à en supposer d'imaginaires. Tel est l'avantage de la primauté, qu'elle saisit l'idée et fait barrière à tout ce qui veut ensuite se présenter sous d'autres formes ; et telle est, le dirai-je à notre honte ? la nature ingrate des bijoux, que devant eux la bonne volonté n'est jamais réputée pour le fait.

La remarque me paraît si naturelle, que, sans en être redevable à personne, je ne pense pas être le seul à qui elle soit venue ; mais si quelqu'un avant moi en a été touché, du moins je suis, messieurs, le premier qui entreprends, par sa manifestation, d'en faire valoir le mérite à vos yeux.

Je n'ai garde de savoir mauvais gré à ceux qui ont élevé la voix jusqu'ici, d'avoir manqué ce trait, mon amour-propre se trouvant trop satisfait de pouvoir, après un si grand nombre d'orateurs, présenter mon observation comme quelque chose de neuf... »

— Ah ! prince, s'écria vivement Mirzoza, il me semble que j'entends le chyromant de la Manimonbanda : adressez-vous à cet homme, et vous aurez l'interprétation fine et critique dont vous attendriez inutilement de tout autre le présent gracieux. »

L'auteur africain dit que Mangogul sourit et continua ; mais je n'ai garde, ajoute-t-il, de rapporter le reste de son discours. Si ce commencement n'a pas autant amusé que les premières pages de la fée Taupe, la suite serait plus ennuyeuse que les dernières de la fée Moustache.

Chapitre XL

RÊVE DE MIRZOZA

Après que Mangogul eut achevé le discours académique de Girgiro l'entortillé, il fit nuit, et l'on se coucha.

Cette nuit, la favorite pouvait se promettre un sommeil profond ; mais la conversation de la veille lui revint dans la tête en dormant ; et les idées qui l'avaient occupée se mêlant avec d'autres, elle fat tracassée par un songe bizarre, qu'elle ne manqua pas de raconter au sultan.

« J'étais, lui dit-elle, dans mon premier somme lorsque je me suis sentie transportée dans une galerie immense toute pleine de livres : je ne vous dirai rien de ce qu'ils contenaient ; ils furent alors pour moi ce qu'ils sont pour bien d'autres qui ne dorment pas : je ne regardai pas un seul titre ; un spectacle plus frappant m'attira tout entière.

D'espace en espace, entre les armoires qui renfermaient les livres, s'élevaient des piédestaux sur lesquels étaient posés des bustes de marbre et d'airain d'une grande beauté : l'injure des temps les avait épargnés ; à quelques légères défectuosités près, ils étaient entiers et parfaits ; ils portaient empreintes cette noblesse et cette élégance que l'antiquité a su donner à ses ouvrages ; la plupart avaient de longues barbes, de grands fronts comme le vôtre, et la physionomie intéressante.

J'étais inquiète de savoir leurs noms et de connaître leur mérite, lorsqu'une femme sortit de l'embrasure d'une fenêtre, et m'aborda : sa taille était avantageuse, son pas majestueux et sa démarche noble ; la douceur et la fierté se confondaient dans ses regards ; et sa voix avait je ne sais quel charme qui pénétrait ; un casque, une cuirasse, avec une jupe flottante de satin blanc, faisaient tout son ajustement. « Je connais votre embarras, me dit-elle, et je vais satisfaire votre curiosité. Les hommes dont les bustes vous ont frappée furent mes favoris ; ils ont consacré leurs veilles à perfectionner des beaux-arts, dont on me doit l'invention : ils vivaient dans les pays de la terre les plus policés, et leurs écrits, qui ont fait les délices de leurs contemporains, sont l'admiration du siècle présent. Approchez-vous, et vous apercevrez en bas-reliefs, sur les piédestaux qui soutiennent leurs bustes, quelque sujet intéressant qui vous indiquera du moins le caractère de leurs écrits. »

« Le premier buste que je considérai était un vieillard majestueux qui me parut aveugle[62] : il avait, selon toute apparence, chanté des combats ; car c'étaient les sujets des côtés de son piédestal ; une seule figure occupait la face antérieure ; c'était un jeune héros : il avait la main posée sur la garde de son cimeterre, et l'on voyait un bras de femme qui l'arrêtait par les cheveux, et qui semblait tempérer sa colère.

On avait placé vis-à-vis de ce buste celui d'un jeune homme ; c'était la modestie même : ses regards étaient tournés sur le vieillard avec une attention marquée : il avait aussi chanté la guerre et les combats ; mais ce n'était pas les seuls sujets qui l'avaient occupé ! car des bas-reliefs qui l'environnaient, le principal représentait d'un côté des laboureurs courbés sur leurs charrues, et travaillant à la culture des terres, et de l'autre, des bergers étendus sur l'herbe et jouant de la flûte entre leurs moutons et leurs chiens.

Le buste placé au-dessous du vieillard, et du même côté, avait le regard effaré ; il semblait suivre de l'œil quelque objet qui fuyait, et l'on avait représenté au-dessous une lyre jetée au hasard, des lauriers dispersés, des chars brisés et des chevaux fougueux échappés dans une vaste plaine.

Je vis, en face de celui-ci, un buste qui m'intéressa ; il me semble que je le vois encore ; il avait l'air fin, le nez aquilin et pointu, le regard fixe et le ris malin. Les bas-reliefs dont on avait orné son piédestal étaient si chargés, que je ne finirais point si j'entreprenais de vous les décrire.

Après en avoir examiné quelques autres, je me mis à interroger ma conductrice.

62. Galerie des bustes de Homère, Virgile, Pindare, Horace, Socrate, Platon et Anacréon.

Quel est celui-ci, lui demandai-je, qui porte la vérité sur ses lèvres et la probité sur son visage ?

— Ce fut, me dit-elle, l'ami et la victime de l'une et de l'autre. Il s'occupa, tant qu'il vécut, à rendre ses concitoyens éclairés et vertueux ; et ses concitoyens ingrats lui ôtèrent la vie.

— Et ce buste qu'on a mis au-dessous ?

— Lequel ? celui qui paraît soutenu par les Grâces qu'on a sculptées sur les faces de son piédestal ?

— Celui-là même.

— C'est le disciple et l'héritier de l'esprit et des maximes du vertueux infortuné dont je vous ai parlé.

— Et ce gros joufflu, qu'on a couronné de pampre et de myrte, qui est-il ?

— C'est un philosophe aimable, qui fit son unique occupation de chanter et de goûter le plaisir. Il mourut entre les bras de la Volupté.

— Et cet autre aveugle ?

— C'est... » me dit-elle.

« Mais je n'attendis pas sa réponse : il me sembla que j'étais en pays de connaissance ; et je m'approchai avec précipitation du buste qu'on avait placé en face. Il était posé sur un trophée des différents attributs des sciences et des arts : les Amours folâtraient entre eux sur un des côtés de son piédestal. On avait groupé sur l'autre les génies de la politique, de l'histoire et de la philosophie. On voyait sur le troisième, ici deux années rangées en bataille : l'étonnement et l'horreur régnaient sur tous les visages ; on y découvrait aussi des vestiges de l'admiration et de la pitié. Ces sentiments naissaient apparemment des objets qui s'offraient à la vue. C'était un jeune homme expirant, et à ses côtés un guerrier plus âgé qui tournait ses armes contre lui-même. Tout était dans ces figures de la dernière beauté ; et le désespoir de l'une, et la langueur mortelle qui parcourait les membres de l'autre. Je m'approchai et je lus au-dessous en lettres d'or :

.........Hélas ! c'était son fils !

Là on avait sculpté un Soudan furieux qui enfonçait un poignard dans le sein d'une jeune personne, à la vue d'un peuple nombreux. Les uns détournaient les yeux, et les autres fondaient en larmes. On avait gravé ces mots autour de ce bas-relief :

Est-ce vous, Nérestan[63] ?.........

J'allais passer à d'autres bustes, lorsqu'un bruit soudain me fit tourner la tête. Il était occasionné par une troupe d'hommes vêtus de longues robes noires, qui se précipitaient en foule dans la galerie. Les uns portaient des encensoirs d'où s'exhalait une vapeur grossière, les autres des guirlandes d'œillet d'Inde et d'autres fleurs cueillies sans choix, et arrangées sans goût. Ils s'attroupèrent autour des bustes, et les encensèrent en chantant des hymnes en deux langues qui me sont inconnues. La fumée de leur encens s'attachait aux bustes, à qui leurs couronnes donnaient un air tout à fait ridicule.

Mais les antiques reprirent bientôt leur état, et je vis les couronnes se faner et tomber à terre séchées. Il s'éleva entre ces espèces de barbares une querelle sur ce que quelques-uns n'avaient pas, au gré des autres, fléchi le genou assez bas ; et ils étaient sur le point d'en venir aux mains, lorsque ma conductrice les dispersa d'un regard et rétablit le calme dans sa demeure.

Ils étaient à peine éclipsés, que je vis entrer par une porte opposée une longue file de Pygmées. Ces petits hommes n'avaient pas deux coudées de hauteur, mais en récompense ils portaient des dents fort aiguës et des ongles fort longs. Ils se séparèrent en plusieurs bandes, et s'emparèrent des bustes. Les uns tâchaient d'égratigner les bas-reliefs, et le parquet était jonché des débris de leurs ongles ; d'autres plus insolents s'élevaient les uns sur les épaules des autres, à la hauteur des têtes, et leur donnaient des croquignoles. Mais ce qui me réjouit beaucoup, ce fut d'apercevoir que ces croquignoles, loin d'atteindre le nez du buste, revenaient sur celui du Pygmée. Aussi,

63. Vers de Voltaire (*Zaïre*, acte V, scène 9.)

en les considérant de fort près, les trouvai-je presque tous camus.

Vous voyez, me dit ma conductrice, quelle est l'audace et le châtiment de ces myrmidons. Il y a longtemps que cette guerre dure, et toujours à leur désavantage. J'en use moins sévèrement avec eux qu'avec les robes noires. L'encens de ceux-ci pourrait défigurer les bustes ; les efforts des autres finissent presque toujours par en augmenter l'éclat. Mais comme vous n'avez plus qu'une heure ou deux à demeurer ici, je vous conseille de passer à de nouveaux objets. »

« Un grand rideau s'ouvrit à l'instant, et je vis un atelier occupé par une autre sorte de Pygmées : ceux-ci n'avaient ni dents ni ongles, mais en revanche ils étaient armés de rasoirs et de ciseaux. Ils tenaient entre leurs mains des têtes qui paraissaient animées, et s'occupaient à couper à l'une les cheveux, à arracher à l'autre le nez et les oreilles, à crever l'œil droit à celle-ci, l'œil gauche à celle-là, et à les disséquer presque toutes. Après cette belle opération, ils se mettaient à les considérer et à leur sourire, comme s'ils les eussent trouvées les plus jolies du monde. Les pauvres têtes avaient beau jeter les hauts cris, ils ne daignaient presque pas leur répondre. J'en entendis une qui redemandait son nez, et qui représentait qu'il ne lui était pas possible de se montrer sans cette pièce.

— Eh ! tête ma mie, lui répondit le Pygmée, vous êtes folle. Ce nez, qui fait votre regret, vous défigurait. Il était long, long... Vous n'auriez jamais fait fortune avec cela. Mais depuis qu'on vous l'a raccourci, taillé, vous êtes charmante ; et l'on vous courra... »

« Le sort de ces têtes m'attendrissait, lorsque j'aperçus plus loin d'autres pygmées plus charitables qui se traînaient à terre avec des lunettes. Ils ramassaient des nez et des oreilles, et les rajustaient à quelques vieilles têtes à qui le temps les avait enlevées.

Il y en avait entre eux, mais en petit nombre, qui y réussissaient ; les autres mettaient le nez à la place de l'oreille, ou l'oreille à la place du nez, et les têtes n'en étaient que plus défigurées.

J'étais fort empressée de savoir ce que toutes ces choses signifiaient ; je le demandai à ma conductrice, et elle avait la bouche ouverte pour me répondre, lorsque je me suis réveillée en sursaut. »

— Cela est cruel, dit Mangogul ; cette femme vous aurait développé bien des mystères. Mais à son défaut je serais d'avis que nous nous adressassions à mon joueur de gobelets Bloculocus.

— Qui ? reprit la favorite, ce nigaud à qui vous avez accordé le privilège exclusif de montrer la lanterne magique dans votre cour !

— Lui-même, répondit le sultan ; il nous interprétera votre songe, ou personne.

— Qu'on appelle Bloculocus, dit Mangogul.

Chapitre XLI

VINGT-UNIÈME ET VINGT-DEUXIÈME ESSAIS DE L'ANNEAU – FRICAMONE ET CALLIPIGA

L'auteur africain ne nous dit point ce que devint Mangogul, en attendant Bloculocus.

Il y a toute apparence qu'il sortit, qu'il alla consulter quelques bijoux, et que, satisfait de ce qu'il en avait appris, il rentra chez la favorite, en poussant les cris de joie qui commencent ce chapitre.

« Victoire ! victoire ! s'écria-t-il. Vous triomphez, madame ; et le château, les porcelaines et le petit sapajou sont à vous.

— C'est Eglé, sans doute ? reprit la favorite...

— Non, madame, non, ce n'est point Eglé, interrompit le sultan. C'est une autre.

— Ah ! prince, dit la favorite, ne m'enviez pas plus longtemps l'avantage de connaître ce phénix...

— Eh bien ! c'est... : qui l'aurait jamais cru ?

— C'est ?... dit la favorite.

— Fricamone, répondit Mangogul.

— Fricamone ! reprit Mirzoza : je ne vois rien d'impossible à cela. Cette femme a passé en couvent la plus grande partie de sa jeunesse ; et depuis qu'elle en est sortie, elle a mené la vie la plus édifiante et la plus retirée. Aucun homme n'a mis le pied chez elle ; et elle s'est rendue comme l'abbesse d'un troupeau de jeunes dévotes qu'elle forme à la perfection, et dont sa maison ne désemplit pas. Il n'y avait rien à faire là pour vous autres, ajouta la favorite en souriant et secouant la tête.

— Madame, vous avez raison, dit Mangogul. J'ai questionné son bijou : point de réponse. J'ai redoublé la vertu de ma bague en la frottant et refrottant : rien n'est venu. Il faut, me disais-je à moi-même, que ce bijou soit sourd. Et je me disposais à laisser Fricamone sur le lit de repos où je l'avais

trouvée, lorsqu'elle s'est mise à parler, par la bouche, s'entend.
« Chère Acaris, s'écriait-elle, que je suis heureuse dans ces moments que je dérobe à tout ce qui m'obsède, pour me livrer à toi ! Après ceux que je passe entre tes bras, ce sont les plus doux de ma vie... Rien ne me distrait ; autour de moi tout est dans le silence ; mes rideaux entrouverts n'admettent de jour que ce qu'il en faut pour m'incliner à la tendresse et te voir. Je commande à mon imagination : elle t'évoque, et d'abord je te vois... Chère Acaris ! que tu me parais belle !... Oui, ce sont là tes yeux, c'est ton souris, c'est ta bouche... Ne me cache point cette gorge naissante. Souffre que je la baise... Je ne l'ai point assez vue... Que je la baise encore !... Ah ! laisse-moi mourir sur elle... Quelle fureur me saisit ! Acaris ! chère Acaris, où es-tu ?... Viens donc, chère Acaris... Ah ! chère et tendre amie, je te le jure, des sentiments inconnus se sont emparés de mon âme. Elle en est remplie, elle en est étonnée, elle n'y suffit pas... Coulez, larmes délicieuses ; coulez, et soulagez l'ardeur qui me dévore... Non, chère Acaris, non, cet Alizali, que tu me préfères, ne t'aime point comme moi... Mais j'entends quelque bruit... Ah ! c'est Acaris, sans doute... Viens, chère âme, viens... »
— Fricamone ne se trompait point, continua Mangogul : c'était Acaris, en effet. Je les ai laissées s'entretenir ensemble, et fortement persuadé que le bijou de Fricamone continuerait d'être discret, je suis accouru vous apprendre que j'ai perdu.
— Mais, reprit la sultane, je n'entends rien à cette Fricamone. Il faut qu'elle soit folle, ou qu'elle ait de cruelles vapeurs. Non, prince, non ; j'ai plus de conscience que vous ne m'en supposez. Je n'ai rien à objecter à cette épreuve. Mais je sens là quelque chose qui me défend de m'en prévaloir. Et je ne m'en prévaudrai point. Voilà qui est décidé. Je ne voudrai jamais de votre château, ni de vos porcelaines, ou je les aurai à meilleurs titres.
— Madame, lui répondit Mangogul, je ne vous conçois pas. Vous êtes d'une difficulté qui passe. Il faut que vous n'ayez pas

bien regardé le petit sapajou.

— Prince, je l'ai bien vu, répliqua Mirzoza. Je sais qu'il est charmant. Mais je soupçonne cette Fricamone de n'être pas mon fait. Si c'est votre envie qu'il m'appartienne un jour, adressez-vous ailleurs.

— Ma foi, madame, reprit Mangogul après y avoir bien pensé, je ne vois plus que la maîtresse de Mirolo qui puisse vous faire gagner.

— Ah ! prince, vous rêvez, lui répondit la favorite. Je ne connais point votre Mirolo ; mais quel qu'il soit, puisqu'il a une maîtresse, ce n'est pas pour rien.

— Vraiment vous avez raison, dit Mangogul ; cependant je gagerais bien encore que le bijou de Callipiga ne sait rien de rien.

— Accordez-vous donc, continua la favorite. De deux choses l'une : ou le bijou de Callipiga... Mais j'allais m'embarquer dans un raisonnement ridicule... Faites, prince, tout ce qu'il vous plaira : consultez le bijou de Callipiga ; s'il se tait, tant pis pour Mirolo, tant mieux pour moi. »

Mangogul partit et se trouva dans un instant à côté du sofa jonquille, brodé en argent, sur lequel Callipiga reposait. Il eut à peine tourné sa bague sur elle, qu'il entendit une voix sourde qui murmurait le discours suivant :

« Que me demandez-vous ? je ne comprends rien à vos questions. On ne songe seulement pas à moi. Il me semble pourtant que j'en vaux bien un autre. Mirolo passe souvent à ma porte, il est vrai, mais.........

(Il y a dans cet endroit une lacune considérable. La république des lettres aurait certainement obligation à celui qui nous restituerait le discours du bijou de Callipiga, dont il ne nous reste que les deux dernières lignes. Nous invitons les savants à les méditer et à voir si cette lacune ne serait point une omission volontaire de l'auteur, mécontent de ce qu'il avait dit, et qui ne trouvait rien de mieux à dire.)

.... On dit que mon rival aurait des autels au-delà des Alpes. Hélas ! sans Mirolo, l'univers entier m'en élèverait. »

Mangogul revint aussitôt au sérail et répéta à la favorite la plainte du bijou de Callipiga, mot pour mot ; car il avait la mémoire merveilleuse.

« Il n'y a rien là, madame, lui dit-il, qui ne vous donne gagné ; je vous abandonne tout, et vous en remercierez Callipiga, quand vous le jugerez à propos.

— Seigneur, lui répondit sérieusement Mirzoza, c'est à la vertu la mieux confirmée que je veux devoir mon avantage, et non pas...

— Mais, madame, reprit le sultan, je n'en connais pas de mieux confirmée que celle qui a vu l'ennemi de si près.

— Et moi, prince, répliqua la favorite, je m'entends bien ; et voici Sélim et Bloculocus qui nous jugeront »

Sélim et Bloculocus entrèrent aussitôt ; Mangogul les mit au fait, et ils décidèrent tous deux en faveur de Mirzoza.

Chapitre XLII

LES SONGES

« Seigneur, dit la favorite à Bloculocus, il faut encore que vous me rendiez un service. Il m'est passé la nuit dernière par la tête une foule d'extravagances. C'est un songe ; mais Dieu sait quel songe ! et l'on m'a assuré que vous étiez le premier homme du Congo pour déchiffrer les songes. Dites-moi donc vite ce que signifie celui-ci ; et tout de suite elle lui conta le sien.

— Madame, lui répondit Bloculocus, je suis assez médiocre onéirocritique [64]...

— Ah ! sauvez-moi, s'il vous plaît, les termes de l'art, s'écria la favorite : laissez là la science, et parlez-moi raison.

— Madame, lui dit Bloculocus, vous allez être satisfaite : j'ai sur les songes quelques idées singulières ; c'est à cela seul que je dois peut-être l'honneur de vous entretenir, et l'épithète de songe-creux : je vais vous les exposer le plus clairement qu'il me sera possible.

« Vous n'ignorez pas, madame, continua-t-il, ce que le gros des philosophes, avec le reste des hommes, débite là-dessus. Les objets, disent-ils, qui nous ont vivement frappés le jour occupent notre âme pendant la nuit ; les traces qu'ils ont imprimées, durant la veille, dans les fibres de notre cerveau, subsistent ; les esprits animaux, habitués à se porter dans certains endroits, suivent une route qui leur est familière ; et de là naissent ces représentations involontaires qui nous affligent ou qui nous réjouissent. Dans ce système, il semblerait qu'un amant heureux devrait toujours être bien servi par ses rêves ; cependant il arrive souvent qu'une personne qui ne lui est pas inhumaine quand il veille, le traite en dormant comme un

64. L'interprétation des rêves (article « Onéirocritique » de l'*Encyclopédie*) est généralement dénigrée, et par les philosophes, et par l'Église, au profit d'une interprétation physiologique du phénomène, ouvrant toutefois la voie à une lecture des associations qui caractérise la grammaire du rêve (voir surtout l'article « Songe », « notre cerveau est un bois coupé de mille allées... »). Diderot s'y intéresse particulièrement, des *Bijoux* au *Rêve de d'Alembert*, en passant par ses *Salons*.

nègre, ou qu'au lieu de posséder une femme charmante, il ne rencontre dans ses bras qu'un petit monstre contrefait.

— Voilà précisément mon aventure de la nuit dernière, interrompit Mangogul ; car je rêve presque toutes les nuits ; c'est une maladie de famille : et nous rêvons tous de père en fils, depuis le sultan Togrul qui rêvait en 743 500 000 002, et qui commença. Or donc, la nuit dernière, je vous voyais, madame, dit-il à Mirzoza. C'était votre peau, vos bras, votre gorge, votre col, vos épaules, ces chairs fermes, cette taille légère, cet embonpoint incomparable, vous-même enfin ; à cela près qu'au lieu de ce visage charmant, de cette tête adorable que je cherchais, je me trouvai nez à nez avec le museau d'un doguin.

« Je fis un cri horrible ; Kotluk, mon chambellan, accourut et me demanda ce que j'avais : « Mirzoza, lui répondis-je à moitié endormi, vient d'éprouver la métamorphose la plus hideuse ; elle est devenue danoise » Kotluk ne jugea pas à propos de me réveiller ; il se retira, et je me rendormis ; mais je puis vous assurer que je vous reconnus à merveille, vous, votre corps et la tête du chien. Bloculocus m'expliquera-t-il ce phénomène ?

— Je n'en désespère pas, répondit Bloculocus, pourvu que Votre Hautesse convienne avec moi d'un principe fort simple : c'est que tous les êtres ont une infinité de rapports les uns avec les autres par les qualités qui leur sont communes ; et que c'est un certain assemblage de qualités qui les caractérise et qui les distingue.

— Cela est clair, répliqua Mirzoza ; Ipsifile a des pieds, des mains, une bouche, comme une femme d'esprit ...

— Et Pharasmane, ajouta Mangogul, porte son épée comme un homme de cœur.

— Si l'on n'est pas suffisamment instruit des qualités dont l'assemblage caractérise telle ou telle espèce, ou si l'on juge précipitamment que cet assemblage convient ou ne convient pas à tel ou tel individu, on s'expose à prendre du cuivre pour

de l'or, un strass pour un brillant, un calculateur pour un géomètre, un phrasier pour un bel esprit, Criton pour un honnête homme, et Phédime pour une jolie femme, ajouta la sultane.
— Eh bien, madame, savez-vous ce que l'on pourrait dire, reprit Bloculocus, de ceux qui portent ces jugements ?
— Qu'ils rêvent tout éveillés, répondit Mirzoza.
— Fort bien, madame, continua Bloculocus ; et rien n'est plus philosophique ni plus exact en mille rencontres que cette expression familière : *je crois que vous rêvez* ; car rien n'est plus commun que des hommes qui s'imaginent raisonner, et qui ne font que rêver les yeux ouverts.
— C'est bien de ceux-là, interrompit la favorite, qu'on peut dire, à la lettre, que toute la vie n'est qu'un songe.
— Je ne peux trop m'étonner, madame, reprit Bloculocus, de la facilité avec laquelle vous saisissez des notions assez abstraites. Nos rêves ne sont que des jugements précipités qui se succèdent avec une rapidité incroyable, et qui, rapprochant des objets qui ne se tiennent que par des qualités fort éloignées, en composent un tout bizarre.
— Oh ! que je vous entends bien, dit Mirzoza ; et c'est un ouvrage en marqueterie, dont les pièces rapportées sont plus ou moins nombreuses, plus ou moins régulièrement placées, selon qu'on a l'esprit plus vif, l'imagination plus rapide et la mémoire plus fidèle : ne serait-ce pas même en cela que consisterait la folie ? et lorsqu'un habitant des Petites-Maisons s'écrie qu'il voit des éclairs, qu'il entend gronder le tonnerre, et que des précipices s'entrouvrent sous ses pieds ; ou qu'Ariadné, placée devant son miroir, se sourit à elle-même, se trouve les yeux vifs, le teint charmant, les dents belles et la bouche petite, ne serait-ce pas que ces deux cervelles dérangées, trompées par des rapports fort éloignés, regardent des objets imaginaires comme présents et réels ?
— Vous y êtes, madame ; oui, si l'on examine bien les fous, dit Bloculocus, on sera convaincu que leur état n'est qu'un rêve continu.

— J'ai, dit Sélim en s'adressant à Bloculocus, par-devers moi quelques faits auxquels vos idées s'appliquent à merveille : ce qui me détermine à les adopter. Je rêvai une fois que j'entendais des hennissements, et que je voyais sortir de la grande mosquée deux files parallèles d'animaux singuliers ; ils marchaient gravement sur leurs pieds de derrière ; le capuchon, dont leurs museaux étaient affublés, percé de deux trous, laissait sortir deux longues oreilles mobiles et velues ; et des manches fort longues leur enveloppaient les pieds de devant. Je me tourmentai beaucoup dans le temps pour trouver quelque sens à cette vision ; mais je me rappelle aujourd'hui que j'avais été la veille à Montmartre.

« Une autre fois que nous étions en campagne, commandés par le grand sultan Erguebzed en personne, et que, harassé d'une marche forcée, je dormais dans ma tente, il me sembla que j'avais à solliciter au divan la conclusion d'une affaire importante ; j'allai me présenter au conseil de la régence ; mais jugez combien je dus être étonné : je trouvai la salle pleine de râteliers, d'auges, de mangeoires et de cages à poulets ; et je ne vis dans le fauteuil du grand sénéchal qu'un bœuf qui ruminait ; à la place du séraskier, qu'un mouton de Barbarie ; sur le banc du teftardar, qu'un aigle à bec crochu et à longues serres ; au lieu du kiaia et du cadilesker, que deux gros hiboux en fourrures ; et pour vizirs, que des oies avec des queues de paon [65] : je présentai ma requête, et j'entendis à l'instant un tintamarre désespéré qui me réveilla.

— Voilà-t-il pas un rêve bien difficile à déchiffrer ? dit Mangogul ; vous aviez alors une affaire au divan, et vous fîtes, avant que de vous y rendre, un tour à la ménagerie ; mais moi, seigneur Bloculocus, vous ne me dites rien de ma tête de chien ?

— Prince, répondit Bloculocus, il y a cent à parier contre un que madame avait, ou que vous aviez aperçu à quelque autre une palatine de queues de martre, et que les danois vous frappèrent la première fois que vous en vîtes : il y a là dix fois

65. Visions animales qui renvoient à la fable et à la science de la physiognomonie, et auxquelles les anamorphoses de Charles Lebrun donnent vie.

plus de rapports qu'il n'en fallait pour exercer votre âme pendant la nuit ; la ressemblance de la couleur vous fit substituer une crinière à une palatine, et tout de suite vous plantâtes une vilaine tête de chien à la place d'une très belle tête de femme.
— Vos idées me paraissent justes, répondit Mangogul ; que ne les mettez-vous au jour ? elles pourraient contribuer au progrès de la divination par les songes, science importante qu'on cultivait beaucoup il y a deux mille ans, et qu'on a trop négligée depuis. Un autre avantage de vôtre système, c'est qu'il ne manquerait pas de répandre des lumières sur plusieurs ouvrages tant anciens que modernes, qui ne sont qu'un tissu de rêveries, comme le *Traité des idées* de Platon, les *Fragments* d'Hermès-Trismégiste, les *Paradoxes littéraires* du père H..., le *Newton*, l'*Optique des couleurs*, et la *Mathématique universelle* d'un certain bramine ; par exemple, ne nous diriez-vous pas, monsieur le devin, ce qu'Orcotome avait vu pendant le jour quand il rêva son hypothèse ? Ce que le père C... avait rêvé quand il se mit à fabriquer son orgue des couleurs ? et quel avait été le songe de Cléobule, quand il composa sa tragédie ?
— Avec un peu de méditation j'y parviendrais, seigneur, répondit Bloculocus ; mais je réserve ces phénomènes délicats pour le temps où je donnerai au public ma traduction de *Philoxène*, dont je supplie Votre Hautesse de m'accorder le privilège.
— Très volontiers, dit Mangogul ; mais qu'est-ce que ce Philoxène ?
— Prince, reprit Bloculocus, c'est un auteur grec qui a très bien entendu la matière des songes.
— Vous savez donc le grec ?...
— Moi, seigneur, point du tout.
— Ne m'avez-vous pas dit que vous traduisiez Philoxène, et qu'il avait écrit en grec ?
— Oui, seigneur ; mais il n'est pas nécessaire d'entendre une langue pour la traduire, puisque l'on ne traduit que pour des gens qui ne l'entendent point.

— Cela est merveilleux, dit le sultan ; seigneur Bloculocus, traduisez donc le grec sans le savoir ; je vous donne ma parole que je n'en dirai mot à personne, et que je ne vous en honorerai pas moins singulièrement. »

Chapitre XLIII

VINGT-TROISIÈME ESSAI DE L'ANNEAU – FANNI

Il restait encore assez de jour, lorsque cette conversation finit, ce qui détermina Mangogul à faire un essai de son anneau avant que de se retirer dans son appartement, ne fût-ce que pour s'endormir sur des idées plus gaies que celles qui l'avaient occupé jusqu'alors : il se rendit aussitôt chez Fanni ; mais il ne la trouva point ; il y revint après souper ; elle était encore absente : il remit donc son épreuve au lendemain matin.

Mangogul était aujourd'hui, dit l'auteur africain dont nous traduisons le journal, à neuf heures et demie chez Fanni. On venait de la mettre au lit. Le sultan s'approcha de son oreiller, la contempla quelque temps, et ne put concevoir comment, avec si peu de charmes, elle avait couru tant d'aventures.

Fanni est si blonde qu'elle en est fade ; grande, *dégingandée*, elle a la démarche indécente ; point de traits, peu d'agréments, un air d'intrépidité qui n'est passable qu'à la cour ; pour de l'esprit, on lui en reconnaît tout ce que la galanterie en peut communiquer, et il faut qu'une femme soit née bien imbécile pour n'avoir pas au moins du jargon, après une vingtaine d'intrigues ; car Fanni en était là.

Elle appartenait, en dernier ressort, à un homme fait à son caractère. Il ne s'effarouchait guère de ses infidélités, sans être toutefois aussi bien informé que le public, jusqu'où elles étaient poussées. Il avait pris Fanni par caprice, et il la gardait par habitude ; c'était comme un ménage arrangé. Ils avaient passé la nuit au bal, s'étaient couchés sur les neuf heures, et s'étaient endormis sans façon. La nonchalance d'Alonzo aurait moins accommodé Fanni, sans la facilité de son humeur.

Nos gens dormaient donc profondément dos à dos, lorsque le sultan tourna sa bague sur le bijou de Fanni. À l'instant il se mit à parler, sa maîtresse à ronfler, et Alonzo à s'éveiller.

Après avoir bâillé à plusieurs reprises : « Ce n'est pas Alonzo : quelle heure est-il ? que me veut-on ? dit-il, il me semble qu'il n'y a pas si longtemps que je repose ; qu'on me laisse un moment. »

Monsieur allait se rendormir ; mais ce n'était pas l'avis du sultan. « Quelle persécution ! reprit le bijou. Encore un coup, que me veut-on ? Malheur à qui a des aïeux illustres ! La sotte condition que celle d'un bijou titré ! Si quelque chose pouvait me consoler des fatigues de mon état, ce serait la bonté du seigneur à qui j'appartiens. Oh ! pour cela, c'est bien le meilleur homme du monde. Il ne nous a jamais fait la moindre tracasserie. En revanche aussi, nous avons bien usé de la liberté qu'il nous a laissée. Où en étais-je, de par Brama, si je fusse devenu le partage d'un de ces maussades qui vont sans cesse épiant ? La belle vie que nous aurions menée ! »

Ici le bijou ajouta quelques mots, que Mangogul n'entendit pas, et se mit tout de suite à esquisser, avec une rapidité surprenante, une foule d'événements héroïques, comiques, burlesques, tragicomiques, et il en était tout essoufflé lorsqu'il continua en ces termes : « J'ai quelque mémoire, comme vous voyez ; mais je ressemble à tous les autres ; je n'ai retenu que la plus petite partie de ce que l'on m'a confié. Contentez-vous donc de ce que je viens de vous raconter ; il ne m'en revient pas davantage.

— Cela est honnête, disait Mangogul en soi-même ; cependant il insistait.

— Mais que vous êtes impatientant ! reprit le bijou ; ne diraiton pas que l'on n'ait rien de mieux à faire que de jaser ! Allons, jasons donc, puisqu'il le faut : peut-être que quand j'aurai tout dit, il me sera permis de faire autre chose.

« Fanni ma maîtresse, continua le bijou, par un esprit de retraite qui ne se conçoit pas, quitta la cour pour s'enfermer dans son hôtel de Banza. On était pour lors au commencement de l'automne, et il n'y avait personne à la ville. Et qu'y faisait-elle donc ? me demanderez-vous. Ma foi, je n'en sais rien ; mais Fanni n'a jamais fait qu'une chose ; et si elle s'en fût occupée, j'en serais instruit. Elle était apparemment désœuvrée : oui, je m'en souviens, nous passâmes un jour et demi à ne rien faire et à crever d'ennui. »

« Je me chagrinais à périr de ce genre de vie, lorsque Amisadar s'avisa de nous en tirer.

— Ah ! vous voilà, mon pauvre Amisadar ; vraiment j'en suis charmée. Vous me venez fort à propos.

— Et qui vous savait à Banza ?... lui répondit Amisadar.

— Oh ! pour cela, personne : ni toi ni d'autres ne l'imagineront jamais. Tu ne devines donc pas ce qui m'a réduite ici ?

— Non ; au vrai, je n'y entends rien.

— Rien du tout ?

— Non, rien.

— Eh bien ! apprends, mon cher, que je voulais me convertir.

— Vous convertir ?

— Eh ! oui.

— Regardez-moi un peu ; mais vous êtes aussi charmante que jamais, et je ne vois rien là qui tourne à la conversion. C'est une plaisanterie.

— Non, ma foi, c'est tout de bon. J'ai résolu de renoncer au monde ; il m'ennuie.

— C'est une fantaisie qui vous passera. Que je meure si vous êtes jamais dévote.

— Je le serai, te dis-je ; les hommes n'ont plus de bonne foi.

— Est-ce que Mazul vous aurait manqué ?

— Non ; il y a un siècle que je ne le vois plus.

— C'est donc Zupholo ?

— Encore moins ; j'ai cessé de le voir, je ne sais comment, sans y penser.

— Ah ! j'y suis ; c'est le jeune Imola ?

— Bon ! est-ce qu'on garde ces colifichets-là ?

— Qu'est-ce donc ?
— Je ne sais ; j'en veux à toute la terre.
—Ah ! madame, vous n'avez pas raison ; et cette terre, à qui vous en voulez, vous fournirait encore de quoi réparer vos pertes.
— Amisadar, en vérité, tu crois donc qu'il y a encore de bonnes âmes échappées à la corruption du siècle, et qui savent aimer ?
— Comment, aimer ! Est-ce que vous donneriez dans ces misères-là ? Vous voulez être aimée, vous ?
— Eh ! pourquoi non ?
— Mais songez donc, madame, qu'un homme qui aime prétend l'être, et l'être tout seul. Vous avez trop de jugement pour vous assujettir aux jalousies, aux caprices d'un amant tendre et fidèle. Rien n'est si fatigant que ces gens-là. Ne voir qu'eux, n'aimer qu'eux, ne rêver qu'eux ; n'avoir de l'esprit, de l'enjouement, des charmes que pour eux ; cela ne vous convient certainement pas. Il ferait beau voir que vous vous enfournassiez dans une belle passion, et que vous allassiez vous donner tous les travers d'une petite-bourgeoise !
— Mais il me semble, Amisadar, que tu as raison. Je crois qu'en effet il ne nous siérait pas de filer des amours. Changeons donc, puisqu'il faut changer. Aussi bien, je ne vois pas que ces femmes tendres qu'on nous propose pour modèles soient plus heureuses que les autres ?
— Qui vous a dit cela, madame ?
— Personne ; mais cela se pressent.
— Méfiez-vous de ces pressentiments. Une femme tendre fait son bonheur, fait le bonheur de son amant ; mais ce rôle-là ne va pas à toutes les femmes.
— Ma foi, mon cher, il ne va à personne, et toutes s'en trouvent mal. Quel avantage y aurait-il à s'attacher ?
— Mille. Une femme qui s'attache conservera sa réputation, sera souverainement estimée de celui qu'elle aime ; et vous ne sauriez croire combien l'amour doit à l'estime.

— Je n'entends rien à ces propos : tu brouilles tout, la réputation, l'amour, l'estime, et je ne sais quoi encore. Ne dirait-on pas que l'inconstance doive déshonorer ! Comment ! je prends un homme ; je m'en trouve mal : j'en prends un autre qui ne me convient pas : je change celui-ci pour un troisième qui ne me convient pas davantage ; et pour avoir eu le guignon de rencontrer mal une vingtaine de fois, au lieu de me plaindre, tu veux...

— Je veux, madame, qu'une femme qui s'est trompée dans un premier choix n'en fasse pas un second, de peur de se tromper encore, et d'aller d'erreur en erreur.

— Ah ! quelle morale ! Il me semble, mon cher, que tu m'en prêchais une autre tout à l'heure. Pourrait-on savoir comment il faudrait, à votre goût, qu'une femme fût faite ?

— Très volontiers, madame ; mais il est tard, et cela nous mènera loin...

— Tant mieux : je n'ai personne, et tu me feras compagnie. Voilà qui est décidé, n'est-ce pas ? Place-toi donc sur cette duchesse, et continue ; je t'entendrai plus à mon aise. »

« Amisadar obéit, et s'assit auprès de Fanni.

— Vous avez là, madame, lui dit-il, en se penchant vers elle, et lui découvrant la gorge, un mantelet qui vous enveloppe étrangement.

— Tu as raison.

— Eh ! pourquoi donc cacher de si belles choses ? ajouta-t-il en les baisant.

— Allons, finissez. Savez-vous bien que vous êtes fou ? Vous devenez d'une effronterie qui passe. Monsieur le moraliste, reprends un peu la conversation que tu m'as commencée.

— Je souhaiterais donc dans ma maîtresse, reprit Amisadar, de la figure, de l'esprit, des sentiments, de la décence surtout. Je voudrais qu'elle approuvât mes soins, qu'elle ne m'éconduisît pas par des mines ; qu'elle m'apprît une bonne fois si je lui plais ; qu'elle m'instruisît elle-même des moyens de lui plaire davantage ; qu'elle ne me cédât point les progrès que je ferais dans son cœur ; qu'elle n'écoutât que moi, n'eût des yeux que pour moi, ne pensât, ne rêvât que moi, n'aimât que moi, ne fût occupée que de moi, ne fît rien qui ne tendît à m'en convaincre ; et que, cédant un jour à mes transports, je visse clairement que je dois tout à mon amour et au sien. Quel triomphe, madame ! et qu'un homme est heureux de posséder une telle femme !

— Mais, mon pauvre Amisadar, tu extravagues, rien n'est plus vrai. Voilà le portrait d'une femme comme il n'y en a point.

— Je vous fais excuse, madame, il s'en trouve. J'avoue qu'elles sont rares ; j'ai cependant eu le bonheur d'en rencontrer une. Hélas ! si la mort ne me l'eût ravie, car ce n'est jamais que la mort qui vous enlève ces femmes-là, peut-être à présent serais-je entre ses bras.

— Mais comment te conduisais-tu donc avec elle ?

— J'aimais éperdument ; je ne manquais aucune occasion de donner des preuves de ma tendresse. J'avais la douce satisfaction de voir qu'elles étaient bien reçues. J'étais fidèle jusqu'au scrupule. On me l'était de même. Le plus ou le moins d'amour était le seul sujet de nos différends. C'est dans ces petits démêlés que nous nous développions. Nous n'étions jamais si tendres qu'après l'examen de nos cœurs. Nos caresses succédaient toujours plus vives à nos explications. Qu'il y avait alors d'amour et de vérité dans nos regards ! Je lisais dans ses yeux, elle lisait dans les miens, que nous brûlions d'une ardeur égale et mutuelle !

— Et où cela vous menait-il ?

— À des plaisirs inconnus à tous les mortels moins amoureux et moins vrais que nous.

— Vous jouissiez ?

— Oui, je jouissais, mais d'un bien dont je faisais un cas infini. Si l'estime n'enivre pas, elle ajoute du moins beaucoup à l'ivresse. Nous nous montrions à cœur ouvert ; et vous ne sauriez croire combien la passion y gagnait. Plus j'examinais, plus j'apercevais de qualités, plus j'étais transporté. Je passais à ses genoux la moitié de ma vie ; je regrettais le reste. Je faisais son bonheur, elle comblait le mien. Je la voyais toujours avec plaisir, et je la quittais toujours avec peine. C'est ainsi que nous vivions ; jugez à présent, madame, si les femmes tendres sont si fort à plaindre.

— Non, elles ne le sont pas, si ce que vous me dites est vrai ; mais j'ai peine à le croire. On n'aime point comme cela. Je conçois même qu'une passion, telle que vous l'avez éprouvée, doit faire payer les plaisirs qu'elle donne, par de grandes inquiétudes.

— J'en avais, madame, mais je les chérissais. Je ressentais des mouvements de jalousie. La moindre altération, que je remarquais sur le visage de ma maîtresse, portait l'alarme au fond de mon âme.

— Quelle extravagance ! Tout bien calculé, je conclus qu'il vaut encore mieux aimer comme on aime à présent ; en prendre à son aise ; tenir tant qu'on s'amuse ; quitter dès qu'on s'ennuie, ou que la fantaisie parle pour un autre. L'inconstance offre une variété de plaisirs inconnus à vous autres transis.

— J'avoue que cette façon convient assez à des petites-maîtresses, à des libertines ; mais un homme tendre et délicat ne s'en accommode point. Elle peut tout au plus l'amuser, quand il a le cœur libre, et qu'il veut faire des comparaisons. En un mot, une femme galante ne serait pas du tout mon fait.

— Tu as raison, mon cher Amisadar ; tu penses à ravir. Mais aimes-tu quelque chose à présent ?

— Non, madame, si ce n'est vous ; mais je n'ose vous le dire...

— Ah ! mon cher, ose : tu peux dire », lui répliqua Fanni en le regardant fixement.

« Amisadar entendit cette réponse à merveille, s'avança sur le canapé, se mit à badiner avec un ruban qui descendait sur la gorge de Fanni ; et on le laissa faire. Sa main, qui ne trouvait aucun obstacle, se glissait. On continuait de le charger de regards, qu'il ne mésinterprétait point. Je m'apercevais bien, moi, dit le bijou, qu'il avait raison. Il prit un baiser sur cette gorge qu'il avait tant louée. On le pressait de finir, mais d'un ton à s'offenser s'il obéissait. Aussi n'en fit-il rien. Il baisait les mains, revenait à la gorge, passait à la bouche ; rien ne lui résistait. Insensiblement la jambe de Fanni se trouva sur les cuisses d'Amisadar. Il y porta la main : elle était fine. Amisadar ne manqua pas de le remarquer. On écouta son éloge d'un air distrait. À la faveur de cette inattention, la main d'Amisadar fit des progrès : elle parvint assez rapidement aux genoux. L'inattention dura, et Amisadar travaillait à s'arranger, lorsque Fanni revint à elle. Elle accusa le petit philosophe de manquer de respect ; mais il fut à son tour si distrait, qu'il n'entendit rien, ou qu'il ne répondit aux reproches qu'on lui faisait, qu'en achevant son bonheur.

« Qu'il me parut charmant ! dans la multitude de ceux qui l'ont précédé et suivi, aucun ne fut tant à mon gré. Je ne puis en parler sans tressaillir. Mais souffrez que je reprenne haleine : il me semble qu'il y a bien assez longtemps que je parle, pour quelqu'un qui s'en acquitte pour la première fois. »

Alonzo ne perdit pas un mot du bijou de Fanni ; et il n'était pas moins pressé que Mangogul d'apprendre le reste de l'aventure ; ils n'eurent le temps ni l'un ni l'autre de s'impatienter, et le bijou historien reprit en ces termes :

« Autant que j'ai pu comprendre à force de réflexions, c'est qu'Amisadar partit au bout de quelques jours pour la campagne, qu'on lui demanda raison de son séjour à la ville, et qu'il raconta son aventure avec ma maîtresse. Car quelqu'un de sa connaissance et de celle d'Amisadar, passant devant notre hôtel, demanda, par hasard ou par soupçon, si madame y était, se fit annoncer, et monta.

— Ah ! madame, qui vous croirait à Banza ? Et depuis quand y êtes-vous ?

— Depuis un siècle, mon cher ; depuis quinze jours que j'ai renoncé à la société.

— Pourrait-on vous demander, madame, par quelle raison ?

— Hélas ! c'est qu'elle me fatiguait. Les femmes sont dans

le monde d'un libertinage si étrange, qu'il n'y a plus moyen d'y tenir. Il faudrait ou faire comme elles, ou passer pour une bégueule ; et franchement, l'un et l'autre me paraît fort.

— Mais, madame, vous voilà tout à fait édifiante. Est-ce que les discours du bramine Brelibibi vous auraient convertie ?

— Non ; c'est une bouffée de philosophie, une quinte de dévotion. Cela m'a surprise subitement ; et il n'a pas tenu à ce pauvre Amisadar que je ne sois à présent dans la haute réforme.

— Madame l'a donc vu depuis peu ? « — Oui, une fois ou deux... « — Et vous n'avez vu que lui ? « — Ah ! pour cela, non. C'est le seul être pensant, raisonnant, agissant, qui soit entré ici depuis l'éternité de ma retraite. « — Cela est singulier.

— Et qu'y a-t-il donc de singulier là-dedans ?...

— Rien qu'une aventure qu'il a eue ces jours passés avec une dame de Banza, seule comme vous, dévote comme vous, retirée du monde comme vous. Mais je vais vous en faire le conte : cela vous amusera peut-être ?

— Sans doute, reprit Fanni » ; et tout de suite l'ami d'Amisadar se mit à lui raconter son aventure, mot pour mot, comme moi, dit le bijou ; et quand il en fut où j'en suis...

— Eh bien ! madame, qu'en pensez-vous ? lui dit-il ; Amisadar n'est-il pas fortuné ?

— Mais, lui répondit Fanni, Amisadar est peut-être un menteur ; croyez-vous qu'il y ait des femmes assez osées pour s'abandonner sans pudeur ?...

— Mais considérez, madame, lui répliqua Marsupha, qu'Amisadar n'a nommé personne, et qu'il n'est pas vraisemblable qu'il nous en ait imposé.

— J'entrevois ce que c'est, reprit Fanni : Amisadar a de l'esprit ; il est bien fait : il aura donné à cette pauvre recluse des idées de volupté qui l'auront entraînée. Oui, c'est cela. Ces gens-là sont dangereux pour qui les écoute ; et entre eux Amisadar est unique...

— Quoi donc, madame, interrompit Marsupha, Amisadar serait-il le seul homme qui sût persuader, et ne rendrez-vous point justice à d'autres qui méritent autant que lui un peu de part dans votre estime ?
— Et de qui parlez-vous, s'il vous plaît ?
— De moi, madame, qui vous trouve charmante, et...
— C'est pour plaisanter, je crois. Envisagez-moi donc, Marsupha. Je n'ai ni rouge ni mouches. Le battant-l'œil ne me va point. Je suis à faire peur...
— Vous vous trompez, madame : ce déshabillé vous sied à ravir. Il vous donne un air si touchant, si tendre !... »
« A ces propos galants Marsupha en ajouta d'autres. Je me mis insensiblement de la conversation ; et quand Marsupha eut fini avec moi, il reprit avec ma maîtresse :
« Sérieusement, Amisadar a tenté votre conversion ? c'est un homme admirable pour les conversions ! Pourriez-vous me communiquer un échantillon de sa morale ? Je gagerais bien qu'elle diffère peu de la mienne.
— Nous avons traité certains points de galanterie à fond. Nous avons analysé la différence de la femme tendre et de la femme galante. Il en est, lui, pour les femmes tendres.
— Et vous aussi sans doute ?...
— Point du tout, mon cher. Je me suis épuisée à lui démontrer que nous étions toutes les unes comme les autres, et que nous agissions par les mêmes principes. Il n'est pas de cet avis. Il établit des distinctions à l'infini, mais qui n'existent, je crois, que dans son imagination. Il s'est fait je ne sais quelle créature idéale, une chimère de femme, un être de raison coiffé.
— Madame, lui répondit Marsupha, je connais Amisadar. C'est un garçon qui a du sens et qui a fréquenté les femmes. S'il vous a dit qu'il y en avait...
— Oh ! qu'il y en ait ou qu'il n'y en ait pas, je ne m'accommoderais point de leurs façons, interrompit Fanni.
— Je le crois, lui répondit Marsupha : aussi vous avez pris une sorte de conduite plus conforme à votre naissance et à votre

mérite. Il faut abandonner ces bégueules à des philosophes ; elles sécheraient sur pied à la cour... »

Le bijou de Fanni se tut en cet endroit. Une des qualités principales de ces orateurs, c'était de s'arrêter à propos. Ils parlaient, comme s'ils n'eussent fait autre chose de leur vie ; d'où quelques auteurs avaient conclu que c'étaient de pures machines. Et voici comment ils raisonnaient. Ici l'auteur africain rapporte tout au long l'argument métaphysique des Cartésiens contre l'âme des bêtes[66], qu'il applique avec toute la sagacité possible au caquet des bijoux. En un mot, son avis est que les bijoux parlaient comme les oiseaux chantent ; c'est-à-dire, si parfaitement sans avoir appris, qu'ils étaient sifflés sans doute par quelque intelligence supérieure.

Et de son prince, qu'en fait-il ? me demandez-vous. Il l'envoie dîner chez la favorite, du moins c'est là que nous le trouverons dans le chapitre suivant.

66. La théorie des animaux-machines, dépourvus d'âme, est critiquée au XVIIIe siècle, où l'on réintègre l'homme dans la chaîne des êtres, et le monde animal, en interrogeant ses prérogatives. On notera deux recueils de travaux tout récents sur le sujet : A. Richardot (dir.), *Bestiaire des Lumières, Revue des sciences humaines*, 296, 4/2009, et J. Berchtold, J.-P. Guichet (dir.), *L'Animal des Lumières, XVIIIe siècle*, 42, 2010 – on ajoutera qu'une récente votation en Suisse a refusé à l'animal le droit d'être représenté par un avocat.

Chapitre XLIV

HISTOIRE DES VOYAGES DE SÉLIM

Mangogul, qui ne songeait qu'à varier ses plaisirs, et multiplier les essais de son anneau, après avoir questionné les bijoux les plus intéressants de sa cour, fut curieux d'entendre quelques bijoux de la ville ; mais comme il augurait assez mal de ce qu'il en pourrait apprendre, il eût fort désiré les consulter à son aise, et s'épargner la peine de les aller chercher.

Comment les faire venir ? c'est ce qui l'embarrassait.

« Vous voilà bien en peine à propos de rien, lui dit Mirzoza. Vous n'avez, seigneur, qu'à donner un bal, et je vous promets ce soir plus de ces harangueurs, que vous n'en voudrez écouter.

— Joie de mon cœur ! vous avez raison, lui répondit Mangogul ; votre expédient est même d'autant meilleur, que nous n'aurons, à coup sûr, que ceux dont nous aurons besoin.

Sur-le-champ, ordre au Kislar-Agasi, et au trésorier des plaisirs, de préparer la fête, et de ne distribuer que quatre mille billets. On savait apparemment là, mieux qu'ailleurs, la place que pouvaient occuper six mille personnes.

En attendant l'heure du bal, Sélim, Mangogul et la favorite se mirent à parler nouvelles.

« Madame sait-elle, dit Sélim à la favorite, que le pauvre Codindo est mort ?

— En voilà le premier mot : et de quoi est-il mort ? demanda la favorite.

— Hélas ! madame, lui répondit Sélim, c'est une victime de l'attraction. Il s'était entêté, dès sa jeunesse, de ce système, et la cervelle lui en a tourné sur ses vieux jours.

— Et comment cela ? dit la favorite.

— Il avait trouvé, continua Sélim, selon les méthodes d'Halley et de Circino[67], deux célèbres astronomes du Mono-

67. Edmond Halley, astronome anglais qui avait prévu le retour, en 1758, de la comète observée par Kepler en 1607. Circino est le chef de file des *attractionnaires* (chapitre IX).

émugi, qu'une certaine comète qui a tant fait de bruit sur la fin du règne de Kanoglou, devait reparaître avant-hier ; et dans la crainte qu'elle ne doublât le pas, et qu'il n'eût pas le bonheur de l'apercevoir le premier, il prit le parti de passer la nuit sur son donjon, et il avait encore hier, à neuf heures du matin, l'œil collé à la lunette. Son fils, qui craignait qu'il ne fût incommodé d'une si longue séance, s'approcha de lui sur les huit heures, le tira par la manche et l'appela plusieurs fois : « Mon père, mon père » ; point de réponse : « Mon père, mon père », réitéra le petit Codindo.

« Elle va passer, répondit Codindo ; elle passera. Oh ! parbleu, je la verrai !

— Mais, vous n'y pensez pas, mon père, il fait un brouillard effroyable...

— Je veux la voir ; je la verrai, te dis-je. »

« Le jeune homme, convaincu par ces réponses, que son malheureux père brouillait, se mit à crier au secours. On vint, on envoya chercher Farfadi, et j'étais chez lui, car il est mon médecin, lorsque le domestique de Codindo est arrivé... »

« Vite, vite, monsieur, dépêchez-vous ; le vieux Codindo, mon maître...

— Eh bien ! qu'y a-t-il, Champagne ? Qu'est-il arrivé à ton maître ?

— Monsieur, il est devenu fou.

— Ton maître est fou ?...

— Eh ! oui, monsieur. Il crie qu'il veut voir des bêtes, qu'il verra des bêtes ; qu'il en viendra. Monsieur l'apothicaire y est déjà, et l'on vous attend. Venez vite.

— Manie ! disait Farfadi en mettant sa robe et cherchant son bonnet carré ; manie, accès terrible de manie ! Puis s'adressant au domestique : Champagne, lui demandait-il, ton maître ne voit-il pas des papillons ? n'arrache-t-il pas les petits flocons de sa couverture ?

— Eh ! non, monsieur, lui répondit Champagne. Le pauvre homme est au haut de son observatoire, où sa femme, ses filles et son fils le tiennent à quatre. Venez vite, vous trouverez votre bonnet carré demain. »

« La maladie de Codindo me parut plaisante : Farfadi monta dans mon carrosse, et nous allâmes ensemble à l'observatoire. Nous entendîmes, du bas de l'escalier, Codindo qui criait comme un furieux : « Je veux voir la comète ; je la verrai ; retirez-vous, coquins ! »

« Apparemment que sa famille, n'ayant pu le déterminer à descendre dans son appartement, avait fait monter son lit au haut de son donjon ; car nous le trouvâmes couché. On avait appelé l'apothicaire du quartier, et le bramine de la paroisse, qui lui cornait aux oreilles, lorsque nous arrivâmes :

— Mon frère, mon cher frère, il y va de votre salut ; vous ne pouvez, en sûreté de conscience, attendre une comète à l'heure qu'il est ; vous vous damnez...

— C'est mon affaire, lui disait Codindo...

— Que répondrez-vous à Brama devant qui vous allez paraître ? reprenait le bramine.

— Monsieur le curé, lui répliquait Codindo sans quitter l'œil de la lunette, je lui répondrai que c'est votre métier de m'exhorter pour mon argent, et celui de monsieur l'apothicaire que voilà, de me vanter son eau tiède ; que monsieur le médecin fait son devoir de me tâter le pouls, et de n'y rien connaître, et moi le mien d'attendre la comète. »

« On eut beau le tourmenter, on n'en tira pas davantage : il continua d'observer avec un courage héroïque, et il est mort dans sa gouttière, la main gauche sur l'œil du même côté, la droite posée sur le tuyau du télescope, et l'œil droit appliqué au verre oculaire, entre son fils, qui lui criait qu'il avait commis une erreur de calcul, son apothicaire qui lui proposait un remède, son médecin qui prononçait, en hochant de la tête, qu'il n'y avait plus rien à faire, et son curé, qui lui disait : « Mon frère, faites un acte de contrition, et recommandez-vous à Brama... »

— Voilà, dit Mangogul, ce qui s'appelle mourir au lit d'honneur.
— Laissons, ajouta la favorite, reposer en paix ce pauvre Codindo, et passons à quelque objet plus agréable. »
Puis, s'adressant à Sélim :
« Seigneur, lui dit-elle, à votre âge, galant comme vous êtes, dans une cour où régnaient les plaisirs, avec l'esprit, les talents et la bonne mine que vous avez, il n'est pas étonnant que les bijoux vous aient préconisé. Je les soupçonne même de n'avoir pas accusé tout ce qu'ils savent sur votre compte. Je ne vous demande pas le supplément ; vous pourriez avoir de bonnes raisons pour le refuser. Mais après toutes les aventures dont vous ont honoré ces messieurs, vous devez connaître les femmes ; et c'est une de ces choses sans conséquence dont vous pouvez convenir.
— Ce compliment, madame, lui répondit Sélim, eût flatté mon amour-propre à l'âge de vingt ans : mais j'ai de l'expérience ; et une de mes premières réflexions, c'est que plus on pratique en ce genre, et moins on acquiert de lumière. Moi, connaître les femmes ! passe pour les avoir beaucoup étudiées.
— Eh bien ! qu'en pensez-vous ? lui demanda la favorite.
— Madame, répondit Sélim, quoi que leurs bijoux en aient publié, je les tiens toutes pour très respectables.
— En vérité, mon cher, lui dit le sultan, vous mériteriez d'être bijou ; vous n'auriez pas besoin de muselière.
— Sélim, ajouta la sultane, laissez là le ton satirique, et parlez-nous vrai.
— Madame, lui répondit le courtisan, je pourrais mêler à mon récit des traits désagréables ; ne m'imposez pas la loi d'offenser un sexe qui m'a toujours assez bien traité, et que je révère par...
— Eh ! toujours de la vénération ! Je ne connais rien de si caustique que ces gens doucereux, quand ils s'y mettent, interrompit Mirzoza ; et, s'imaginant que c'était par égard pour elle que Sélim se défendait : Que ma présence ne vous en

impose point, ajouta-t-elle : nous cherchons à nous amuser ; et je m'engage, parole d'honneur, à m'appliquer tout ce que vous direz d'obligeant de mon sexe, et de laisser le reste aux autres femmes. Vous avez donc beaucoup étudié les femmes ? Eh bien ! faites-nous le récit du cours de vos études : il a été des plus brillants, à en juger par les succès connus ; et il est à présumer qu'ils ne sont pas démentis par ceux qu'on ignore. »

Le vieux courtisan céda à ses instances, et commença de la sorte :

« Les bijoux ont beaucoup parlé de moi, j'en conviens ; mais ils n'ont pas tout dit. Ceux qui pouvaient compléter mon histoire ou ne sont plus, ou ne sont point dans nos climats, et ceux qui l'ont commencée n'ont qu'effleuré la matière. J'ai observé jusqu'à présent le secret inviolable que je leur avais promis, quoique je fusse plus fait qu'eux pour parler ; mais puisqu'ils ont rompu le silence, il semble qu'ils m'ont dispensé de le garder.

Né avec un tempérament de feu, je connus à peine ce que c'était qu'une belle femme, que je l'aimai. J'eus des gouvernantes que je détestai ; mais, en récompense, je me plus beaucoup avec les femmes de chambre de ma mère. Elles étaient pour la plupart jeunes et jolies : elles s'entretenaient, se déshabillaient, s'habillaient devant moi sans précaution, m'exhortaient même à prendre des libertés avec elles ; et mon esprit, naturellement porté à la galanterie, mettait tout à profit. Je passai à l'âge de cinq ou six ans entre les mains des hommes avec ces lumières ; et Dieu sait comment elles s'étendirent, lorsqu'on me mit sous les yeux les anciens auteurs, et que mes maîtres m'interprétèrent certains endroits, dont peut-être ils ne pénétraient point eux-mêmes le sens. Les pages de mon père m'apprirent quelques gentillesses de collège ; et la lecture de l'*Aloysia*[68], qu'ils me prêtèrent, me donna toutes les envies du monde de me perfectionner. J'avais alors quatorze ans.

---

68. *Aloysia sigea*, « monument d'obscénité », ouvrage de Nicolas Chorier (1612-1692), dialogue écrit en latin raffiné, présenté comme une traduction savante de la poétesse espagnole Luisa Sigea. Traduit en 1730 sous le titre *L'Académie des dames*, cet ouvrage est très admiré du marquis de Sade.

Je jetai les yeux autour de moi, cherchant entre les femmes qui fréquentaient dans la maison celle à qui je m'adresserais ; mais toutes me parurent également propres à me défaire d'une innocence qui m'embarrassait. Un commencement de liaison, et plus encore le courage que je me sentais d'attaquer une personne de mon âge, et qui me manquait vis-à-vis des autres, me décidèrent pour une de mes cousines. Émilie, c'était son nom, était jeune, et moi aussi : je la trouvai jolie, et je lui plus : elle n'était pas difficile ; et j'étais entreprenant : j'avais envie d'apprendre, et elle n'était pas moins curieuse de savoir. Nous nous faisions souvent des questions très ingénues et très fortes : et un jour elle trompa la vigilance de ses gouvernantes, et nous nous instruisîmes. Ah ! que la nature est un grand maître ! elle nous mit bientôt au fait du plaisir, et nous nous abandonnâmes à son impulsion, sans aucun pressentiment sur les suites : ce n'était pas le moyen de les prévenir. Émilie eut des indispositions qu'elle cacha d'autant moins qu'elle n'en soupçonnait pas la cause. Sa mère la questionna, lui tira l'aveu de notre commerce, et mon père en fut instruit. Il m'en fit des réprimandes mêlées d'un air de satisfaction ; et sur-le-champ il fut décidé que je voyagerais. Je partis avec un gouverneur chargé de veiller attentivement sur ma conduite, et de ne la point gêner ; et cinq mois après j'appris, par la gazette, qu'Émilie était morte de la petite vérole ; et par une lettre de mon père, que la tendresse qu'elle avait eue pour moi lui coûtait la vie. Le premier fruit de mes amours sert avec distinction dans les troupes du sultan : je l'ai toujours soutenu par mon crédit ; et il ne me connaît encore que pour son protecteur.

Nous étions à Tunis, lorsque je reçus la nouvelle de sa naissance et de la mort de sa mère : j'en fus vivement touché ; et j'en aurais été, je crois, inconsolable, sans l'intrigue que j'avais liée avec la femme d'un corsaire, qui ne me laissait pas le temps de me désespérer : la Tunisienne était intrépide ; j'étais fou : et tous les jours, à l'aide d'une échelle de corde qu'elle me jetait, je passais de notre hôtel sur sa terrasse, et de là dans un cabinet où elle me perfectionnait ; car Émilie ne m'avait qu'ébauché. Son époux revint de course précisément dans le temps que mon gouverneur, qui avait ses instructions, me pressait à passer en Europe ; je m'embarquai sur un vaisseau qui partait pour Lisbonne ; mais ce ne fut pas sans avoir fait et réitéré des adieux fort tendres à Elvire, dont je reçus le diamant que vous voyez.

Le bâtiment que nous montions était chargé de marchandises ; mais la femme du capitaine était la plus précieuse à mon gré : elle avait à peine vingt ans : son mari en était jaloux comme un tigre, et ce n'était pas tout à fait sans raison. Nous ne tardâmes pas à nous entendre tous : Dona Velina conçut tout d'un coup qu'elle me plaisait, moi que je ne lui étais pas indifférent, et son époux qu'il nous gênait ; le marin résolut aussitôt de ne pas désemparer que nous ne fussions au port de Lisbonne ; je lisais dans les yeux de sa chère épouse combien elle enrageait des assiduités de son mari ; les miens lui déposaient les mêmes choses, et l'époux nous comprenait à merveille. Nous passâmes deux jours entiers dans une soif de plaisir inconcevable ; et nous en serions morts à coup sûr, si le ciel ne s'en fût mêlé ; mais il aide toujours les âmes en peine. À peine avions-nous passé le détroit de Gibraltar, qu'il s'éleva une tempête furieuse. Je ne manquerais pas, madame, de faire siffler les vents à vos oreilles, et gronder la foudre sur votre tête, d'enflammer le ciel d'éclairs, de soulever les flots jusqu'aux nues, et de vous décrire la tempête la plus effrayante que vous ayez jamais rencontrée dans aucun roman, si je ne vous faisais une histoire ; je vous dirai seulement que le capitaine fut forcé, par les cris des matelots, de quitter sa chambre, et de s'exposer à un danger par la crainte d'un autre : il sortit avec mon gouverneur, et je me précipitai sans hésiter entre les bras de ma belle Portugaise, oubliant tout à fait qu'il y eût une mer, des orages, des tempêtes ; que nous étions portés sur un frêle vaisseau, et m'abandonnant sans réserve à l'élément

perfide. Notre course fut prompte ; et vous jugez bien, madame, que, par le temps qu'il faisait, je vis bien du pays en peu d'heures : nous relâchâmes à Cadix, où je laissai à la signora une promesse de la rejoindre à Lisbonne, s'il plaisait à mon mentor, dont le dessein était d'aller droit à Madrid.
Les Espagnoles sont plus étroitement resserrées et plus amoureuses que nos femmes : l'amour se traite là par des espèces d'ambassadrices qui ont ordre d'examiner les étrangers, de leur faire des propositions, de les conduire, de les ramener, et les dames se chargent du soin de les rendre heureux. Je ne passai point par ce cérémonial, grâce à la conjoncture. Une grande révolution venait de placer sur le trône de ce royaume un prince du sang de France ; son arrivée et son couronnement donnèrent lieu à des fêtes à la cour, où je parus alors : je fus accosté dans un bal ; on me proposa un rendez-vous pour le lendemain ; je l'acceptai, et je me rendis dans une petite maison, où je ne trouvai qu'un homme masqué, le nez enveloppé dans un manteau, qui me rendit un billet par lequel dona Oropeza remettait la partie au jour suivant, à pareille heure. Je revins, et l'on m'introduisit dans un appartement assez somptueusement meublé, et éclairé par des bougies : ma déesse ne se fit point attendre ; elle entra sur mes pas, et se précipita dans mes bras sans dire mot, et sans quitter son masque. Était-elle laide ? était-elle jolie ? c'est ce que j'ignorais ; je m'aperçus seulement, sur le canapé où elle m'entraîna, qu'elle était jeune, bien faite, et qu'elle aimait le plaisir : lorsqu'elle se crut satisfaite de mes éloges, elle se démasqua, et me montra l'original du portrait que vous voyez dans cette tabatière. »

Sélim ouvrit et présenta en même temps à la favorite une boîte d'or d'un travail exquis, et enrichie de pierreries.

« Le présent est galant ! dit Mangogul.

— Ce que j'en estime le plus, ajouta la favorite, c'est le portrait. Quels yeux ! quelle bouche ! quelle gorge ! mais tout cela n'est-il point flatté ?

— Si peu madame, répondit Sélim, qu'Oropeza m'aurait peut-être fixé à Madrid, si son époux, informé de notre commerce, ne l'eût troublé par ses menaces. J'aimais Oropeza, mais j'aimais encore mieux la vie ; ce n'était pas non plus l'avis de mon gouverneur, que je m'exposasse à être poignardé du mari, pour jouir quelques mois de plus de la femme : j'écrivis donc à la belle Espagnole une lettre d'adieux fort touchants, que je tirai de quelque roman du pays, et je partis pour la France.

« Le monarque qui régnait alors en France était grand-père du roi d'Espagne, et sa cour passait avec raison pour la plus magnifique, la plus polie et la plus galante de l'Europe : j'y parus comme un phénomène.

— Un jeune seigneur du Congo, disait une belle marquise ; eh ! mais cela doit être fort plaisant ; ces hommes-là valent mieux que les nôtres. Le Congo, je crois, n'est pas loin de Maroc. »

« On arrangeait des soupers dont je devais être. Pour peu que mon discours fût sensé, on le trouvait délié, admirable ; on se récriait, parce qu'on m'avait d'abord fait l'honneur de soupçonner que je n'avais pas le sens commun.

— Il est charmant, reprenait avec vivacité une autre femme de cour : quel meurtre de laisser retourner une jolie figure comme celle-là dans un vilain pays où les femmes sont gardées à vue par des hommes qui ne le sont plus ! Est-il vrai, monsieur ? on dit qu'ils n'ont rien : cela est bien déparant pour un homme... »

— Mais, ajoutait une autre, il faut fixer ici ce grand garçon-là ; il a de la naissance : quand on ne le ferait que chevalier de Malte ; je m'engage, si l'on veut, à lui procurer de l'emploi ; et la duchesse Victoria, mon amie de tous les temps, parlera en sa faveur au roi, s'il le faut. »

« J'eus bientôt des preuves non suspectes de leur bienveillance ; et je mis la marquise en état de prononcer sur le mérite des habitants de Maroc et du Congo ; j'éprouvai que l'emploi que la duchesse et son amie m'avaient promis était difficile à remplir, et je m'en défis. C'est dans ce séjour que j'appris à former de belles passions de vingt-quatre heures ; je circulai pendant six mois dans un tourbillon, où le commencement d'une aventure n'attendait point la fin d'une autre : on n'en voulait qu'à la jouissance ; tardait-elle à venir, ou était-elle obtenue, on volait à de nouveaux plaisirs.

— Que me dites-vous là, Sélim ? interrompit la favorite ; la décence est donc inconnue dans ces contrées ?

— Pardonnez-moi, madame, répondit le vieux courtisan ; on n'a que ce mot à la bouche : mais les Françaises ne sont pas plus esclaves de la chose que leurs voisines.

— Et quelles voisines ? demanda Mirzoza.

— Les Anglaises, repartit Sélim, femmes froides et dédaigneuses en apparence, mais emportées, voluptueuses et vindicatives, moins spirituelles et plus raisonnables que les Françaises : celles-ci aiment le jargon des sentiments ; celles-là préfèrent l'expression du plaisir. Mais à Londres comme à Paris, on s'aime, on se quitte, on renoue pour se quitter encore. De la fille d'un lord Bishop (ce sont des espèces de bramines, mais qui ne gardent pas le célibat), je passai à la femme d'un chevalier baronnet : tandis qu'il s'échauffait dans le parlement à soutenir les intérêts de la nation contre les entreprises de la cour, nous avions dans sa maison, sa femme et moi, bien d'autres débats ; mais le parlement finit, et madame fut contrainte de suivre son chevalier dans sa gentilhommière : je me rabattis sur la femme d'un colonel dont le régiment était en garnison sur les côtes ; j'appartins ensuite à la femme du lord-maire. Ah ! quelle femme ! je n'aurais jamais revu le Congo, si la prudence de mon gouverneur, qui me voyait dépérir, ne m'eût tiré de cette galère. Il supposa des lettres de ma famille qui me redemandait avec empressement, et nous nous embarquâmes pour la Hollande ; notre dessein était de traverser l'Allemagne et de nous rendre en Italie, où nous comptions sur des occasions fréquentes de repasser en Afrique.

« Nous ne vîmes la Hollande qu'en poste : notre séjour ne fut guère plus long en Allemagne ; toutes les femmes de condition y ressemblent à des citadelles importantes qu'il faut assiéger dans les formes : on en vient à bout ; mais les approches demandent tant de mesures ; ce sont tant de *si* et de *mais*, quand il s'agit de régler les articles de la capitulation, que ces conquêtes m'ennuyèrent bientôt.

« Je me souviendrai toute ma vie du propos d'une Allemande de la première qualité, sur le point de m'accorder ce qu'elle n'avait pas refusé à beaucoup d'autres.

— Ah ! s'écria-t-elle douloureusement, que dirait le grand Alziki mon père, s'il savait que je m'abandonne à un petit Congo comme vous ?

— Rien, madame, lui répliquai-je : tant de grandeur m'épouvante, et je me retire » : ce fut sagement fait à moi ; et si j'avais compromis son altesse avec ma médiocrité, j'aurais pu m'en ressouvenir : Brama, qui protège les saines contrées que nous habitons, m'inspira sans doute dans cet instant critique.

« Les Italiennes, que nous pratiquâmes ensuite, ne se montent point si haut. C'est avec elles que j'appris les modes du plaisir. Il y a, dans ces raffinements, du caprice et de la bizarrerie ; mais vous me le pardonnerez, mesdames, il en faut quelquefois pour vous plaire. J'ai apporté de Florence, de Venise et de Rome plusieurs recettes joyeuses, inconnues jusqu'à moi dans nos contrées barbares. J'en renvoie toute la gloire aux Italiennes qui me les communiquèrent.

Je passai quatre ans ou environ en Europe, et je rentrai par l'Égypte dans cet empire, formé comme vous voyez, et muni des rares découvertes de l'Italie, que je divulguai sur-le-champ. »

Ici l'auteur africain dit que Sélim s'étant aperçu que les lieux communs qu'il venait de débiter à la favorite sur les aventures qu'il avait eues en Europe, et sur les caractères des femmes des contrées qu'il avait parcourues, avaient profondément assoupi Mangogul, craignit de le réveiller, s'approcha de la favorite, et continua d'une voix plus basse.

« Madame, lui dit-il, si je n'appréhendais de vous avoir fatiguée par un récit qui n'a peut-être été que trop long, je vous raconterais l'aventure par laquelle je débutai en arrivant à Paris : je ne sais comment elle m'est échappée.

— Dites, mon cher, lui répondit la favorite ; je vais redoubler d'attention, et vous dédommager, autant qu'il est en moi, de celle du sultan qui dort.

— Nous avions pris à Madrid, continua Sélim, des recommandations pour quelques seigneurs de la cour de France, et nous nous trouvâmes, tout en débarquant, assez bien faufilés. On était alors dans la belle saison, et nous allions nous promener le soir au Palais-Royal [69], mon gouverneur et moi. Nous y fûmes un jour abordés par quelques petits-maîtres, qui nous montrèrent les plus jolies femmes, et nous firent leur histoire vraie ou fausse, ne s'oubliant point dans tout cela, comme vous pensez bien. Le jardin était déjà peuplé d'un grand nombre de femmes ; mais il en vint sur les huit heures un renfort considérable. À la quantité de leurs pierreries, à la magnificence de leurs ajustements, et à la foule de leurs poursuivants, je les pris au moins pour des duchesses. J'en dis ma pensée à un des jeunes seigneurs de la compagnie, et il me répondit qu'il s'apercevait bien que j'étais connaisseur, et que, si je voulais, j'aurais le plaisir de souper le soir même avec quelques-unes des plus aimables. J'acceptai son offre, et à l'instant il glissa le mot à l'oreille de deux ou trois de ses amis, qui s'éparpillèrent dans la promenade, et revinrent en moins d'un quart d'heure nous rendre compte de leur négociation. « Messieurs, nous dirent-ils, on vous attendra ce soir « à souper chez la duchesse Astérie. » Ceux qui n'étaient pas de la partie se récrièrent sur notre bonne fortune : on fit encore quelques tours : on se sépara, et nous montâmes en carrosse

69. L'allée de Foy, dans les jardins du Palais-Royal (les arcades et les boutiques ne seront construites qu'en 1780, au grand dam des promeneurs – Sébastien Mercier, *Tableaux de Paris*, t. 5, ch 7), est célèbre pour ses arbres et « la hardiesse de ses promeneuses » : voyez le prologue du *Neveu de Rameau* de Diderot.

pour en aller jouir.

« Nous descendîmes à une petite porte, au pied d'un escalier fort étroit, d'où nous grimpâmes à un second, dont je trouvai les appartements plus vastes et mieux meublés qu'ils ne me paraîtraient à présent. On me présenta à la maîtresse du logis, à qui je fis une révérence des plus profondes, que j'accompagnai d'un compliment si respectueux, qu'elle en fut presque déconcertée. On servit, et on me plaça à côté d'une petite personne charmante, qui se mit à jouer la duchesse tout au mieux. En vérité, je ne sais comment j'osai en tomber amoureux : cela m'arriva cependant.

— Vous avez donc aimé une fois dans votre vie ? interrompit la favorite.

— Eh ! oui, madame, lui répondit Sélim, comme on aime à dix-huit ans, avec une extrême impatience de conclure une affaire entamée. Je ne dormis point de la nuit, et dès la pointe du jour, je me mis à composer à ma belle inconnue la lettre du monde la plus galante. Je l'envoyai, on me répondit, et j'obtins un rendez-vous. Ni le ton de la réponse, ni la facilité de la dame, ne me détrompèrent point, et je courus à l'endroit marqué, fortement persuadé que j'allais posséder la femme ou la fille d'un premier ministre. Ma déesse m'attendait sur un grand canapé : je me précipitai à ses genoux ; je lui pris la main, et la lui baisant avec la tendresse la plus vive, je me félicitai sur la faveur qu'elle daignait m'accorder : « Est-il bien vrai, lui dis-je, que vous permettez à Sélim de vous aimer et de vous le dire, et qu'il peut, sans vous offenser, se flatter du plus doux espoir ? » En achevant ces mots, je pris un baiser sur sa gorge ; et comme elle était renversée, je me préparais assez vivement à soutenir ces débuts lorsqu'elle m'arrêta, et me dit : « Tiens, mon ami, tu es joli garçon ; tu as de l'esprit ; tu parles comme un ange ; mais il me faut quatre louis.

— Comment dites-vous ? l'interrompis-je...

— Je te dis, reprit-elle, qu'il n'y a rien à faire, si tu n'as pas tes quatre louis...

— Quoi ! mademoiselle, lui répondis-je tout étonné, vous ne valez que cela ? c'était bien la peine d'arriver du Congo pour si peu de chose. »

« Et sur-le-champ, je me rajuste, je me précipite dans l'escalier, et je pars.

Je commençai, madame, comme vous voyez, à prendre des actrices pour des princesses.

— J'en suis du dernier étonnement, reprit Mirzoza ; car enfin la différence est si grande !

— Je ne doute point, reprit Sélim, qu'il ne leur ait échappé cent impertinences ; mais que voulez-vous ? un étranger, un jeune homme n'y regarde pas de si près. On m'avait fait dans le Congo tant de mauvais contes sur la liberté des Européennes... »

Sélim en était là, lorsque Mangogul se réveilla.

« Je crois. Dieu me damne, dit-il en bâillant et se frottant les yeux, qu'il est encore à Paris. Pourrait-on vous demander, beau conteur, quand vous espérez être de retour à Banza, et si j'ai longtemps encore à dormir ? Car il est bon, l'ami, que vous sachiez qu'il n'est pas possible d'entamer en ma présence un voyage, que les bâillements ne me prennent. C'est une mauvaise habitude que j'ai contractée en lisant Tavernier [70] et les autres.

— Prince, lui répondit Sélim, il y a plus d'une heure que je suis de retour à Banza.

— Je vous en félicite, reprit le sultan ; puis s'adressant à la sultane : Madame, lui dit-il, voilà l'heure du bal ; nous partirons, si la fatigue du voyage vous le permet.

— Prince, lui répondit Mirzoza, me voilà prête. »

Mangogul et Sélim avaient déjà leurs dominos ; la favorite prit le sien ; le sultan lui donna la main, et ils se rendirent dans la salle de bal, où ils se séparèrent, pour se disperser dans la foule. Sélim les y suivit, et moi aussi, dit l'auteur africain, quoique j'eusse plus envie de dormir que de voir danser...

70. Jean-Baptiste Tavernier (1605-1689), géographe, auteur de récits de voyage de référence surtout ses *Voyages... en Turquie, en Perse et aux Indes* (1676).

Chapitre XLV

VINGT-QUATRIÈME ET VINGT-CINQUIÈME ESSAIS DE L'ANNEAU – BAL MASQUÉ, ET SUITE DU BAL MASQUÉ

Les bijoux les plus extravagants de Banza ne manquèrent pas d'accourir où le plaisir les appelait. Il en vint en carrosse bourgeois ; il en vint par les voitures publiques, et même quelques-uns à pied. Je ne finirais point, dit l'auteur africain dont j'ai l'honneur d'être le *caudataire*[71], si j'entrais dans le détail des niches que leur fit Mangogul. Il donna plus d'exercice à sa bague dans cette nuit seule, qu'elle n'en avait eu depuis qu'il la tenait du génie. Il la tournait, tantôt sur l'une, tantôt sur l'autre, souvent sur une vingtaine à la fois : c'était alors qu'il se faisait un beau bruit ; l'un s'écriait d'une voix aigre : Violons, *le Carillon de Dunkerque*[72], s'il vous plaît ; l'autre, d'une voix rauque : Et moi je veux *les Sautriots ;* et moi *les Tricotets*, disait un troisième ; et une multitude à la fois : Des contredanses usées, comme *la Bourrée, les Quatre Faces, la Calotine, la Chaîne, le Pistolet, la Mariée, le Pistolet, le Pistolet.* Tous ces cris étaient lardés d'un million d'extravagances. L'on entendait d'un côté : *Peste soit du nigaud ! Il faut l'envoyer à l'école ;* de l'autre : *Je m'en retournerai donc sans étrenner ?* Ici : *Qui payera mon carrosse ?* là : *Il m'est échappé ; mais je chercherai tant, qu'il se retrouvera ;* ailleurs : *À demain ; mais vingt louis au moins ; sans cela, rien de fait ;* et partout des propos qui décelaient des désirs ou des exploits.

Dans ce tumulte, une petite-bourgeoise, jeune et jolie, démêla Mangogul, le poursuivit, l'agaça, et parvint à déterminer son anneau sur elle. On entendit à l'instant son bijou s'écrier : « Où courez-vous ? Arrêtez, beau masque ; ne soyez point insensible à l'ardeur d'un bijou qui brûle pour vous. » Le sultan, choqué de cette déclaration téméraire, résolut de punir celle

71. Terme d'origine ecclésiastique : celui qui porte la queue de la robe du Pape. Au sens figuré, obséquieux, flatteur. Sur l'usage des italiques dans le roman, voyez *Angola* de La Morlière.

72. Comme les Sautriots et les Tricotets, airs de danse passés de mode.

qui l'avait hasardée. Il disparut, et chercha parmi ses gardes quelqu'un qui fût à peu près de sa taille, lui céda son masque et son domino, et l'abandonna aux poursuites de la petite-bourgeoise, qui, toujours trompée par les apparences, continua à dire mille folies à celui qu'elle prenait pour Mangogul.

Le faux sultan ne fut pas bête ; c'était un homme qui savait parler par signes ; il en fit un qui attira la belle dans un endroit écarté, où elle se prit, pendant plus d'une heure, pour la sultane favorite, et Dieu sait les projets qui lui roulèrent dans la tête ; mais l'enchantement dura peu. Lorsqu'elle eut accablé le prétendu sultan de caresses, elle le pria de se démasquer ; il le fit, et montra une physionomie armée de deux grands crocs, qui n'appartenaient point du tout à Mangogul.

« Ah ! fi, s'écria la petite-bourgeoise : Fi...

— Eh ! mon petit tame, lui répondit le Suisse, qu'avoir vous ? Moi l'y croire vous avoir rentu d'assez bons services pour que vous l'y être pas fâchée de me connaître. »

Mais sa déesse ne s'amusa point à lui répondre, s'échappa brusquement de ses mains, et se perdit dans la foule.

Ceux d'entre les bijoux qui n'aspirèrent pas à de si grands honneurs ne laissèrent pas que de rencontrer le plaisir, et tous reprirent la route de Banza, fort satisfaits de leur voyage.

L'on sortait du bal lorsque Mangogul entendit deux de ses principaux officiers qui se parlaient avec vivacité. « C'est ma maîtresse, disait l'un : je suis en possession depuis un an, et vous êtes le premier qui vous soyez avisé de courir sur mes brisées. À propos de quoi me troubler ? Nassès, mon ami, adressez-vous ailleurs : vous trouverez cent femmes aimables qui se tiendront pour trop heureuses de vous avoir.

— J'aime Amine, répondait Nassès ; je ne vois qu'elle qui me plaise. Elle m'a donné des espérances, et vous trouverez bon que je les suive.

— Des espérances ! reprit Alibeg.

— Oui, des espérances...

— Morbleu ! cela n'est point...

— Je vous dis, monsieur, que cela est, et que vous me ferez raison sur l'heure du démenti que vous me donnez. »

À l'instant ils descendirent le grand perron ; ils avaient déjà le cimeterre tiré, et ils allaient finir leur démêlé d'une façon tragique, lorsque le sultan les arrêta, et leur défendit de se battre avant que d'avoir consulté leur Hélène.

Ils obéirent et se rendirent chez Amine, où Mangogul les suivit de près. « Je suis excédée du bal, leur dit-elle ; les yeux me tombent. Vous êtes de cruelles gens, de venir au moment que j'allais me mettre au lit : mais vous avez tous deux un air singulier. Pourrait-on savoir ce qui vous amène ?...

— C'est une bagatelle, lui répondit Alibeg : monsieur se vante, et même assez hautement, ajouta-t-il en montrant son ami, que vous lui donnez des espérances. Madame, qu'en est-il ?... »

Amine ouvrait la bouche ; mais le sultan tournant sa bague dans le même instant, elle se tut, et son bijou répondit pour elle... « Il me semble que Nassès se trompe : non, ce n'est pas à lui que madame en veut. N'a-t-il pas un grand laquais qui vaut mieux que lui ? Oh ! que ces hommes sont sots de croire que des dignités, des honneurs, des titres, des noms, des mots vides de sens, en imposent à des bijoux ! Chacun a sa philosophie, et la nôtre consiste principalement à distinguer le mérite de la personne, le vrai mérite, de celui qui n'est qu'imaginaire. N'en déplaise à M. de Claville, il en sait là-dessus moins que nous, et vous allez en avoir la preuve.

« Vous connaissez tous deux, continua le bijou, la marquise Bibicosa. Vous savez ses amours avec Cléandor, et sa disgrâce, et la haute dévotion qu'elle professe aujourd'hui. Amine est bonne amie ; elle a conservé les liaisons qu'elle avait avec Bibicosa, et n'a point cessé de fréquenter dans sa maison, où l'on rencontre des bramines de toute espèce. Un d'entre eux pressait un jour ma maîtresse de parler pour lui à Bibicosa.

— Eh ! que voulez-vous que je lui demande ? lui répondit Amine. C'est une femme noyée, qui ne peut rien pour elle-

même. Vraiment elle vous saurait bon gré de la traiter encore comme une personne de conséquence Allez, mon ami, le prince Cléandor et Mangogul ne feront jamais rien pour elle ; et vous vous morfondriez dans les antichambres...
— Mais, répondit le bramine, madame, il ne s'agit que d'une bagatelle, qui dépend directement de la marquise. Voici ce que c'est. Elle a fait construire un petit minaret dans son hôtel ; c'est sans doute pour la Sala, ce qui suppose un iman ; et c'est cette place que je demande...
— Que dites-vous ! reprit Amine. Un iman ! vous n'y pensez pas ; il ne faut à la marquise qu'un marabout qu'elle appellera de temps à autre lorsqu'il pleut, ou qu'on veut avoir fait la Sala, avant que de se mettre au lit : mais un iman logé, vêtu, nourri dans son hôtel, avec des appointements ! cela ne va point à Bibicosa. Je connais ses affaires. La pauvre femme n'a pas six mille sequins de revenu ; et vous prétendez qu'elle en donnera deux mille à un iman ? Voilà-t-il pas qui est bien imaginé !...
— De par Brama, j'en suis fâché, répliqua l'homme saint ; car voyez-vous, si j'avais été son iman, je n'aurais pas tardé à lui devenir plus nécessaire : et quand on est là, il vous pleut de l'argent et des pensions. Tel que vous me voyez, je suis du Monomotapa, et je fais très bien mon devoir...
— Eh ! mais, lui répondit Amine d'une voix entrecoupée, votre affaire n'est pourtant pas impossible. C'est dommage que le mérite dont vous parlez ne se présume pas...
— On ne risque rien à s'employer pour les gens de mon pays, reprit l'homme du Monomotapa ; voyez plutôt... »

« Il donna sur-le-champ à Amine la preuve complète d'un mérite si surprenant, que de ce moment vous perdîtes, à ses yeux, la moitié de ce qu'elle vous prisait. Ah ! vivent les gens du Monomotapa ! »

Alibeg et Nassès avaient la physionomie allongée, et se regardaient sans mot dire ; mais, revenus de leur étonnement, ils s'embrassèrent ; et jetant sur Amine un regard méprisant, ils coururent se prosterner aux pieds du sultan, et le remercier de les avoir détrompés de cette femme, et de leur avoir conservé la vie et l'amitié réciproque. Ils arrivèrent dans le moment que Mangogul, de retour chez la favorite, lui faisait l'histoire d'Amine. Mirzoza en rit, et n'en estima pas davantage les femmes de cour et les bramines.

Chapitre XLVI

SÉLIM À BANZA

Mangogul alla se reposer au sortir du bal ; et la favorite, qui ne se sentait aucune disposition au sommeil, fit appeler Sélim, et le pressa de lui continuer son histoire amoureuse. Sélim obéit, et reprit en ces termes :

« Madame, la galanterie ne remplissait pas tout mon temps : je dérobais au plaisir des instants que je donnais à des occupations sérieuses ; et les intrigues dans lesquelles je m'embarquai ne m'empêchèrent pas d'apprendre les fortifications, le manège, les armes, la musique et la danse ; d'observer les usages et les arts des Européens, et d'étudier leur politique et leur milice. De retour dans le Congo, on me présenta à l'empereur aïeul du sultan, qui m'accorda un poste honorable dans ses troupes. Je parus à la cour, et bientôt je fus de toutes les parties du prince Erguebzed, et par conséquent intéressé dans les aventures des jolies femmes. J'en connus de toute nation, de tout âge, de toute condition ; j'en trouvai peu de cruelles, soit que mon rang les éblouît, soit qu'elles aimassent mon jargon, ou que ma figure les prévînt. J'avais alors deux qualités avec lesquelles on va vite en amour, de l'audace et de la présomption.

Je pratiquai d'abord les femmes de qualité. Je les prenais le soir au cercle ou au jeu chez la Manimonbanda ; je passais la nuit avec elles ; et nous nous méconnaissions presque le lendemain. Une des occupations de ces dames, c'est de se procurer des amants, de les enlever même à leurs meilleures amies, et l'autre de s'en défaire. Dans la crainte de se trouver au dépourvu, tandis qu'elles filent une intrigue, elles en lorgnent deux ou trois autres. Elles possèdent je ne sais combien de petites finesses pour attirer celui qu'elles ont en vue et cent tracasseries en réserve pour se débarrasser de celui qu'elles ont. Cela a toujours été et cela sera toujours. Je ne nommerai personne ; mais je connus ce qu'il y avait de femmes à la cour d'Erguebzed en réputation de jeunesse et de beauté ; et tous ces engagements furent formés, rompus, renoués, oubliés en moins de six mois.

Dégoûté de ce monde, je me jetai dans ses antipodes : je vis des bourgeoises que je trouvai dissimulées, fières de leur beauté, toutes grimpées sur le ton de l'honneur et presque toujours obsédées par des maris sauvages et brutaux ou certains pieds-plats de cousins qui faisaient à jours entiers les passionnés auprès de leurs cousines et qui me déplaisaient grandement : on ne pouvait les tenir seules un moment ; ces animaux survenaient perpétuellement, dérangeaient un rendez-vous et se fourraient à tout propos dans la conversation. Malgré ces obstacles, j'amenai cinq ou six de ces bégueules au point où je les voulais avant que de les planter là. Ce qui me réjouissait dans leur commerce, c'est qu'elles se piquaient de sentiments, qu'il fallait s'en piquer aussi, et qu'elles en parlaient à mourir de rire : et puis elles exigeaient des attentions, des petits soins ; à les entendre, on leur manquait à tout moment ; elles prêchaient un amour si correct, qu'il fallut bien y renoncer. Mais le pis, c'est qu'elles avaient incessamment votre nom à la bouche et que quelquefois on était contraint de se montrer avec elles et d'encourir tout le ridicule d'une aventure bourgeoise ; je me sauvai un beau jour des magasins et de la rue Saint-Denis pour n'y revenir de ma vie.

On avait alors la fureur des petites maisons : j'en louai une dans le faubourg oriental et j'y plaçai successivement quelques-unes de ces filles qu'on voit, qu'on ne voit plus ; à qui l'on parle, à qui l'on ne dit mot, et qu'on renvoie quand on en est las : j'y rassemblais des amis et des actrices de l'Opéra ; on y faisait de petits soupers, que le prince Erguebzed a quelquefois honorés de sa présence. Ah ! madame, j'avais des vins délicieux, des liqueurs exquises et le meilleur cuisinier du Congo.

Mais rien ne m'a tant amusé qu'une entreprise que j'exécutai dans une province éloignée de la capitale, où mon régiment était en quartier : je partis de Banza pour en faire la revue ; c'était la seule affaire qui m'éloignait de la ville ; et mon voyage eût été court, sans le projet extravagant auquel je me livrai. Il y avait à Baruthi un monastère peuplé des plus rares beautés ; j'étais jeune et sans barbe, et je méditais de m'y introduire à titre de veuve qui cherchait un asile contre les dangers du siècle. On me fait un habit de femme ; je m'en ajuste et je vais me présenter à la grille de nos recluses ; on m'accueillit affectueusement ; on me consola de la perte de mon époux ; on convint de ma pension, et j'entrai.

L'appartement qu'on me donna communiquait au dortoir des novices ; elles étaient en grand nombre, jeunes pour la plupart et d'une fraîcheur surprenante : je les prévins de politesses et je fus bientôt leur amie. En moins de huit jours, on me mit au fait de tous les intérêts de la petite république ; on me peignit les caractères, on m'instruisit des anecdotes ; je reçus des confidences de toutes couleurs, et je m'aperçus que nous ne manions pas mieux la médisance et la calomnie, nous autres profanes. J'observai la règle avec sévérité ; j'attrapai les airs patelins et les tons doucereux ; et l'on se disait à l'oreille que la communauté serait bien heureuse si j'y prenais l'habit.

Je ne crus pas plus tôt ma réputation faite dans la maison, que je m'attachai à une jeune vierge qui venait de prendre le premier voile : c'était une brune adorable ; elle m'appelait sa maman, je l'appelais mon petit ange ; elle me donnait des baisers innocents, et je lui en rendais de fort tendres. Jeunesse est curieuse ; Zirziphile me mettait à tout propos sur le mariage et sur les plaisirs des époux ; elle m'en demandait des nouvelles ; j'aiguisais habilement sa curiosité ; et de questions en questions, je la conduisis jusqu'à la pratique des leçons que je lui donnais. Ce ne fut pas la seule novice que j'instruisis ; et quelques jeunes nonnains vinrent aussi s'édifier dans ma cellule. Je ménageais les moments, les rendez-vous, les heures, si à propos que personne ne se croisait : enfin, madame, que vous dirai-je ? la pieuse veuve se fit une postérité nombreuse ; mais lorsque le scandale dont on avait gémi tout bas eut éclaté et que le conseil des discrètes, assemblé, eut appelé le médecin de la maison, je méditai ma retraite. Une nuit donc, que toute la maison dormait, j'escaladai les murs du jardin et je disparus : je me rendis aux eaux de Piombino, où le médecin avait envoyé la moitié du couvent et où j'achevai, sous l'habit de cavalier, l'ouvrage que j'avais commencé sous celui de veuve. Voilà, madame, un fait dont tout l'empire a mémoire et dont vous seule connaissez l'auteur.

Le reste de ma jeunesse, ajouta Sélim, s'est consumé à de pareils amusements, toujours de femmes, et de toute espèce, rarement du mystère, beaucoup de serments et point de sincérité.

— Mais, à ce compte, lui dit la favorite, vous n'avez donc jamais aimé ?

— Bon ! répondit Sélim, je pensais bien alors à l'amour ! Je n'en voulais qu'au plaisir et qu'à celles qui m'en promettaient.

— Mais a-t-on du plaisir sans aimer ? interrompit la favorite. Qu'est-ce que cela, quand le cœur ne dit rien ?

— Eh ! madame, répliqua Sélim, est-ce le cœur qui parle, à dix-huit ou vingt ans ?

— Mais enfin, de toutes ces expériences, quel est le résultat ? qu'avez-vous prononcé sur les femmes ?

— Qu'elles sont la plupart sans caractère, dit Sélim ; que trois choses les meuvent puissamment : l'intérêt, le plaisir et la vanité ; qu'il n'y en a peut-être aucune qui ne soit dominée par une de ces passions, et que celles qui les réunissent toutes trois sont des monstres.

— Passe encore pour le plaisir, dit Mangogul, qui entrait à l'instant ; quoiqu'on ne puisse guère compter sur ces femmes, il faut les excuser : quand le tempérament est monté à un certain degré, c'est un cheval fougueux qui emporte son cavalier à travers champs ; et presque toutes les femmes sont à

temparament — horses)

califourchon sur cet animal-là.

— C'est peut-être par cette raison, dit Sélim, que la duchesse Ménéga appelle le chevalier Kaidar son grand écuyer.

— Mais serait-il possible, dit la sultane à Sélim, que vous n'ayez pas eu la moindre aventure de cœur ? Ne serez-vous sincère que pour déshonorer un sexe qui faisait vos plaisirs, si vous en faisiez les délices ? Quoi ! dans un si grand nombre de femmes, pas une qui voulût être aimée, qui méritât de l'être ! Cela ne se comprend pas.

— Ah ! madame, répondit Sélim, je sens, à la facilité avec laquelle je vous obéis, que les années n'ont point affaibli sur mon cœur l'empire d'une femme aimable : oui, madame, j'ai aimé comme un autre. Vous voulez tout savoir, je vais tout dire ; et vous jugerez si je me suis acquitté du rôle d'amant dans les formes.

— Y a-t-il des voyages dans cette partie de votre histoire ? demanda le sultan.

— Non, prince, répondit Sélim.

— Tant mieux, reprit Mangogul ; car je ne me sens aucune envie de dormir.

— Pour moi, reprit la favorite, Sélim me permettra bien de reposer un moment.

— Qu'il aille se coucher aussi, dit le sultan ; et pendant que vous dormirez je questionnerai Cypria.

— Mais, prince, lui répondit Mirzoza, Votre Hautesse n'y pense pas ; ce bijou vous enfilera dans des voyages qui ne finiront point. »

L'auteur africain nous apprend ici que le sultan, frappé de l'observation de Mirzoza, se précautionna d'un antisomnifère des plus violents : il ajoute que le médecin de Mangogul, qui était bien son ami, lui en avait communiqué la recette et qu'il en avait fait la préface de son ouvrage ; mais il ne nous reste de cette préface que les trois dernières lignes que je vais rapporter ici.

Prenez de ...
De ...
De ...
De *Marianne* et du *Paysan*, par ... quatre pages.
Des *Égarements du cœur*, une feuille.
Des *Confessions*, vingt-cinq lignes et demie [73].

73. *La Vie de Marianne* (1728-1743) et *Le Paysan parvenu* (1746) de Marivaux, *Les Égarements du cœur et de l'esprit* (1736) de Crébillon, *Les Confessions du comte de **** (1742) de Duclos.

Chapitre XLVII

VINGT-SIXIÈME ESSAI DE L'ANNEAU – LE BIJOU VOYAGEUR

Tandis que la favorite et Sélim se reposaient des fatigues de la veille, Mangogul parcourait avec étonnement les magnifiques appartements de Cypria. Cette femme avait fait, avec son bijou, une fortune à comparer à celle d'un fermier général. Après avoir traversé une longue enfilade de pièces plus richement décorées les unes que les autres, il arriva dans la salle de compagnie, où, au centre d'un cercle nombreux, il reconnut la maîtresse du logis à une énorme quantité de pierreries qui la défiguraient ; et son époux, à la bonhomie peinte sur son visage. Deux abbés, un bel esprit, trois académiciens de Banza occupaient les côtés du fauteuil de Cypria ; et sur le fond de la salle voltigeaient deux petits-maîtres avec un jeune magistrat rempli d'airs, soufflant sur ses manchettes, sans cesse rajustant sa perruque, visitant sa bouche et se félicitant dans les glaces de ce que son rouge allait bien : excepté ces trois papillons, le reste de la compagnie était dans une vénération profonde pour la respectable momie qui, indécemment étalée, bâillait, parlait en bâillant, jugeait tout, jugeait mal de tout, et n'était jamais contredite.

« Comment, disait en soi-même Mangogul qui n'avait parlé seul depuis longtemps, et qui s'en mourait, comment est-elle parvenue à déshonorer un homme de bonne maison avec un esprit si gauche et une figure comme celle-là ? »

Cypria voulait qu'on la prît pour blonde ; sa peau petit jaune, bigarrée de rouge, imitait assez bien une tulipe panachée ; elle avait les yeux gros, la vue basse, la taille courte, le nez effilé, la bouche plate, le tour du visage coupé, les joues creuses, le front étroit, point de gorge, la main sèche et le bras décharné : c'était avec ces attraits qu'elle avait ensorcelé son mari.

Le sultan tourna sa bague sur elle, et l'on entendit glapir aussitôt. L'assemblée s'y trompa, et crut que Cypria parlait par la bouche, et qu'elle allait juger. Mais son bijou débuta par ces mots :

« Histoire de mes voyages[74].

Je naquis à Maroc en 17,000,000,012, et je dansais sur le théâtre de l'Opéra, lorsque Méhémet Tripathoud, qui m'entretenait, fut nommé chef de l'ambassade que notre puissant empereur envoya au monarque de la France ; je le suivis dans ce voyage : les charmes des femmes françaises m'enlevèrent bientôt mon amant ; et sans délai j'usai de représailles. Les courtisans, avides de nouveautés, voulurent essayer de la Maroquine ; car c'est ainsi qu'on nommait ma maîtresse ; elle les traita fort humainement ; et son affabilité lui valut, en six mois de temps, vingt mille écus en bijoux, autant en argent, avec un petit hôtel tout meublé. Mais le Français est volage, et je cessai bientôt d'être à la mode : je ne m'amusai point à courir les provinces ; il faut aux grands talents de vastes théâtres ; je laissai partir Tripathoud, et je me destinai pour la capitale d'un autre royaume.

A wealthy lord, travelling through France, dragg'd me to London. Ay, that was a man indeed ! He water'd me six times a day, and as often o'nights. His prick like a comet's tail shot flaming darts : I never felt such quick and thrilling thrusts. It was not possible for mortal prowess to hold out long, at this rate ; so he drooped by degrees, and I received his soul distilled through his Tarse. He gave me fifty thousand guineas. This noble lord was succeeded by a couple of privateer-commanders lately return'd from cruising : being intimate friends, they fuck'd me, as they had sail'd, in company, endeavouring who should show most vigour and serve the readiest fire. Whilst the one was riding at anchor, I towed the other

74. Le bijou de Cypria est polyglotte. Ces textes sont dus à la plume du complice de Diderot, Eidous, qui traduit avec lui le *Dictionnaire de médecine* de James, prolégomène de l'*Encyclopédie*. Note de Henri Bénac, édition Garnier Frères, 1962, des *Œuvres romanesques* de Diderot : « Nous nous excusons auprès du lecteur de ne point traduire ces textes qui, en français, braveraient infiniment plus l'honnêteté qu'ils ne peuvent le faire en des langues étrangères. » À vous de juger.

by his Tarse and prepared him for a fresh tire. Upon a modest computation, I reckon'd in about eight days time I received a hundred and eighty shot. But I soon grew tired with keeping so strict an account, for there was no end of their broad-sides. I got twelve thousand pounds from them for my share of the prizes they had taken. The winter quarter being over, they were forced to put to sea again, and would fain have engaged me as a tender, but I had made a prior contract with a German count [75].

Duxit me Viennam in Austriâ patriam suam, ubi venereâ voluptate, quantâ maximâ poteram, ingurgitatus sum, per menses tres integros ejus splendidè nimis epulatus hospes. Illi, rugosi et contracti Lotharingo more colei, et eo usquè longa, crassaque mentula, ut dimidiam nondùm acciperem, quamvis iterato coïtu fractus rictus mihi miserè pateret. Immanem ast usu frequenti vagina tandem admisit laxè gladium, novasque excogitavimus artes, quibus fututionum quotidianarum vinceremus fastidium. Modò me resupinum agitabat ; modò ipsum, eques adhærescens inguinibus, motu quasi tolutario versabam. Sæpè turgentem spumantemque admovit ori priapum, simulque appressis ad labia labiis, fellatrice me linguâ perfricuit. Etsi Veneri nunquam indulgebat posticæ, à tergo me tamen adorsus, cruribus altero sublato, altero depresso, inter femora subibat, voluptaria quærens per impedimenta transire. Amatoria Sanchesii præcepta calluit ad unguem, et festivas Aretini tabulas sic expressit, ut nemo meliùs. His à me laudibus acceptis, multis florenorum millibus mea

75. « Un riche lord, en voyage en France, m'entraîna à Londres. Dame ! pour un homme, c'en était un ! Il m'inondait six fois le jour, autant la nuit. Son vit, telle une queue de comète, dardait ces traits de flamme : de ma vie je n'avais éprouvé d'assauts si vifs et palpitants. Qui pouvait, à ce rythme, renouveler longtemps ces exploits ? aussi son ardeur peu à peu retomba : je recueillis son âme que distillait son vit. Il me laissa quinze mille guinées. Deux capitaines corsaires fraîchement débarqués prirent la suite de ce noble lord. Amis intimes, ils me foutaient, comme ils avaient navigué, côte à côte, rivalisant de vigueur et de promptitude à faire feu. L'un jetait-il l'ancre, je hissais le pavillon du second et le préparais à l'assaut. D'après mes calculs, je crois pouvoir affirmer qu'en huit jours environ, je fus cent quatre-vingts fois la cible de leurs tirs. Cependant ce décompte m'eut bientôt lassée, car enfin leurs bordées semblaient ne jamais devoir finir. Je reçus d'eux douze mille livres en partage des trésors qu'ils avaient rapportés. À la fin de leurs quartiers d'hiver, ils durent reprendre la mer, et m'auraient volontiers prise comme associée, si je n'avais déjà passé contrat avec un comte allemand. »

solvit obsequia, et Romam secessi[76].

Quella città è il tempio di Venere, ed il soggiorno delle delizie. Tutta via mi dispiaceva, che le natiche leggiadre fossero là ancora più festeggiate delle più belle potte ; quello che provai il terzo giorno del mio arrivo in quel paese. Una cortigiana illustre si offerisce à farmi guadagnare mila scudi, s'io voleva passar la sera con esso lei in una vigna. Accettai l'invito ; salimmo in una carozza, e giungemmo in un luogo da lei ben conosciuto nel quale due cavalieri colle braghesse rosse si fecero incontro à noi, e ci condussero in un boschetto spesso e folto, dove cavatosi subito le vesti, vedemmo i più furiosi cazzi che risaltaro mai. Ognuno chiavo la sua. Il trastullo poi si prese a quadrille, dopo per farsi guattare in bocca, poscia nelle tette ; alla perfine, uno de chiavatori impadronissi del mio rivale, mentre l'altro mi lavorava. L'istesso fu fatto alla conduttrice mia ; e cio tutto dolcemente condito di bacci alla fiorentina. E quando i campioni nostri ebbero posto fine alla battaglia, facemmo la fricarella per risvegliar il gusto à quei benedetti signori i quali ci paganoro con generosità. In più volte simili guadagnai con loro sessanta mila scudi ; e due altre volte tanto, con coloro che mi procurava la cortigiana. Mi ricordo di uno che visitava mi spesso e che sborrava sempre due volte senza cavarlo ; e d'un altro il quale usciva da me pian piano, per entrare soltimente nel mio vicino ; e per questo bastava fare sù è giù le natiche. Ecco una uzanza curiosa che si pratica

---

76. « Il m'emmena à Vienne, en Autriche, sa patrie, où je me vautrai tant et plus dans les débauches de la volupté, tout au long des trois mois que je demeurai chez lui, magnifiquement régalée. Tel un Lorrain, il avait les couilles rugueuses et recroquevillées, et le vit si long et si gros que je ne pouvais pas même en recueillir la moitié, tant et si bien que ses coïts réitérés déchirèrent et laissèrent ma fente béante dans un état misérable. À la longue pourtant, mon fourreau admit son glaire monstrueux et il nous fallut inventer de nouvelles pratiques pour résister à la lassitude de nos fouteries quotidiennes. Tantôt il me labourait en me renversant, tantôt chevauchant fermement son vit, je partais pour ainsi dire au trot. Souvent il approchait de ma bouche son vit turgescent et écumant et en même temps tendant ses lèvres pressantes, il me frottait de sa langue suceuse. Bien qu'aucunement amateur des plaisirs contre-nature, m'attaquant cependant de dos, soulevant une de mes jambes, abaissant l'autre, il s'introduisait entre mes cuisses, s'efforçant de percer les entraves de la volupté. Il connaissait à fond et par cœur les préceptes d'amour de Sanchez, et reproduisait mieux que quiconque les riants tableaux de l'Arétin. Après que je l'eus loué pour ses talents, il paya mes complaisances de plusieurs milliers de florins, et je me retirai à Rome. »

in Italia [77]. »

Le bijou de Cypria continua son histoire sur un ton moitié congeois et moitié espagnol. Il ne savait pas apparemment assez cette dernière langue pour l'employer seule : on n'apprend une langue, dit l'auteur africain, qui se pendrait plutôt que de manquer une réflexion commune, qu'en la parlant beaucoup ; et le bijou de Cypria n'eut presque pas le temps de parler à Madrid.

« Je me sauvai d'Italie, dit-il, malgré quelques désirs secrets qui me rappelaient en arrière, influxo malo del clima ! y tuve luego la resolucion de ir me a una tierra, donde pudiesse gozar mis fueros, sin partir los con un usurpador. Je fis le voyage de Castille la Vieille, où l'on sut le réduire à ses simples fonctions : mais cela ne suffit pas à ma vengeance. Le impuse la tarea de batter el compas en los bayles che celebrava de dia y de noche ; et il s'en acquitta si bien, que nous nous réconciliâmes. Nous parûmes à la cour de Madrid en bonne intelligence. Al entrar de la ciudad, je liai con un papo venerabile por sus canas : heureusement pour moi ; car il eut compassion de ma jeunesse, et me communiqua un secret, le fruit de soixante années d'expérience, para guardar me del mal de que merecieron los Franceses ser padrinos, por haver sido sus primeros pregodes. Avec cette recette, et le goût de la propreté que je tentai vainement d'introduire en Espagne, je me préservai de tout accident à Madrid, où ma vanité seule fut mortifiée. Ma

77. « Cette ville est le temple de Vénus, le séjour des délices. Il me déplut pourtant que les jolies fesses y fussent là aussi plus fêtées que les mottes les plus belles, ce dont je fis l'expérience dès le troisième jour de mon arrivée dans ce pays. Une illustre courtisane me proposa de me faire gagner un millier d'écus si j'acceptais de passer la soirée avec elle dans une vigne. J'acceptai l'invitation ; nous montâmes dans un carrosse et arrivâmes dans un lieu bien connu d'elle, où deux cavaliers en culottes rouges vinrent à notre rencontre et nous conduisirent dans un bosquet épais et touffu ; là, se dévêtant aussitôt, ils nous firent voir les vits les plus furieux qui jamais se dressèrent. Chacun foutit sa chacune. Puis le jeu se continua en quadrille, pour se poursuivre en bouche, puis à tétons ; enfin l'un des fouteurs s'empara de mon rival, pendant que l'autre me besognait. Le même sort fut réservé à ma conductrice ; le tout fut agréablement assaisonné de baisers à la florentine. Lorsque nos champions mirent fin au combat, nous les branlâmes pour réveiller l'appétit de ces bons seigneurs, qui nous rétribuèrent avec largesse. Grâce à plusieurs autres occasions similaires, je gagnai avec eux soixante mille écus, et deux fois autant avec ceux que me procurait la courtisane. Je me souviens d'un qui me rendait souvent visite et qui déchargeait toujours deux fois sans se retirer ; et d'un autre qui sortait de moi tout doucement pour pénétrer avec soin chez mon voisin ; il suffisait de faire aller les fesses de haut en bas. C'est un usage curieux qui se pratique en Italie. »

maîtresse a, comme vous voyez, le pied fort petit. Esta prenda es el incentivo mas poderoso de una imagination castellana. Un petit pied sert de passe-port à Madrid à la fille que tiene la mas dilatada sima entre las piernas. Je me déterminai à quitter une contrée où je devais la plupart de mes triomphes à un mérite étranger ; y me arrime a un definidor muy virtuoso que passava a las Indias. Je vis, sous les ailes de sa révérence, la terre de promission, ce pays où l'heureux Frayle porte, sans scandale, de l'or dans sa bourse, un poignard à sa ceinture, et sa maîtresse en croupe. Que la vie que j'y passai fut délicieuse ! quelles nuits ! dieux, quelles nuits ! Hay de mi ! al recordarme de tantos gustos me meo... Algo mas... Ya, ya... Pierdo el sentido... Me muero[78]...

Après un an de séjour à Madrid et aux Indes, je m'embarquai pour Constantinople. Je ne goûtais point les usages d'un peuple chez qui les bijoux sont barricadés ; et je sortis promptement d'une contrée où je risquais ma liberté. Je pratiquai pourtant assez les musulmans, pour m'apercevoir qu'ils se sont bien policés par le commerce des Européens ; et je leur trouvai la légèreté du Français, l'ardeur de l'Anglais, la force de l'Allemand, la longanimité de l'Espagnol, et d'assez fortes teintures des raffinements italiens : en un mot, un aga vaut, à lui seul, un cardinal, quatre ducs, un lord, trois grands d'Espagne, et deux princes allemands.

De Constantinople, j'ai passé, messieurs, comme vous savez, à la cour du grand Erguebzed, où j'ai formé nos seigneurs les plus aimables ; et quand je n'ai plus été bon à rien, je me suis jeté sur cette figure-là, dit le bijou, en indiquant, par un geste qui lui était familier, l'époux de Cypria. La belle chute ! »

---

78. Version espagnole lacunaire : « [...] maligne influence du climat ! et je résolus d'aller dans un pays où je pourrais profiter de mes droits, sans avoir à les partager avec un usurpateur [...]. Je lui infligeai la peine de battre la mesure aux bals qui se tenaient jour et nuit [...]. À l'entrée de la ville, [je me liai] avec un con vénérable pour ses cheveux blancs [...] [un secret] pour me garder d'un mal dont les Français ont mérité d'être les parrains, pour en avoir fait les premiers la promotion. [...] Cette qualité est l'aiguillon le plus puissant de l'imagination castillane [...] [fille] qui a entre les jambes l'abîme le plus béant. [...] je me mis sous la protection d'un définiteur très vertueux qui se rendait aux Indes. [...] Malheur à moi ! en me remémorant tant de plaisir, je pisse... quelque chose de plus... ah ! ah ! je défaille... je me meurs... »

L'auteur africain finit ce chapitre par un avertissement aux dames qui pourraient être tentées de se faire traduire les endroits où le bijou de Cypria s'est exprimé dans des langues étrangères.

« J'aurais manqué, dit-il, au devoir de l'historien, en les supprimant ; et au respect que j'ai pour le sexe, en les conservant dans mon ouvrage, sans prévenir les dames vertueuses, que le bijou de Cypria s'était excessivement gâté le ton dans ses voyages ; et que ses récits sont infiniment plus libres qu'aucune des lectures clandestines qu'elles aient jamais faites. »

polyglot bijou!

Chapitre XLVIII

CYDALISE

Mangogul revint chez la favorite, où Sélim l'avait devancé.

« Eh bien ! prince, lui dit Mirzoza, les voyages de Cypria vous ont-ils fait du bien ?

— Ni bien ni mal, répondit le sultan ; je ne les ai point entendus.

— Et pourquoi donc ? reprit la favorite.

— C'est, dit le sultan, que son bijou parle, comme une polyglotte, toutes sortes de langues, excepté la mienne. C'est un assez impertinent conteur, mais ce serait un excellent interprète.

— Quoi ! reprit Mirzoza, vous n'avez rien compris du tout dans ses récits ?

— Qu'une chose, madame, répondit Mangogul ; c'est que les voyages sont plus funestes encore pour la pudeur des femmes, que pour la religion des hommes ; et qu'il y a peu de mérite à savoir plusieurs langues. On peut posséder le latin, le grec, l'italien, l'anglais et le congeois dans la perfection, et n'avoir non plus d'esprit qu'un bijou. C'est votre avis, madame ? Et celui de Sélim ? Qu'il commence donc son aventure, mais surtout plus de voyages. Ils me fatiguent à mourir. »

Sélim promit au sultan que la scène serait en un seul endroit, et dit :

« J'avais environ trente ans ; je venais de perdre mon père ; je m'étais marié, pour ne pas laisser tomber la maison, et je vivais avec ma femme comme il convient ; des égards, des attentions, de la politesse, des manières peu familières, mais fort honnêtes. Le prince Erguebzed était monté sur le trône : j'avais sa bienveillance longtemps avant son règne. Il me l'a continuée jusqu'à sa mort, et j'ai tâché de justifier cette marque de distinction par mon zèle et par ma fidélité. La place d'inspecteur général de ses troupes vint à vaquer, je l'obtins ; et ce poste

m'obligea à de fréquents voyages sur la frontière.
— De fréquents voyages ! s'écria le sultan. Il n'en faut qu'un pour m'endormir jusqu'à demain. Avisez-y.
— Prince, continua Sélim, ce fut dans une de ces tournées que je connus la femme d'un colonel de spahis, nommé Ostaluk, brave homme, bon officier, mais mari peu commode, jaloux comme un tigre, et qui avait en sa personne de quoi justifier cette rage ; car il était affreusement laid.

« Il avait épousé depuis peu Cydalise, jeune, vive, jolie ; de ces femmes rares, pour lesquelles on sent, dès la première entrevue, quelque chose de plus que de la politesse, dont on se sépare à regret, et qui vous reviennent cent fois dans l'idée jusqu'à ce qu'on les revoie.

Cydalise pensait avec justesse, s'exprimait avec grâce ; sa conversation attachait ; et si l'on ne se lassait point de la voir, on se lassait encore moins de l'entendre. Avec ces qualités, elle avait droit de faire des impressions fortes sur tous les cœurs, et je m'en aperçus. Je l'estimais beaucoup ; je pris bientôt un sentiment plus tendre, et tous mes procédés eurent incessamment la vraie couleur d'une belle passion. La facilité de mes premiers triomphes m'avait un peu gâté : lorsque j'attaquai Cydalise, je m'imaginai qu'elle tiendrait peu, et que, très honorée de la poursuite de monsieur l'inspecteur général, elle ne ferait qu'une défense convenable. Qu'on juge donc de la surprise où me jeta la réponse qu'elle fit à ma déclaration.
— Seigneur, me dit-elle, quand j'aurais la présomption de croire que vous êtes touché de quelques appas qu'on me trouve, je serais une folle d'écouter sérieusement des discours avec lesquels vous en avez trompé mille autres avant que de me les adresser. Sans l'estime, qu'est-ce que l'amour ? peu de chose ; et vous ne me connaissez pas assez pour m'estimer. Quelque, esprit, quelque pénétration qu'on ait, on n'a point en deux jours assez approfondi le caractère d'une femme pour lui rendre des soins mérités. Monsieur l'inspecteur général cherche un amusement, il a raison ; et Cydalise aussi, de

n'amuser personne. »

« J'eus beau lui jurer que je ressentais la passion la plus vraie, que mon bonheur était entre ses mains, et que son indifférence allait empoisonner le reste de ma vie.

— Jargon, me dit-elle, pur jargon ! Ou ne pensez plus à moi, ou ne me croyez pas assez étourdie pour donner dans des protestations usées. Ce que vous venez de me dire là, tout le monde le dit sans le penser, et tout le monde l'écoute sans le croire. »

« Si je n'avais eu du goût pour Cydalise, ses rigueurs m'auraient mortifié ; mais je l'aimais, elles m'affligèrent. Je partis pour la cour, son image m'y suivit ; et l'absence, loin d'amortir la passion que j'avais conçue pour elle, ne fit que l'augmenter.

Cydalise m'occupait au point que je méditai cent fois de lui sacrifier les emplois et le rang qui m'attachaient à la cour ; mais l'incertitude du succès m'arrêta toujours.

Dans l'impossibilité de voler où je l'avais laissée, je formai le projet de l'attirer où j'étais. Je profitai de la confiance dont Erguebzed m'honorait : je lui vantai le mérite et la valeur d'Ostaluk. Il fut nommé lieutenant des spahis de la garde, place qui le fixait à côté du prince ; et Ostaluk parut à la cour, et avec lui Cydalise, qui devint aussitôt la beauté du jour

— Vous avez bien fait, dit le sultan, de garder vos emplois, et d'appeler votre Cydalise à la cour ; car je vous jure, par Brama, que je vous laissais partir seul pour sa province.

— Elle fut lorgnée, considérée, obsédée, mais inutilement, continua Sélim. Je jouis seul du privilège de la voir tous les jours. Plus je la pratiquai, plus je découvris en elle de grâces et de qualités, et plus j'en devins éperdu. J'imaginai que peut-être la mémoire toute récente de mes nombreuses aventures me nuisait dans son esprit : pour l'effacer et la convaincre de la sincérité de mon amour, je me bannis de la société, et je ne vis de femmes que celles que le hasard m'offrait chez elle. Il me parut que cette conduite l'avait touchée, et qu'elle se relâchait un peu de son ancienne sévérité. Je redoublai d'attention ; je demandai de l'amour, et l'on m'accorda de l'estime. Cydalise commença à me traiter avec distinction ; j'eus part dans sa confiance : elle me consultait souvent sur les affaires de sa maison ; mais elle ne me disait pas un mot de celles de son cœur. Si je lui parlais sentiments, elle me répondait des maximes, et j'étais désolé. Cet état pénible avait duré longtemps, lorsque je résolus d'en sortir, et de savoir une bonne fois pour toutes à quoi m'en tenir.

— Et comment vous y prîtes-vous ? demanda Mirzoza.

— Madame, vous l'allez savoir », répondit Mangogul.

Et Sélim continua :

« Je vous ai dit, madame, que je voyais Cydalise tous les jours : d'abord je la vis moins souvent ; mes visites devinrent encore plus rares, enfin, je ne la vis presque plus. S'il m'arrivait de l'entretenir tête-à-tête quelquefois par hasard, je lui parlais aussi peu d'amour que si je n'en eusse jamais ressenti la moindre étincelle. Ce changement l'étonna, elle me soupçonna de quelque engagement secret ; et un jour que je lui faisais l'histoire galante de la cour :

— Sélim, me dit-elle d'un air distrait, vous ne m'apprenez rien de vous-même ; vous racontez à ravir les bonnes fortunes d'autrui, mais vous êtes fort discret sur les vôtres.

— Madame, lui répondis-je, c'est qu'apparemment je n'en ai point, ou que je crois qu'il est à propos de les taire.

— Oh ! oui, m'interrompit-elle, c'est fort à propos que vous me celez aujourd'hui des choses que toute la terre saura demain.

— À la bonne heure, madame, lui répliquai-je ; mais personne au moins ne les tiendra de moi.

— En vérité, reprit-elle, vous êtes merveilleux avec vos réserves ; et qui est-ce qui ignore que vous en voulez à la blonde Misis, à la petite Zibeline, à la brune Séphéra ?

— À qui vous voudrez encore, madame, ajoutai-je froidement.

— Vraiment, reprit-elle, je croirais volontiers que ce ne sont pas les seules : depuis deux mois qu'on ne vous voit que par grâce, vous n'êtes pas resté dans l'inaction ; et l'on va vite avec ces dames-là.

— Moi, rester dans l'inaction ! lui répondis-je ; j'en serais au désespoir. Mon cœur est fait pour aimer, et même un peu pour l'être ; et je vous avouerai même qu'il l'est ; mais ne m'en demandez pas davantage, peut-être en ai-je déjà trop dit.

— Sélim, reprit-elle sérieusement, je n'ai point de secret pour vous, et vous n'en aurez point pour moi, s'il vous plaît. Où en êtes-vous ?

— Presque à la fin du roman.

— Et avec qui ? demanda-t-elle avec empressement.

— Vous connaissez Martéza ?

— Oui, sans doute ; c'est une femme fort aimable.

— Eh bien ! après avoir tout tenté vainement pour vous plaire, je me suis retourné de ce côté-là. On me désirait depuis plus de six mois, deux entrevues m'ont aplani les approches ; une troisième achèvera mon bonheur, et ce soir Martéza m'attend à souper. Elle est d'un commerce amusant, légère, un peu caustique ; mais du reste, c'est la meilleure créature du monde. On fait mieux ses petites affaires avec ces folles-là, qu'avec des collets montés, qui...

— Mais, seigneur, interrompit Cydalise, la vue baissée, en vous faisant compliment sur votre choix, pourrait-on vous observer que Martéza n'est pas neuve, et qu'avant vous elle a compté des amants ?...

— Qu'importe, madame ? repris-je ; si Martéza m'aime sincèrement, je me regarderai comme le premier. Mais l'heure de mon rendez-vous approche, « permettez...

— Encore un mot, seigneur. Est-il bien vrai que Martéza vous aime ?

— Je le crois.

— Et vous l'aimez ? ajouta Cydalise.

— Madame, lui répondis-je, vous m'avez jeté vous-même dans les bras de Martéza ; c'est vous en dire assez. »

« J'allais sortir ; mais Cydalise me tira par mon dolman, et se retourna brusquement.
— Madame me veut-elle quelque chose ? a-t-elle quelque ordre à me donner ?
— Non, monsieur ; comment, vous voilà ? Je vous croyais déjà bien loin.
— Madame, je vais doubler le pas.
— Sélim...
— Cydalise...
— Vous partez donc ?
— Oui, madame.
— Ah ! Sélim, à qui me sacrifiez-vous ? L'estime de Cydalise ne valait-elle pas mieux que les faveurs d'une Martéza ?
— Sans doute, madame, lui répliquai-je, si je n'avais eu pour vous que de l'estime. Mais je vous aimais...
— Il n'en est rien, s'écria-t-elle avec transport ; si vous m'aviez aimée, vous auriez démêlé mes véritables sentiments ; vous auriez pressenti, vous vous seriez flatté qu'à la fin votre persévérance remporterait sur ma fierté : mais vous vous êtes lassé ; vous m'avez délaissée, et peut-être au moment... »

« A ce mot, Cydalise s'interrompit, un soupir lui échappa, et ses yeux s'humectèrent.

Parlez, madame, lui dis-je, achevez. Si, malgré les rigueurs dont vous m'avez accablé, ma tendresse durait encore, vous pourriez...
— Je ne peux rien ; et vous ne m'aimez plus, et « Martéza vous attend.
— Si Martéza m'était indifférente ; si Cydalise m'était plus chère que jamais, que feriez-vous ?
— Une folie de m'expliquer sur des suppositions.
— Cydalise, de grâce, répondez-moi comme si je ne supposais rien. Si Cydalise était toujours la femme du monde la plus aimable à mes yeux, et si je n'avais jamais eu le moindre dessein sur Martéza, encore une fois, que feriez-vous ?

— Ce que j'ai toujours fait, ingrat, me répondit enfin Cydalise. Je vous aimerais...
— Et Sélim vous adore », lui dis-je en me jetant à ses genoux, et baisant ses mains que j'arrosais de larmes de joie. »

« Cydalise fut interdite ; ce changement inespéré la troubla ; je profitai de son désordre, et notre réconciliation fut scellée par des marques de tendresse auxquelles elle n'était pas en état de se refuser.

— Et qu'en disait le bon Ostaluk ? interrompit Mangogul. Sans doute qu'il permit à sa chère moitié de traiter généreusement un homme à qui il devait une lieutenance des spahis.

— Prince, reprit Sélim, Ostaluk se piqua de gratitude tant qu'on ne m'écouta point ; mais sitôt que je fus heureux, il devint incommode, farouche, insoutenable pour moi, et brutal pour sa femme. Non content de nous troubler en personne, il nous fit observer ; nous fûmes trahis ; et Ostaluk, sûr de son prétendu déshonneur, eut l'audace de m'appeler en duel. Nous nous battîmes dans le grand parc du sérail ; je le blessai de deux coups, et le contraignis à me devoir la vie. Pendant qu'il guérissait de ses blessures, je ne quittai pas un moment sa femme ; mais le premier usage qu'il fit de sa santé fut de nous séparer et de maltraiter Cydalise. Elle me peignit toute la tristesse de sa situation ; je lui proposai de l'enlever ; elle y consentit ; et notre jaloux, de retour de la chasse où il avait accompagné le sultan, fut très étonné de se trouver veuf. Ostaluk, sans s'exhaler en plaintes inutiles contre l'auteur du rapt, médita sur-le-champ sa vengeance.

« J'avais caché Cydalise dans une maison de campagne, à deux lieues de Banza ; et de deux nuits l'une, je me dérobais de la ville pour aller à Cisare. Cependant Ostaluk mit à prix la tête de son infidèle, corrompit mes domestiques à prix d'argent, et fut introduit dans mon parc. Ce soir j'y prenais le frais avec Cydalise : nous nous étions enfoncés dans une allée sombre ; et j'allais lui prodiguer mes plus tendres caresses, lorsqu'une main invisible lui perça le sein d'un poignard à mes yeux. C'était celle du cruel Ostaluk. Le même sort me menaçait ; mais je prévins Ostaluk ; je tirai ma dague, et Cydalise fut vengée. Je me précipitai sur cette chère femme : son cœur palpitait encore ; je me hâtais de la transporter à la maison, mais elle expira avant que d'y arriver, la bouche collée sur la mienne.

« Lorsque je sentis les membres de Cydalise se refroidir entre mes bras, je poussai les cris les plus aigus ; mes gens accoururent, et m'arrachèrent de ces lieux pleins d'horreur. Je revins à Banza, et je me renfermai dans mon palais, désespéré de la mort de Cydalise, et m'accablant des plus cruels reproches. J'aimais vraiment Cydalise ; j'en étais fortement aimé ; et j'eus tout le temps de concevoir la grandeur de la perte que j'avais faite, et de la pleurer.

— Mais enfin, reprit la favorite, vous vous consolâtes ?

— Hélas ! madame, répondit Sélim, longtemps je crus que je ne m'en consolerais jamais ; et j'appris seulement alors qu'il n'y a point de douleurs éternelles.

— Qu'on ne me parle plus des hommes, dit Mirzoza ; les voilà tous. C'est-à-dire, seigneur Sélim, que cette pauvre Cydalise, dont l'histoire vient de nous attendrir, et que vous avez tant regrettée, fut bien sotte de compter sur vos serments ; et que, tandis que Brama la châtie peut-être rigoureusement de sa crédulité, vous passez assez doucement vos instants entre les bras d'une autre.

— Eh ! madame, reprit le sultan, apaisez-vous. Sélim aime encore. Cydalise sera vengée.

— Seigneur, répondit Sélim, Votre Hautesse pourrait être mal informée : n'ai-je pas dû comprendre pour toute ma vie, par mon aventure avec Cydalise, qu'un amour véritable nuisait trop au bonheur ?

— Sans doute, interrompit Mirzoza ; et malgré vos réflexions, je gage qu'à l'heure qu'il est, vous en aimez une autre plus ardemment encore...

— Pour plus ardemment, reprit Sélim, je n'oserais l'assurer :

depuis cinq ans je suis attaché, mais attaché de cœur, à une femme charmante : ce n'est pas sans peine que je m'en suis fait écouter ; car on avait toujours été d'une vertu !...

— De la vertu ! s'écria le sultan ; courage, mon ami, je suis enchanté quand on m'entretient de la vertu d'une femme de cour.

— Sélim, dit la favorite, continuez votre histoire.

— Et croyez toujours en bon musulman dans la fidélité de votre maîtresse, ajouta le sultan.

— Ah ! prince, reprit Sélim avec vivacité, Fulvia m'est fidèle.

— Fidèle ou non, répondit Mangogul, qu'importe à votre bonheur ? vous le croyez, cela suffit.

— C'est donc Fulvia que vous aimez à présent ? dit la favorite.

— Oui, madame, répondit Sélim.

— Tant pis, mon cher, ajouta Mangogul : je n'ai point du tout foi en elle ; elle est perpétuellement obsédée de bramines, et ce sont de terribles gens que ces bramines ; et puis je lui trouve de petits yeux à la chinoise, avec un nez retroussé, et l'air tout à fait tourné du côté du plaisir : entre nous, qu'en est-il ?

— Prince, répondit Sélim, je crois qu'elle ne le hait pas.

— Eh bien ! répliqua le sultan, tout cède à cet attrait ; c'est ce que vous devez savoir mieux que moi, ou vous n'êtes...

— Vous vous trompez, reprit la favorite ; on peut avoir tout l'esprit du monde, et ne point savoir cela : je gage...

— Toujours des gageures, interrompit Mangogul ; cela m'impatiente : ces femmes sont incorrigibles : eh ! madame, gagnez votre château, et vous gagerez ensuite.

— Madame, dit Sélim à la favorite, Fulvia ne pourrait-elle pas vous être bonne à quelque chose ?

— Et comme quoi ? demanda Mirzoza.

— Je me suis aperçu, répondit le courtisan, que les bijoux n'ont presque jamais parlé qu'en présence de Sa Hautesse ; et je me suis imaginé que le génie Cucufa, qui a opéré tant de choses surprenantes en faveur de Kanoglou, grand-père du sultan, pourrait bien avoir accordé à son petit-fils le don de les faire parler. Mais le bijou de Fulvia n'a point encore ouvert la bouche, que je sache ; n'y aurait-il pas moyen de l'interroger, et de vous procurer le château, et de me convaincre de la fidélité de ma maîtresse ?

— Sans doute, reprit le sultan ; qu'en pensez-vous, madame ?

— Oh ! je ne me mêle point d'une affaire si scabreuse : Sélim est trop de mes amis pour l'exposer, à l'appât d'un château, à perdre le bonheur de sa vie.

— Mais vous n'y pensez pas, reprit le sultan ; Fulvia est sage, Sélim en mettrait sa main au feu ; il l'a dit, il n'est pas homme à s'en dédire.

— Non, prince, répondit Sélim ; et si Votre Hautesse me donne rendez-vous chez Fulvia, j'y serai certainement le premier.

— Prenez garde à ce que vous proposez, reprit la favorite ; Sélim, mon pauvre Sélim, vous allez bien vite ; et tout aimable que vous soyez...

— Rassurez-vous, madame ; puisque le sort en est jeté, j'entendrai Fulvia ; le pis qui puisse en arriver, c'est de perdre une infidèle.

— Et de mourir de regret de l'avoir perdue, ajouta la sultane.

— Quel conte ! dit Mangogul ; vous croyez donc que Sélim est devenu bien imbécile ? Il a perdu la tendre Cydalise, et le voilà tout plein de vie ; et vous prétendez que, s'il venait à reconnaître Fulvia pour une infidèle, il en mourrait ? Je vous le garantis éternel, s'il n'est jamais assommé que de ce coup-là. Sélim, à demain chez Fulvia, entendez-vous ? on vous dira mon heure. »

Sélim s'inclina, Mangogul sortit ; la favorite continua de représenter au vieux courtisan qu'il jouait gros jeu ; Sélim la remercia des marques de sa bienveillance, et tous se retirèrent dans l'attente du grand événement.

Chapitre XLVIX

VINGT-SEPTIÈME ESSAI DE L'ANNEAU – FULVIA

L'auteur africain, qui avait promis quelque part le caractère de Sélim, s'est avisé de le placer ici ; j'estime trop les ouvrages de l'antiquité pour assurer qu'il eût été mieux ailleurs. Il y a, dit-il, quelques hommes à qui leur mérite ouvre toutes les portes, qui, par les grâces de leur figure et la légèreté de leur esprit, sont dans leur jeunesse la coqueluche de bien des femmes, et dont la vieillesse est respectée, parce qu'ayant su concilier leurs devoirs avec leurs plaisirs, ils ont illustré le milieu de leur vie par des services rendus à l'État : en un mot, des hommes qui font en tout temps les délices des sociétés. Tel était Sélim : quoiqu'il eût atteint soixante ans, et qu'il fût entré de bonne heure dans la carrière des plaisirs, une constitution robuste et des ménagements l'avaient préservé de la caducité. Un air noble, des manières aisées, un jargon séduisant, une grande connaissance du monde fondée sur une longue expérience, l'habitude de traiter avec le sexe, le faisaient considérer à la cour comme l'homme auquel tout le monde eût aimé ressembler ; mais qu'on eût imité sans succès, faute de tenir de la nature les talents et le génie qui l'avaient distingué.

Je demande à présent, continue l'auteur africain, si cet homme avait raison de s'inquiéter sur le compte de sa maîtresse, et de passer la nuit comme un fou ? car le fait est que mille réflexions lui roulèrent dans la tête, et que plus il aimait Fulvia, plus il craignait de la trouver infidèle. « Dans quel labyrinthe me suis-je engagé ! se disait-il à lui-même ; et à quel propos ? Que m'en reviendra-t-il, si la favorite gagne un château ? et quel sort pour moi si elle le perd ?... Mais pourquoi le perdrait-elle ? Ne suis-je pas certain de la tendresse de Fulvia ?... Ah ! je l'occupe tout entière, et si son bijou parle, ce ne sera que de moi... Mais si le traître !... non, non, je l'aurais pressenti ; j'aurais remarqué des inégalités ; depuis cinq ans on

Fulvia's bijou won't talk

se serait démenti... Cependant l'épreuve est périlleuse... mais il n'est plus temps de reculer ; j'ai porté le vase à ma bouche : il faut achever, dussé-je répandre toute la liqueur... Peut-être aussi que l'oracle me sera favorable... Hélas ! qu'en puis-je attendre ? Pourquoi d'autres auraient-ils attaqué sans succès une vertu dont j'ai triomphé ?... Ah ! chère Fulvia, je t'offense par ces soupçons, et j'oublie ce qu'il m'en a coûté pour te vaincre : un rayon d'espoir me luit, et je me flatte que ton bijou s'obstinera à garder le silence... »

Sélim était dans cette agitation de pensée, lorsqu'on lui rendit, de la part du sultan, un billet qui ne contenait que ces mots : *Ce soir, à onze heures et demie précises, vous serez où vous savez.* Sélim prit la plume, et écrivit en tremblant : *Prince, j'obéirai.*

Sélim passa le reste du jour, comme la nuit qui l'avait précédé, flottant entre l'espérance et la crainte. Rien n'est plus vrai que les amants ont de l'instinct ; si leur maîtresse est infidèle, ils sont saisis d'un frémissement assez semblable à celui que les animaux éprouvent à l'approche du mauvais temps : l'amant soupçonneux est un chat à qui l'oreille démange dans un temps nébuleux : les animaux et les amants ont encore ceci de commun, que les animaux domestiques perdent cet instinct, et qu'il s'émousse dans les amants lorsqu'ils sont devenus époux.

Les heures parurent bien lentes à Sélim ; il regarda cent fois à sa pendule : enfin, le moment fatal arriva, et le courtisan se rendit chez sa maîtresse : il était tard ; mais comme on l'introduisait à toute heure, l'appartement de Fulvia lui fut ouvert...

« Je ne vous attendais plus, lui dit-elle, et je me suis mise au lit avec une migraine que je dois aux impatiences où vous me jetez...

— Madame, lui répondit Sélim, des devoirs de bienséance, et même des affaires, m'ont comme enchaîné chez le sultan ; et depuis que je me suis séparé de vous, je n'ai pas disposé d'un moment.

— Et moi, répliqua Fulvia, j'en ai été d'une humeur affreuse. Comment, deux jours entiers sans vous apercevoir !...
— Vous savez, reprit Sélim, à quoi je suis obligé par mon rang, et quelque assurée que paraisse la faveur des grands...
— Comment, interrompit Fulvia, le sultan vous aurait-il marqué de la froideur ? aurait-on oublié vos services ? Sélim, vous êtes distrait ; vous ne me répondez pas... Ah ! si vous m'aimez, qu'importe à votre bonheur le bon ou le mauvais accueil du prince ? Ce n'est pas dans ses yeux, c'est dans les miens, c'est entre mes bras que vous le chercherez. »

Sélim écoutait attentivement ce discours, examinant le visage de sa maîtresse, et cherchait dans ses mouvements ce caractère de vérité auquel on ne se trompe point, et qu'il est impossible de bien simuler : quand je dis impossible, c'est à nous autres hommes ; car Fulvia se composait si parfaitement, que Sélim commençait à se reprocher de l'avoir soupçonnée. Lorsque Mangogul arriva, Fulvia se tut aussitôt ; Sélim frémit, et le bijou dit : « Madame a beau faire des pèlerinages à toutes les Pagodes du Congo, elle n'aura point d'enfants, et pour causes que je sais bien, moi qui suis son bijou... »

À ce début, Sélim se couvrit d'une pâleur mortelle ; il voulut se lever, mais ses genoux tremblants se dérobèrent sous lui, et il retomba dans son fauteuil. Le sultan, invisible, s'approcha, et lui dit à l'oreille :

« En avez-vous assez ?...
— Ah ! prince, s'écria douloureusement Sélim, pourquoi n'ai-je pas écouté les avis de Mirzoza et les pressentiments de mon cœur ? Mon bonheur vient de s'éclipser ; j'ai tout perdu : je me meurs si son bijou se tait ; s'il parle, je suis mort. Qu'il parle pourtant. Je m'attends à des lumières affreuses ; mais je les redoute moins que je ne hais l'état perplexe où je suis. »

Cependant le premier mouvement de Fulvia avait été de porter la main sur son bijou et de lui fermer la bouche : ce qu'il avait dit jusque-là supportait une interprétation favorable ; mais elle appréhendait pour le reste. Lorsqu'elle commençait à se rassurer sur le silence qu'il gardait, le sultan, pressé par Sélim, retourna sa bague : Fulvia fut contrainte d'écarter les doigts, et le bijou continua :

« Je ne prendrai jamais, on me fatigue trop. Les visites trop assidues de tant de saints personnages nuiront toujours à mes intentions, et madame n'aura point d'enfants. Si je n'étais fêté que par Sélim, je deviendrais peut-être fécond ; mais je mène une vie de forçat. Aujourd'hui c'est l'un, demain c'est l'autre, et toujours à la rame. Le dernier homme que voit Fulvia, c'est toujours celui qu'elle croit destiné par le ciel à perpétuer sa race. Personne n'est à l'abri de cette fantaisie. La condition fatigante, que celle du bijou d'une femme titrée qui n'a point d'héritiers ! Depuis dix ans je suis abandonné à des gens qui n'étaient pas faits seulement pour lever l'œil sur moi. »

Mangogul crut en cet endroit que Sélim en avait assez entendu pour être guéri de sa perplexité : il lui fit grâce du reste, retourna sa bague, et sortit, abandonnant Fulvia aux reproches de son amant.

D'abord le malheureux Sélim avait été pétrifié ; mais la fureur lui rendant les forces et la parole, il lança un regard méprisant sur son infidèle, et lui dit :

« Ingrate, perfide, si je vous aimais encore, je me vengerais ; mais indigne de ma tendresse, vous l'êtes aussi de mon courroux. Un homme comme moi ! Sélim compromis avec un tas de faquins...

— En vérité, l'interrompit brusquement Fulvia du ton d'une courtisane démasquée, vous avez bonne grâce de vous formaliser d'une bagatelle ; au lieu de me savoir gré de vous avoir dérobé des choses dont la connaissance vous eût désespéré dans le temps, vous prenez feu, vous vous emportez comme si l'on vous avait offensé. Et quelle raison, monsieur, auriez-vous de vous préférer à Séton, à Rikel, à Molli, à Tachmas, aux cavaliers les plus aimables de la cour, à qui l'on ne se donne seulement pas la peine de déguiser les passades qu'on leur fait ? Un homme comme vous, Sélim, est un homme épuisé, caduc, hors d'état depuis une éternité de fixer seul une jolie femme qui n'est pas une sotte. Convenez donc que votre présomption est déplacée, et votre courroux impertinent. Au reste, vous pouvez, si vous êtes mécontent, laisser le champ libre à d'autres qui l'occuperont mieux que vous.

— Aussi fais-je, et de très grand cœur », répliqua Sélim outré d'indignation ; et il sortit, bien résolu de ne point revoir cette femme.

Il entra dans son hôtel, et s'y renferma quelques jours, moins chagrin, dans le fond, de la perte qu'il avait faite que de sa longue erreur. Ce n'était pas son cœur, c'était sa vanité qui souffrait. Il redoutait les reproches de la favorite et les plaisanteries du sultan, et il évitait l'une et l'autre.

Il s'était presque déterminé à renoncer à la cour, à s'enfoncer dans la solitude et à achever en philosophe une vie dont il avait perdu la plus grande partie sous l'habit d'un courtisan, lorsque Mirzoza, qui devinait ses pensées, entreprit de le consoler, le manda au sérail et lui tint ce discours : « Eh bien ! mon pauvre Sélim, vous m'abandonnez donc ? Ce n'est pas Fulvia, c'est moi que vous punissez de ses infidélités. Nous sommes tous fâchés de votre aventure : nous convenons qu'elle est chagrinante ; mais si vous faites quelque cas de la protection du sultan et de mon estime, vous continuerez d'animer notre société, et vous oublierez cette Fulvia, qui ne fut jamais digne d'un homme tel que vous.

Madame, lui répondit Sélim, l'âge m'avertit qu'il est temps de me retirer. J'ai vu suffisamment le monde ; je me serais vanté il y a quatre jours de le connaître ; mais le trait de Fulvia me confond.

Les femmes sont indéfinissables, et toutes me seraient odieuses, si vous n'étiez comprise dans un sexe dont vous avez tous les charmes. Fasse Brama que vous n'en preniez jamais les travers ! Adieu, madame ; je vais dans la solitude m'occuper de réflexions utiles. Le souvenir des bontés dont vous et le sultan m'avez honoré, m'y suivra ; et si mon cœur y forme encore

doesn't understand women

quelques vœux, ce sera pour votre bonheur et sa gloire.

—Sélim, lui répondit la favorite, vous prenez conseil du dépit. Vous craignez un ridicule que vous éviterez moins en vous éloignant de la cour, qu'en y demeurant. Ayez de la philosophie tant qu'il vous plaira ; mais ce n'est pas ici le moment d'en faire usage : on ne verra dans votre retraite qu'humeur et que chagrin. Vous n'êtes point fait pour vous confiner dans un désert ; et le sultan... »

L'arrivée de Mangogul interrompit la favorite ; elle lui communiqua le dessein de Sélim.

« Il est donc fou ! dit le prince : est-ce que les mauvais procédés de cette petite Fulvia lui ont tourné la tête ? »

Puis s'adressant à Sélim : « Il n'en sera pas ainsi, notre ami ; vous demeurerez, continua-t-il : j'ai besoin de vos conseils, et madame, de votre société. Le bien de mon empire et la satisfaction de Mirzoza l'exigent ; et cela sera. »

Sélim, touché des sentiments de Mangogul et de la favorite, s'inclina respectueusement, demeura à la cour, et fut aimé, chéri, recherché et distingué, par sa faveur auprès du sultan et de Mirzoza

treated like
a ~~fore~~ different
species to men
altogether!

Chapitre L

ÉVÉNEMENTS PRODIGIEUX DU RÈGNE DE KANOGLOU – GRAND-PÈRE DE MANGOGUL

La favorite était fort jeune. Née sur la fin du règne d'Ergueb-zed elle n'avait presque aucune idée de la cour de Kanoglou. Un mot échappé par hasard lui avait donné de la curiosité pour les prodiges que le génie Cucufa avait opérés en faveur de ce bon prince ; et personne ne pouvait l'en instruire plus fidèlement que Sélim : il en avait été témoin, y avait eu part, et possédait à fond l'histoire de ces temps. Un jour qu'il était seul avec elle, Mirzoza le mit sur ce chapitre, et lui demanda si le règne de Kanoglou, dont on faisait tant de bruit, avait vu des merveilles plus étonnantes que celles qui fixaient aujourd'hui l'attention du Congo.

« Je ne suis point intéressé, madame, lui répondit Sélim, à préférer le vieux temps à celui du prince régnant. Il se passe de grandes choses ; mais ce n'est peut-être que l'essai de celles qui continueront d'illustrer Mangogul ; et ma carrière est trop avancée pour que je puisse me flatter de les voir.

— Vous vous trompez, lui répondit Mirzoza ; vous avez acquis et vous conserverez l'épithète d'éternel. Mais dites-moi ce que vous avez vu.

— Madame, continua Sélim, le règne de Kanoglou a été long, et nos poètes l'ont surnommé l'âge d'or. Ce titre lui convient à plusieurs égards. Il a été signalé par des succès et des victoires ; mais les avantages ont été mêlés de revers, qui montrent que cet or était quelquefois de mauvais aloi. La cour, qui donne le ton au reste de l'empire, était fort galante. Le sultan avait des maîtresses ; les seigneurs se piquèrent de l'imiter ; et le peuple prit insensiblement le même air. La magnificence dans les habits, les meubles, les équipages, fut excessive. On fit un art de la délicatesse dans les repas. On jouait gros jeu ; on s'endettait, on ne payait point, et l'on dépensait tant qu'on avait de l'argent et du crédit. On publia contre le luxe de très belles ordonnances qui ne furent point exécutées. On prit des villes, on conquit des provinces, on commença des palais et l'on épuisa l'empire d'hommes et d'argent. Les peuples chantaient victoire et se mouraient de faim. Les grands avaient des châteaux superbes et des jardins délicieux, et leurs terres étaient en friche. Cent vaisseaux de haut bord nous avaient rendus les maîtres de la mer et la terreur de nos voisins ; mais une bonne tête calcula juste ce qu'il en coûtait à l'État pour l'entretien de ces carcasses ; et malgré les représentations des autres ministres, il fut ordonné qu'on en ferait un feu de joie. Le trésor royal était un grand coffre vide, que cette misérable économie ne remplit point ; et l'or et l'argent devinrent si rares, que les fabriques de monnaies furent un beau matin converties en moulins à papier. Pour comble de bonheur, Kanoglou se laissa persuader par des fanatiques, qu'il était de la dernière importance que tous ses sujets lui ressemblassent, et qu'ils eussent les yeux bleus, le nez camard, et la moustache rouge comme lui, et il en chassa du Congo plus de deux millions [79] qui n'avaient point cet uniforme, ou qui refusèrent de le contrefaire.

« Voilà, madame, cet âge d'or ; voilà ce bon vieux temps que vous entendez regretter tous les jours ; mais laissez dire les radoteurs ; et croyez que nous avons nos Turenne et nos Colbert ; que le présent, à tout prendre, vaut mieux que le passé ; et que, si les peuples sont plus heureux sous Mangogul qu'ils ne l'étaient sous Kanoglou, le règne de Sa Hautesse est plus illustre que celui de son aïeul, la félicité des sujets étant l'exacte mesure de la grandeur des princes. Mais revenons aux singularités de celui de Kanoglou.

« Je commencerai par l'origine des pantins [80].

---

79. Allusion à la révocation de l'édit de Nantes (1685), dont la responsabilité est souvent imputée à Mme de Maintenon, la « vieille fée décrépite ».

80. Article « Pantins » de l'*Encyclopédie* : « Petites figures peintes sur du carton, qui par le moyen de petits fils que l'on tire, font toutes sortes de contorsions propres à amuser les enfants » – et les personnes d'un âge mûr. Voir aussi « Marionnette », spectacle satirique et politique fort goûté du public. Allégorie du lien, ou plutôt de l'aliénation sociale et politique, et figure, plus profondément, du déterminisme qui régit l'action humaine. Même idée dans le final du *Neveu de Rameau*, et la « pantomime des gueux ».

— Sélim, je vous en dispense : je sais cet événement par cœur, lui dit la favorite ; passez à d'autres choses.
— Madame, lui demanda le courtisan, pourrait-on vous demander d'où vous le tenez ?
— Mais, répondit Mirzoza, cela est écrit.
— Oui, madame, répliqua Sélim, et par des gens qui n'y ont rien entendu. J'entre en mauvaise humeur quand je vois de petits particuliers obscurs, qui n'ont jamais approché des princes qu'à la faveur d'une entrée dans la capitale, ou de quelque autre cérémonie publique, se mêler d'en faire l'histoire.

« Madame, continua Sélim, nous avions passé la nuit à un bal masqué dans les grands salons du sérail, lorsque le génie Cucufa, protecteur déclaré de la famille régnante, nous apparut, et nous ordonna d'aller coucher et de dormir vingt-quatre heures de suite : on obéit ; et, ce terme expiré, le sérail se trouva transformé en une vaste et magnifique galerie de pantins ; on voyait, à l'un des bouts, Kanoglou sur son trône ; une longue ficelle usée lui descendait entre les jambes ; une vieille fée décrépite l'agitait sans cesse, et d'un coup de poignet mettait en mouvement une multitude innombrable de pantins subalternes, auxquels répondaient des fils imperceptibles et déliés qui partaient des doigts et des orteils de Kanoglou : elle tirait, et à l'instant le sénéchal dressait et scellait des édits ruineux, ou prononçait à la louange de la fée un éloge que son secrétaire lui soufflait ; le ministre de la guerre envoyait à l'armée des allumettes ; le surintendant des finances bâtissait des maisons et laissait mourir de faim les soldats ; ainsi des autres pantins.
Si quelques pantins exécutaient leurs mouvements de mauvaise grâce, ne levaient pas assez les bras, ne fléchissaient pas assez les jambes, la fée rompait leurs attaches d'un coup d'arrière-main, et ils devenaient paralytiques. Je me souviendrai toujours de deux émirs très vaillants qu'elle prit en guignon, et qui demeurèrent perclus des bras pendant toute leur

vie. Les fils qui se distribuaient de toutes les parties du corps de Kanoglou allaient se rendre à des distances immenses, et faisaient remuer ou se reposer, du fond du Congo jusque sur les confins du Monoémugi, des armées de pantins : d'un coup de ficelle une ville s'assiégeait, on ouvrait la tranchée, l'on battait en brèche, l'ennemi se préparait à capituler ; mais il survenait un second coup de ficelle, et le feu de l'artillerie se ralentissait, les attaques ne se conduisaient plus avec la même vigueur, on arrivait au secours de la place, la division s'allumait entre nos généraux ; nous étions attaqués, surpris et battus à plate couture.

Ces mauvaises nouvelles n'attristaient jamais Kanoglou ; il ne les apprenait que quand ses sujets les avaient oubliées ; et la fée ne les lui laissait annoncer que par des pantins qui portaient tous un fil à l'extrémité de la langue, et qui ne disaient que ce qu'il lui plaisait, sous peine de devenir muets.

Une autre fois nous fûmes tous charmés, nous autres jeunes fous, d'une aventure qui scandalisa amèrement les dévots : les femmes se mirent à faire des culbutes, et à marcher la tête en bas, les pieds en l'air et les mains dans leurs mules.

Cela dérouta d'abord toutes les connaissances, et il fallut étudier les nouvelles physionomies ; on en négligea beaucoup, qu'on cessa de trouver aimables lorsqu'elles se montrèrent ; et d'autres, dont on n'avait jamais rien dit, gagnèrent infiniment à se faire connaître. Les jupons et les robes tombant sur les yeux, on risquait à s'égarer ou à faire de faux pas ; c'est pourquoi on raccourcit les uns, et l'on ouvrit les autres : telle est l'origine des jupons courts et des robes ouvertes. Quand les femmes se retournèrent sur leurs pieds, elles conservèrent cette partie de leur habillement comme elle était ; et si l'on considère bien les jupons de nos dames, on s'apercevra facilement qu'ils n'ont point été faits pour être portés comme on les porte aujourd'hui.

Toute mode qui n'aura qu'un but passera promptement ; pour durer, il faut qu'elle soit au moins à deux fins. On trouva dans

le même temps le secret de soutenir la gorge en dessus, et l'on s'en sert aujourd'hui pour la soutenir en dessous.
Les dévotes, surprises de se trouver la tête en bas et les jambes en l'air, se couvrirent d'abord avec leurs mains ; mais cette attention leur faisait perdre l'équilibre et trébucher lourdement. De l'avis des bramines, elles nouèrent dans la suite leurs jupons sur leurs jambes avec de petits rubans noirs ; les femmes du monde trouvèrent cet expédient ridicule, et publièrent que cela gênait la respiration et donnait des vapeurs ; ce prodige eut des suites heureuses ; il occasionna beaucoup de mariages, ou de ce qui y ressemble, et une foule de conversions ; toutes celles qui avaient les fesses laides se jetèrent à corps perdu dans la dévotion et prirent des petits rubans noirs : quatre missions de bramines n'en auraient pas tant fait.
Nous sortions à peine de cette épreuve que nous en subîmes une autre moins générale, mais non moins instructive. Les jeunes filles, depuis l'âge de treize ans jusqu'à dix-huit, dix-neuf, vingt et par-delà, se levèrent un beau matin le doigt du milieu pris, devinez où, madame ? dit Sélim à la favorite. Ce n'était ni dans la bouche, ni dans l'oreille, ni à la turque : on soupçonna leur maladie, et l'on courut au remède. C'est depuis ce temps que nous sommes dans l'usage de marier des enfants à qui l'on devrait donner des poupées.
Autre bénédiction : la cour de Kanoglou abondait en petits-maîtres ; et j'avais l'honneur d'en être. Un jour que je les entretenais des jeunes seigneurs français, je m'aperçus que nos épaules s'élevaient et devenaient plus hautes que nos têtes ; mais ce ne fut pas tout : sur-le-champ nous nous mîmes à pirouetter sur un talon.

— Et qu'y avait-il de rare en cela ? demanda la favorite.

— Rien, madame, lui répondit Sélim, sinon que la première métamorphose est l'origine des gros dos, si fort à la mode dans votre enfance ; et la seconde, celle des persifleurs, dont le règne n'est pas encore passé. On commençait alors, comme aujourd'hui, à quelqu'un un discours, qu'on allait en pirouettant continuer à un autre et finir à un troisième, pour qui il devenait moitié obscur, moitié impertinent.

Une autre fois, nous nous trouvâmes tous la vue basse ; il fallut recourir à Bion : le coquin nous fit des lorgnettes, qu'il nous vendait dix sequins, et dont nous continuâmes de nous servir, même après que nous eûmes recouvré la vue. De là viennent, madame, les lorgnettes d'opéra.

Je ne sais ce que les femmes galantes firent, à peu près dans ce temps, à Cucufa ; mais il se vengea d'elles cruellement. À la fin d'une année, dont elles avaient passé les nuits au bal, à table et au jeu, et les jours dans leurs équipages ou entre les bras de leurs amants, elles furent tout étonnées de se trouver laides : l'une était noire comme une taupe, l'autre couperosée, celle-ci pâle et maigre, celle-là jaunâtre et ridée : il fallut pallier ce funeste enchantement ; et nos chimistes découvrirent le blanc, le rouge, les pommades, les eaux, les mouchoirs de Vénus, le lait virginal, les mouches et mille autres secrets dont elles usèrent pour cesser d'être laides et devenir hideuses. Cucufa les tenait sous cette malédiction, lorsque Erguebzed, qui aimait les belles personnes, intercéda pour elles : le génie fit ce qu'il put ; mais le charme avait été si puissant, qu'il ne put le lever qu'imparfaitement ; et les femmes de cour restèrent telles que vous les voyez encore.

— En fut-il de même des hommes ? demanda Mirzoza.

— Non, madame, répondit Sélim ; ils durèrent les uns plus, les autres moins : les épaules hautes s'affaissèrent peu à peu ; on se redressa ; et de crainte de passer pour gros dos, on porta la tête au vent, et l'on minauda ; on continua de pirouetter, et l'on pirouette encore aujourd'hui ; entamez une conversation sérieuse ou sensée en présence d'un jeune seigneur du bel air, et, zest, vous le verrez s'écarter de vous en faisant le moulinet, pour aller marmotter une parodie à quelqu'un qui lui demande des nouvelles de la guerre ou de sa santé, ou lui chuchoter à l'oreille qu'il a soupé la veille avec la Rabon ; que c'est une fille adorable ; qu'il paraît un roman nouveau ; qu'il en a lu quelques pages, que c'est du beau, mais du grand beau : et puis, zest, des pirouettes vers une femme à qui il demande si elle a vu le nouvel opéra, et à qui il répond que la Dangeville a fait à ravir. »

Mirzoza trouva ces ridicules assez plaisants, et demanda à Sélim s'il les avait eus.

« Comment ! madame, reprit le vieux courtisan, était-il permis de ne les pas avoir, sans passer pour un homme de l'autre monde ? Je fis le gros dos, je me redressai, je minaudai, je lorgnai, je pirouettai, je persiflai comme un autre ; et tous les efforts de mon jugement se réduisirent à prendre ces travers des premiers, et à n'être pas des derniers à m'en défaire. »

Sélim en était là, lorsque Mangogul parut.

L'auteur africain ne nous apprend ni ce qu'il était devenu, ni ce qui l'avait occupé pendant le chapitre précédent : apparemment qu'il est permis aux princes du Congo de faire des actions indifférentes, de dire quelquefois des misères et de ressembler aux autres hommes, dont une grande partie de la vie se consume à des riens, ou à des choses qui ne méritent pas d'être sues.

Chapitre LI

VINGT-HUITIÈME ESSAI DE L'ANNEAU OLYMPIA

« Madame, réjouissez-vous, dit Mangogul en entrant chez la favorite. Je vous apporte une nouvelle agréable. Les bijoux sont de petits fous qui ne savent ce qu'ils disent. La bague de Cucufa peut les faire parler, mais non leur arracher la vérité.

— Et comment Votre Hautesse les a-t-elle surpris en mensonge ? demanda la favorite.

— Vous l'allez savoir, répondit le sultan. Sélim vous avait promis toutes ses aventures ; et vous ne doutez point qu'il ne vous ait tenu parole. Eh bien ! je viens de consulter un bijou qui l'accuse d'une méchanceté qu'il ne vous a pas confessée, qu'assurément il n'a point eue, et qui même n'est pas de son caractère. Tyranniser une jolie femme, la mettre à contribution sous peine d'exécution militaire, reconnaissez-vous là Sélim ?

— Eh ! pourquoi non, seigneur ? répliqua la favorite. Il n'y a point de malice dont Sélim n'ait été capable ; et s'il a tu l'aventure que vous avez découverte, c'est peut-être qu'il s'est réconcilié avec ce bijou, qu'ils sont bien ensemble, et qu'il a cru pouvoir me dérober une peccadille, sans manquer à sa promesse.

— La fausseté perpétuelle de vos conjectures, lui répondit Mangogul, aurait dû vous guérir de la maladie d'en faire. Ce n'est point du tout ce que vous imaginez ; c'est une extravagance de la première jeunesse de Sélim. Il s'agit d'une de ces femmes dont on tire parti dans la minute, et qu'on ne conserve point.

— Madame, dit Sélim à la favorite, j'ai beau m'examiner, je ne me rappelle plus rien, et je me sens à présent la conscience tout à fait pure.

— Olympia, dit Mangogul...

— Ah ! prince, interrompit Sélim, je sais ce que c'est : cette historiette est si vieille, qu'il n'est pas étonnant qu'elle me soit échappée.

— Olympia, reprit Mangogul, femme du premier caissier du Hasna, s'était coiffée d'un jeune officier, capitaine dans le régiment de Sélim. Un matin, son amant vint tout éperdu lui annoncer les ordres donnés à tous les militaires de partir, et de joindre leurs corps. Mon aïeul Kanoglou avait résolu cette année d'ouvrir la campagne de bonne heure, et un projet admirable qu'il avait formé n'échoua que par la publicité des ordres. Les politiques en frondèrent, les femmes en maudirent : chacun avait ses raisons. Je vous ai dit celles d'Olympia. Cette femme prit le parti de voir Sélim, et d'empêcher, s'il était possible, le départ de Gabalis : c'était le nom de son amant. Sélim passait déjà pour un homme dangereux. Olympia crut qu'il convenait de se faire escorter ; et deux de ses amies, femmes aussi jolies qu'elle, s'offrirent à l'accompagner. Sélim était dans son hôtel lorsqu'elles arrivèrent. Il reçut Olympia, car elle parut seule, avec cette politesse aisée que vous lui connaissez, et s'informa de ce qui lui attirait une si belle visite.

— Monsieur, lui dit Olympia, je m'intéresse pour Gabalis ; il a des affaires importantes qui rendent sa présence nécessaire à Banza, et je viens vous demander un congé de semestre.

— Un congé de semestre, madame ? Vous n'y pensez pas, lui répondit Sélim ; les ordres du sultan sont précis : je suis au désespoir de ne pouvoir me faire auprès de vous un mérite d'une grâce qui me perdrait infailliblement. Nouvelles instances de la part d'Olympia : nouveaux refus de la part de Sélim.

— Le vizir m'a promis que je serais compris dans la promotion prochaine. Pouvez-vous exiger, madame, que je me noie pour vous obliger ?

— Eh non, monsieur, vous ne vous noierez point, et vous m'obligerez.

which bijou talks in this chapter?!

— Madame, cela n'est pas possible ; mais si vous voyiez le vizir.
— Ah ! monsieur, à qui me renvoyez-vous là ? Cet homme n'a jamais rien fait pour les dames.
— J'ai beau rêver, car je serais comblé de vous rendre service, et je n'y vois plus qu'un moyen.
— Et quel est-il ? demanda vivement Olympia.
— Votre dessein, répondit Sélim, serait de rendre Gabalis heureux pour six mois ; mais, madame, ne pourriez-vous pas disposer d'un quart d'heure des plaisirs que vous lui destinez ? »

« Olympia le comprit à merveille, rougit et bégaya, et finit par se récrier sur la dureté de la proposition [81].
— N'en parlons plus, madame, reprit le colonel d'un air froid, Gabalis partira ; il faut que le service du prince se fasse. J'aurais pu prendre sur moi quelque chose, mais vous ne vous prêtez à rien. Au moins, madame, si Gabalis part, c'est vous qui le voulez.
— Moi ! s'écria vivement Olympia ; ah, monsieur ! expédiez promptement sa patente, et qu'il reste. » Les préliminaires essentiels du traité furent ratifiés sur un sofa, et la dame croyait pour le coup tenir Gabalis, lorsque le traître que vous voyez s'avisa, comme par réminiscence, de lui demander ce que c'était que les deux dames qui l'avaient accompagnée, et qu'elle avait laissées dans l'appartement voisin.
— Ce sont deux de mes intimes, répondit Olympia.
— Et de Gabalis aussi, ajouta Sélim ; il n'en faut pas douter. Cela supposé, je ne crois pas qu'elles refusent d'acquitter chacune un tiers des droits du traité. Oui, cela me paraît juste ; je vous laisse, madame, le soin de les y disposer.
— En vérité, monsieur, lui répondit Olympia, vous êtes étrange. Je vous proteste que ces dames n'ont nulle prétention à Gabalis ; mais pour les tirer et sortir moi-même d'embarras,

81. « Un petit mal pour un grand bien », thème de la femme vertueuse qui cède à son suborneur pour sauver son amour, qu'on retrouvera chez Voltaire, dans *L'Ingénu* (Mlle de Saint-Yves en meurt), et dans *Cosi-Sancta*, emprunté à Pierre Bayle, article « Acindynus » du *Dictionnaire historique et critique*.

si vous me trouvez bonne, je tâcherai d'acquitter la lettre de change que vous tirez sur elles. » Sélim accepta l'offre. Olympia fit honneur à sa parole ; et voilà, madame, ce que Sélim aurait dû vous apprendre.

— Je lui pardonne, dit la favorite ; Olympia n'était pas assez bonne à connaître, pour que je lui fasse un procès de l'avoir oubliée. Je ne sais où vous allez déterrer ces femmes-là : en vérité, prince, vous avez toute la conduite d'un homme qui n'a nulle envie de perdre un château.

— Madame, il me semble que vous avez bien changé d'avis depuis quelques jours, lui répondit Mangogul : faites-moi la grâce de vous rappeler quel est le premier essai de ma bague que je vous proposai ; et vous verrez qu'il n'a pas dépendu de moi de perdre plus tôt.

— Oui, reprit la sultane, je sais que vous m'avez juré que je serais exceptée du nombre des bijoux parlants, et que depuis ce temps vous ne vous êtes adressé qu'à des femmes décriées ; à une Aminte, une Zobéide, une Thélis, une Zulique, dont la réputation était presque décidée.

— Je conviens, dit Mangogul, qu'il eût été ridicule de compter sur ces bijoux : mais, faute d'autres, il a bien fallu s'en tenir à ceux-là. Je vous l'ai déjà dit, et je vous le répète, la bonne compagnie en fait de bijoux est plus rare que vous ne pensez ; et si vous ne vous déterminez à gagner vous-même...

— Moi, interrompit vivement Mirzoza ! je n'aurai jamais de château de ma vie, si, pour en avoir un, il faut en venir là. Un bijou parlant ! fi donc ! cela est d'une indécence... Prince, en un mot, vous savez mes raisons ; et c'est très sérieusement que je vous réitère mes menaces.

— Mais, ou ne vous plaignez plus de mes essais, ou du moins indiquez-nous à qui vous prétendez que nous ayons recours ; car je suis désespéré que cela ne finisse point. Des bijoux libertins, et puis quoi encore, des bijoux libertins, et toujours des bijoux libertins.

— J'ai grande confiance, répondit Mirzoza, dans le bijou

d'Eglé ; et j'attends avec impatience la fin des quinze jours que vous m'avez demandés.
— Madame, reprit Mangogul, ils expirèrent hier ; et tandis que Sélim vous faisait des contes de la vieille cour, j'apprenais du bijou d'Eglé, que, grâce à la mauvaise humeur de Célébi, et aux assiduités d'Almanzor, sa maîtresse ne vous est bonne à rien.
— Ah ! prince, que me dites-vous là ? s'écria la favorite.
— C'est un fait, reprit le sultan : je vous régalerai de cette histoire une autre fois ; mais en attendant, cherchez une autre corde à votre arc.
— Eglé, la vertueuse Eglé, s'est enfin démentie ! disait la favorite surprise ; en vérité, je n'en reviens pas.
— Vous voilà toute désorientée, reprit Mangogul, et vous ne savez plus où donner de la tête.
— Ce n'est pas cela, répondit la favorite ; mais je vous avoue que je comptais beaucoup sur Eglé.
— Il n'y faut plus penser, ajouta Mangogul ; dites-nous seulement si c'était la seule femme sage que vous connussiez ?
— Non, prince ; il y en a cent autres, et des femmes aimables que je vais vous nommer, repartit Mirzoza. Je vous réponds comme de moi-même, de... de... »

Mirzoza s'arrêta tout court, sans avoir articulé le nom d'une seule. Sélim ne put s'empêcher de sourire, et le sultan d'éclater de l'embarras de la favorite, qui connaissait tant de femmes sages, et qui ne s'en rappelait aucune.

Mirzoza piquée se tourna du côté de Sélim, et lui dit : « Mais, Sélim, aidez-moi donc, vous qui vous y connaissez. Prince, ajouta-t-elle en portant la parole au sultan, adressez-vous à... Qui dirai-je ? Sélim, aidez-moi donc.
— À Mirzoza, continua Sélim.
— Vous me faites très mal votre cour, reprit la favorite. Je ne crains pas l'épreuve ; mais je l'ai en aversion. Nommez-en vite une autre, si vous voulez que je vous pardonne.

On pourrait, dit Sélim, voir si Zaïde a trouvé la réalité de l'amant idéal qu'elle s'est figuré, et auquel elle comparait jadis tous ceux qui lui faisaient la cour.

— Zaïde ? reprit Mangogul ; je vous avoue que cette femme est assez propre à me faire perdre.

— C'est, ajouta la favorite, peut-être la seule dont la prude Arsinoé et le fat Jonéki aient épargné la réputation.

— Cela est fort, dit Mangogul ; mais l'essai de ma bague vaut encore mieux. Allons droit à son bijou :

Cet oracle est plus sûr que celui de Calchas [82].

— Comment ! ajouta la favorite en riant, vous possédez votre Racine comme un acteur. »

82. Racine, *Iphigénie*, acte III, scène 7.

Chapitre LII

VINGT-NEUVIÈME ESSAI DE L'ANNEAU ZULEÏMAN ET ZAÏDE

Mangogul, sans répondre à la plaisanterie de la favorite, sortit sur-le-champ, et se rendit chez Zaïde. Il la trouva retirée dans un cabinet, vis-à-vis d'une petite table sur laquelle il aperçut des lettres, un portrait, quelques bagatelles éparses qui venaient d'un amant chéri, comme il était facile de le présumer au cas qu'elle en faisait. Elle écrivait ; des larmes lui coulaient des yeux et mouillaient son papier. Elle baisait avec transport le portrait, ouvrait les lettres, écrivait quelques mots, revenait au portrait, se précipitait sur les bagatelles dont j'ai parlé, et les pressait contre son sein.

Le sultan fut dans un étonnement incroyable ; il n'avait jamais vu de femmes tendres que la favorite et Zaïde. Il se croyait aimé de Mirzoza ; mais Zaïde n'aimait-elle pas davantage Zuleïman ? Et ces deux amants n'étaient-ils point les seuls vrais amants du Congo ?

Les larmes que Zaïde versait en écrivant n'étaient point des larmes de tristesse. L'amour les lui faisait répandre. Et dans ce moment un sentiment délicieux qui naissait de la certitude de posséder le cœur de Zuleïman, était le seul qui l'affectât. « Cher Zuleïman, s'écriait-elle, que je t'aime ! que tu m'es cher ! que tu m'occupes agréablement ! Dans les instants où Zaïde n'a point le bonheur de te voir, elle t'écrit du moins combien elle est à toi : loin de Zuleïman, son amour est l'unique entretien qui lui plaise. »

Zaïde en était là de sa tendre méditation, lorsque Mangogul dirigea son anneau sur elle. À l'instant il entendit son bijou soupirer, et répéter les premiers mots du monologue de sa maîtresse : « Cher Zuleïman, que je t'aime ! que tu m'es cher ! que tu m'occupes agréablement ! » Le cœur et le bijou de Zaïde étaient trop bien d'accord pour varier dans leurs discours. Zaïde fut d'abord surprise ; mais elle était si sûre que son bijou ne dirait rien que Zuleïman ne pût entendre avec plaisir qu'elle désira sa présence.

Mangogul réitéra son essai et le bijou de Zaïde répéta d'une voix douce et tendre : « Zuleïman, cher Zuleïman, que je t'aime ! que tu m'es cher ! »

« Zuleïman, s'écria le sultan, est le mortel le plus fortuné de mon empire. Quittons ces lieux où l'image d'un bonheur plus grand que le mien se présente à mes yeux et m'afflige. » Il sortit aussitôt, et porta chez la favorite un air inquiet et rêveur.

« Prince, qu'avez-vous ? lui demanda-t-elle ; vous ne me dites rien de Zaïde...

— Zaïde, madame, répondit Mangogul, est une femme adorable ! Elle aime comme on n'a jamais aimé.

— Tant pis pour elle, repartit Mirzoza.

— Que dites-vous ?... reprit le sultan.

— Je dis, répondit la favorite, que Kermadès est un des maussades personnages du Congo ; que l'intérêt et l'autorité des parents ont fait ce mariage-là, et que jamais époux n'ont été plus dépareillés que Kermadès et Zaïde.

— Eh ! madame, reprit Mangogul, ce n'est pas son époux qu'elle aime...

— Et qui donc ? demanda Mirzoza.

— C'est Zuleïman, répondit Mangogul.

— Adieu donc les porcelaines et le petit sapajou, ajouta la sultane.

— Ah ! disait tout bas Mangogul, cette Zaïde m'a frappé ; elle me suit ; elle m'obsède ; il faut absolument que je la revoie. »

Mirzoza l'interrompit par quelques questions auxquelles il répondit des monosyllabes. Il refusa un piquet qu'elle lui proposa, se plaignit d'un mal de tête qu'il n'avait point, se retira dans son appartement, se coucha sans souper, ce qui ne lui était arrivé de sa vie, et ne dormit point. Les charmes et la tendresse de Zaïde, les qualités et le bonheur de Zuleïman le tourmentèrent toute la nuit.

On pense bien qu'il n'eut aujourd'hui rien à faire de plus

pressé que de retourner chez Zaïde : il sortit de son palais sans avoir fait demander des nouvelles de Mirzoza ; il y manquait pour la première fois. Il trouva Zaïde dans le cabinet de la veille. Zuleïman y était avec elle. Il tenait les mains de sa maîtresse dans les siennes, et il avait les yeux fixés sur les siens : Zaïde, penchée sur ses genoux, lançait à Zuleïman des regards animés de la passion la plus vive. Ils gardèrent quelque temps cette situation ; mais cédant au même instant à la violence de leurs désirs, ils se précipitèrent entre les bras l'un de l'autre, et se serrèrent fortement. Le silence profond qui, jusqu'alors, avait régné autour d'eux, fut troublé par leurs soupirs, le bruit de leurs baisers, et quelques mots inarticulés qui leur échappaient... « Vous m'aimez !... — Je vous adore !... — M'aimerez-vous toujours ?... — Ah ! le dernier soupir de ma vie sera pour Zaïde... »

Mangogul, accablé de tristesse, se renversa dans un fauteuil, et se mit la main sur les yeux. Il craignit de voir des choses qu'on imagine bien, et qui ne furent point... Après un silence de quelques moments : « Ah ! cher et tendre amant, que ne vous ai-je toujours éprouvé tel que vous êtes à présent ! dit Zaïde, je ne vous en aimerais pas moins, et je n'aurais aucun reproche à me faire... Mais tu pleures, cher Zuleïman. Viens, cher et tendre amant, viens, que j'essuie tes larmes... Zuleïman, vous baissez les yeux : qu'avez-vous ? Regardez-moi donc... Viens, cher ami, viens, que je te console : colle tes lèvres sur ma bouche ; inspire-moi ton âme ; reçois la mienne : suspends... Ah ! non... non... » Zaïde acheva son discours par un soupir violent, et se tut.

L'auteur africain nous apprend que cette scène frappa vivement Mangogul ; qu'il fonda quelques espérances sur l'insuffisance de Zuleïman, et qu'il y eut des propositions secrètes portées de sa part à Zaïde qui les rejeta, et ne s'en fit point un mérite auprès de son amant.

Chapitre LIII

L'AMOUR PLATONIQUE

« Mais cette Zaïde est-elle donc unique ? Mirzoza ne lui cède en rien pour les charmes, et j'ai mille preuves de sa tendresse : je veux être aimé, je le suis ; et qui m'a dit que Zuleïman l'est plus que moi ? J'étais un fou d'envier le bonheur d'un autre. Non, personne sous le ciel n'est plus heureux que Mangogul. »

Ce fut ainsi que commencèrent les remontrances que le sultan se fit à lui-même. L'auteur a supprimé le reste ; il se contente de nous avertir que le prince y eut plus d'égard qu'à celles que lui présentaient ses ministres, et que Zaïde ne lui revint plus dans l'esprit.

Une de ces soirées qu'il était fort satisfait de sa maîtresse ou de lui-même, il proposa d'appeler Sélim, et de s'égarer un peu dans les bosquets du jardin du sérail. C'était des cabinets de verdure, où, sans témoins, l'on pouvait tout dire et faire bien des choses. En s'y acheminant, Mangogul jeta la conversation sur les raisons qu'on a d'aimer. Mirzoza, montée sur les grands principes, et entêtée d'idées de vertu qui ne convenaient assurément, ni à son rang, ni à sa figure, ni à son âge, soutenait que très souvent on aimait pour aimer, et que des liaisons commencées par le rapport des caractères, soutenues par l'estime, et cimentées par la confiance, duraient très longtemps et très constamment, sans qu'un amant prétendît à des faveurs, ni qu'une femme fût tentée d'en accorder.

« Voilà, madame, répondit le sultan, comme les romans vous ont gâtée. Vous avez vu là des héros respectueux et des princesses vertueuses jusqu'à la sottise ; et vous n'avez pas pensé que ces êtres n'ont jamais existé que dans la tête des auteurs. Si vous demandiez à Sélim, qui sait mieux que personne le catéchisme de Cythère, qu'est-ce que l'amour ? je gagerais bien qu'il vous répondrait que l'amour n'est autre chose que...
— Gageriez-vous, interrompit la sultane, que la délicatesse

des sentiments est une chimère, et que, sans l'espoir de jouir, il n'y aurait pas un grain d'amour dans le monde ? En vérité, il faudrait que vous eussiez bien mauvaise opinion du cœur humain.

— Aussi fais-je, reprit Mangogul ; nos vertus ne sont pas plus désintéressées que nos vices. Le brave poursuit la gloire en s'exposant à des dangers ; le lâche aime le repos et la vie ; et l'amant veut jouir. »

Sélim, se rangeant de l'avis du sultan, ajouta que, si deux choses arrivaient, l'amour serait banni de la société pour n'y plus reparaître.

« Et quelles sont ces deux choses ? demanda la favorite.

— C'est, répondit Mangogul, si vous et moi, madame, et tous les autres, venions à perdre ce que Tanzaï et Néadarné retrouvèrent en rêvant.

— Quoi ! vous croyez, interrompit Mirzoza, que sans ces misères-là, il n'y aurait ni estime, ni confiance entre deux personnes de différent sexe ? Une femme avec des talents, de l'esprit et des grâces ne toucherait plus ? Un homme avec une figure aimable, un beau génie, un caractère excellent, ne serait pas écouté ?

— Non, madame, reprit Mangogul ; car que dirait-il, s'il vous plaît ?

— Mais tout plein de jolies choses qu'on aurait, ce me semble, toujours bien du plaisir à entendre, répondit la favorite.

— Remarquez, madame, dit Sélim, que ces choses se disent tous les jours sans amour. Non, madame, non ; j'ai des preuves complètes que, sans un corps bien organisé, point d'amour. Agénor, le plus beau garçon du Congo, et l'esprit le plus délicat de la cour, si j'étais femme, aurait beau m'étaler sa belle jambe, tourner sur moi ses grands yeux bleus, me prodiguer les louanges les plus fines, et se faire valoir par tous ses avantages, je ne lui dirais qu'un mot ; et, s'il ne répondait ponctuellement à ce mot, j'aurais pour lui toute l'estime possible ; mais je ne l'aimerais point.

— Cela est positif, ajouta le sultan ; et ce mot mystérieux, vous conviendrez de sa justesse et de son utilité, quand on aime. Vous devriez bien, pour votre instruction, vous faire répéter la conversation d'un bel esprit de Banza avec un maître d'école ; vous comprendriez tout d'un coup comment le bel esprit, qui soutenait votre thèse, convint à la fois qu'il avait tort, et que son adversaire raisonnait comme un bijou. Mais Sélim vous dira cela ; c'est de lui que je le tiens. »

La favorite imagina qu'un conte que Mangogul ne lui faisait pas devait être fort graveleux ; et elle entra dans un des cabinets sans le demander à Sélim : heureusement pour lui ; car avec tout l'esprit qu'il avait, il eût mal satisfait la curiosité de la favorite, ou fort alarmé sa pudeur. Mais pour lui donner le change, et éloigner encore davantage l'histoire du maître d'école, il lui raconta celle qui suit :

« Madame, lui dit le courtisan, dans une vaste contrée, voisine des sources du Nil, vivait un jeune garçon, beau comme l'amour. Il n'avait pas dix-huit ans, que toutes les filles s'entre-disputaient son cœur, et qu'il n'y avait guère de femmes qui ne l'eussent accepté pour amant. Né avec un cœur tendre, il aima sitôt qu'il fut en état d'aimer.

Un jour qu'il assistait dans le temple au culte public de la grande Pagode, et que, selon le cérémonial usité, il était en train de lui faire les dix-sept génuflexions prescrites par la loi, la beauté dont il était épris vint à passer, et lui lança un coup d'œil accompagné d'un souris, qui le jetèrent dans une telle distraction, qu'il perdit l'équilibre, donna du nez en terre, scandalisa tous les assistants par sa chute, oublia le nombre des génuflexions et n'en fit que seize.

La grande Pagode, irritée de l'offense et du scandale, le punit cruellement. Hilas, c'était son nom, le pauvre Hilas se trouva tout à coup enflammé des désirs les plus violents, et privé, comme sur la main, du moyen de les satisfaire. Surpris autant qu'attristé d'une perte si grande, il interrogea la Pagode.

— Tu ne te retrouveras, lui répondit-elle en éternuant,

qu'entre les bras d'une femme qui, connaissant ton malheur, ne t'en aimera pas moins. »

« La présomption est assez volontiers compagne de la jeunesse et de la beauté. Hilas s'imagina que son esprit et les grâces de sa personne lui gagneraient bientôt un cœur délicat, qui, content de ce qui lui restait, l'aimerait pour lui-même et ne tarderait pas à lui restituer ce qu'il avait perdu.

Il s'adressa d'abord à celle qui avait été la cause innocente de son infortune. C'était une jeune personne vive, voluptueuse et coquette. Hilas l'adorait ; il en obtint un rendez-vous, où, d'agaceries en agaceries, on le conduisit jusqu'où le pauvre garçon ne put jamais aller : il eut beau se tourmenter et chercher entre les bras de sa maîtresse l'accomplissement de l'oracle, rien ne parut. Quand on fut ennuyé d'attendre, on se rajusta promptement et l'on s'éloigna de lui. Le pis de l'aventure, c'est que la petite folle la confia à une de ses amies, qui, par discrétion, ne la conta qu'à trois ou quatre des siennes, qui en firent un secret à tant d'autres, qu'Hilas, deux jours auparavant la coqueluche de toutes les femmes, en fut méprisé, montré au doigt, et regardé comme un monstre.

Le malheureux Hilas, décrié dans sa patrie, prit le parti de voyager et de chercher au loin le remède à son mal. Il se rendit incognito et sans suite à la cour de l'empereur des Abyssins. On s'y coiffa d'abord du jeune étranger : ce fut à qui l'aurait ; mais le prudent Hilas évita des engagements où il craignait d'autant plus de ne pas trouver son compte, qu'il était plus certain que les femmes qui le poursuivaient ne trouveraient point le leur avec lui. Mais admirez la pénétration du sexe ! un garçon si jeune, si sage et si beau, disait-on, cela est prodigieux ; et peu s'en fallut qu'à travers tant de qualités réunies, on ne devinât son défaut ; et que, de crainte de lui accorder tout ce qu'un homme accompli peut avoir, on ne lui refusât tout juste la seule chose qui lui manquait.

Après avoir étudié quelque temps la carte du pays, Hilas s'attacha à une jeune femme qui avait passé, je ne sais par quel

caprice, de la fine galanterie à la haute dévotion. Il s'insinua peu à peu dans sa confiance, épousa ses idées, copia ses pratiques, lui donna la main dans les temples, et s'entretint si souvent avec elle sur la vanité des plaisirs de ce monde, qu'insensiblement il lui en rappela le goût avec le souvenir. Il y avait plus d'un mois qu'il fréquentait les mosquées, assistait aux sermons, et visitait les malades, lorsqu'il se mit en devoir de guérir, mais ce fut inutilement. Sa dévote, pour connaître tout ce qui se passait au ciel, n'en savait pas moins comme on doit être fait sur terre ; et le pauvre garçon perdit en un moment tout le fruit de ses bonnes œuvres. Si quelque chose le consola, ce fut le secret inviolable qu'on lui garda. Un mot eût rendu son mal incurable, mais ce mot ne fut point dit ; et Hilas se lia avec quelques autres femmes pieuses, qu'il prit les unes après les autres, pour le spécifique ordonné par l'oracle, et qui ne le désenchantèrent point, parce qu'elles ne l'aimèrent que pour ce qu'il n'avait plus. L'habitude qu'elles avaient à spiritualiser les objets ne lui servit de rien. Elles voulaient du sentiment, mais c'est celui que le plaisir fait naître.
— Vous ne m'aimez donc pas ?... « leur disait tristement Hilas.
— Eh ! ne savez-vous pas, monsieur, lui répondait-on, qu'il faut connaître avant que d'aimer ? et vous avouerez que, disgracié comme vous êtes, vous n'êtes point aimable quand on vous connaît.
— Hélas ! disait-il en s'en allant, ce pur amour, dont on parle tant, n'existe nulle part ; cette délicatesse de sentiments, dont tous les hommes et toutes les femmes se piquent, n'est qu'une chimère. L'oracle m'éconduit, et j'en ai pour la vie. »

« Chemin faisant, il rencontra de ces femmes qui ne veulent avoir avec vous qu'un commerce de cœur, et qui haïssent un téméraire comme un *crapaud*. On lui recommanda si sérieusement de ne rien mêler de terrestre et de grossier dans ses vues, qu'il en espéra beaucoup pour sa guérison. Il y allait de bonne foi ; et il était tout étonné, aux tendres propos dont elles s'enfilaient avec lui, de demeurer tel qu'il était. « Il faut, disait-il en lui-même, que je guérisse peut-être autrement qu'en parlant » ; et il attendait une occasion de se placer selon les intentions de l'oracle. Elle vint. Une jeune platonicienne qui aimait éperdument la promenade, l'entraîna dans un bois écarté ; ils étaient loin de tout importun, lorsqu'elle se sentit évanouir. Hilas se précipita sur elle, ne négligea rien pour la soulager, mais tous ses efforts furent inutiles ; la belle évanouie s'en aperçut aussi bien que lui.

— Ah ! monsieur, lui dit-elle en se débarrassant d'entre ses bras, quel homme êtes-vous ? il ne m'arrivera plus de m'embarquer ainsi dans des lieux écartés, où l'on se trouve mal, et où l'on périrait cent fois faute de secours. »

« D'autres connurent son état, l'en plaignirent, lui jurèrent que la tendresse qu'elles avaient conçue pour lui n'en serait point altérée, et ne le revirent plus.

Le malheureux Hilas fit bien des mécontentes, avec la plus belle figure du monde et les sentiments les plus délicats.

— Mais c'était un benêt, interrompit le sultan. Que ne s'adressait-il à quelques-unes des vestales dont nos monastères sont pleins ? On se serait affolé de lui, et il aurait infailliblement guéri au travers d'une grille.

— Seigneur, reprit Sélim, la chronique assure qu'il tenta cette voie, et qu'il éprouva qu'on ne veut aimer nulle part en pure perte.

— En ce cas, ajouta le sultan, je désespère de sa maladie.

— Il en désespéra comme Votre Hautesse, continua Sélim ; et las de tenter des essais qui n'aboutissaient à rien, il s'enfonça dans une solitude, sur la parole d'une multitude infinie de femmes, qui lui avaient déclaré nettement qu'il était inutile dans la société.

« Il y avait déjà plusieurs jours qu'il errait dans son désert, lorsqu'il entendit quelques soupirs qui partaient d'un endroit écarté. Il prêta l'oreille ; les soupirs recommencèrent ; il s'approcha, et vit une jeune fille, belle comme les astres, la tête appuyée sur sa main, les yeux baignés de larmes et le reste du

corps dans une attitude triste et pensive.
— Que cherchez-vous ici, mademoiselle ? lui dit-il ; et ces déserts sont-ils faits pour vous ?...
— Oui, répondit-elle tristement ; on s'y afflige du moins tout à son aise.
— Et de quoi vous affligez-vous ?...
— Hélas !...
— Parlez, mademoiselle ; qu'avez-vous ?...
— Rien...
— Comment, rien ?...
— Non, rien du tout ; et c'est là mon chagrin : il y a deux ans que j'eus le malheur d'offenser une Pagode qui m'ôta tout. Il y avait si peu de chose à faire, qu'elle ne donna pas en cela une grande marque de sa puissance. Depuis ce temps, tous les hommes me fuient et me fuiront, a dit la Pagode, jusqu'à ce qu'il s'en rencontre un qui, connaissant mon malheur, s'attache à moi, et m'aime telle que je suis.
— Qu'entends-je ? s'écria Hilas. Ce malheureux que vous voyez à vos genoux n'a rien non plus ; et c'est aussi sa maladie. Il eut, il y a quelque temps, le malheur d'offenser une Pagode qui lui ôta ce qu'il avait ; et, sans vanité, c'était quelque chose. Depuis ce temps toutes les femmes le fuient et le fuiront, a dit la Pagode, jusqu'à ce qu'il s'en rencontre une qui, connaissant son malheur, s'attache à lui, et l'aime tel qu'il est.
— Serait-il bien possible ? demanda la jeune fille.
— Ce que vous m'avez dit est-il vrai ?... demanda Hilas.
— Voyez, répondit la jeune fille.
— Voyez, répondit Hilas. »

« Ils s'assurèrent l'un et l'autre, à n'en pouvoir douter, qu'ils étaient deux objets du courroux céleste. Le malheur qui leur était commun les unit. Iphis, c'est le nom de la jeune fille, était faite pour Hilas ; Hilas était fait pour elle. Ils s'aimèrent platoniquement, comme vous imaginez bien ; car ils ne pouvaient guère s'aimer autrement ; mais à l'instant l'enchantement cessa ; ils en poussèrent chacun un cri de joie, et l'amour

platonique disparut.
Pendant plusieurs mois qu'ils séjournèrent ensemble dans le désert, ils eurent tout le temps de s'assurer de leur changement ; lorsqu'ils en sortirent, Iphis était parfaitement guérie ; pour Hilas, l'auteur dit qu'il était menacé d'une rechute. »

Chapitre LIV

TRENTIÈME ET DERNIER ESSAI DE L'ANNEAU – MIRZOZA

Tandis que Mangogul s'entretenait dans ses jardins avec la favorite et Sélim, on vint lui annoncer la mort de Sulamek. Sulamek avait commencé par être maître de danse du sultan, contre les intentions d'Erguebzed ; mais quelques intrigantes, à qui il avait appris à faire des sauts périlleux, le poussèrent de toutes leurs forces, et se remuèrent tant, qu'il fut préféré à Marcel [83] et à d'autres, dont il n'était pas digne d'être le prévôt. Il avait un esprit de minutie, le jargon de la cour, le don de conter agréablement et celui d'amuser les enfants ; mais il n'entendait rien à la haute danse. Lorsque la place du grand vizir vint à vaquer, il parvint, à force de révérences, à supplanter le grand sénéchal, danseur infatigable, mais homme roide et qui pliait de mauvaise grâce. Son ministère ne fut point signalé par des événements glorieux à la nation. Ses ennemis, et qui en manque ? le vrai mérite en a bien, l'accusaient de jouer mal du violon, et de n'avoir aucune intelligence de la chorégraphie ; de s'être laissé duper par les pantomimes du prêtre Jean, et épouvanter par un ours du Monoémugi qui dansait un jour devant lui ; d'avoir donné des millions à l'empereur du Tombut pour l'empêcher de danser dans un temps où il avait la goutte, et dépensé tous les ans plus de cinq cent mille sequins en colophane, et davantage à persécuter tous les ménétriers qui jouaient d'autres menuets que les siens ; en un mot, d'avoir dormi pendant quinze ans au son de la vielle d'un gros habitant de Guinée qui s'accompagnait de son instrument en baragouinant quelques chansons du Congo. Il est vrai qu'il avait amené la mode des tilleuls de Hollande, etc.

83. Célèbre maître de danse, mort en 1759. Diderot inventera le verbe *marceliser*, pour évoquer une posture peu naturelle. J.-J. Rousseau critique en ce sens ses « singeries » dans le livre II d'*Émile ou de l'éducation*. Voir Beaumarchais, *Le Mariage de Figaro*, acte V, scène 3, le monologue de Figaro : « On pense à moi pour une place, mais par malheur j'y étais propre : il fallait un calculateur, ce fut un danseur qui l'obtint. »

Mirzoza unconscious

Mangogul avait le cœur excellent ; il regretta Sulamek et lui ordonna un catafalque avec une oraison funèbre, dont l'orateur Brrrouboubou fut chargé.

Le jour marqué pour la cérémonie, les chefs des bramines, le corps du divan et les sultanes, menées par leurs eunuques, se rendirent dans la grande mosquée. Brrrouboubou montra pendant deux heures de suite, avec une rapidité surprenante, que Sulamek était parvenu par des talents supérieurs ; fit préfaces sur préfaces ; n'oublia ni Mangogul, ni ses exploits sous l'administration de Sulamek ; et il s'épuisait en exclamations, lorsque Mirzoza, à qui le mensonge donnait des vapeurs, en eut une attaque qui la rendit léthargique.

Ses officiers et ses femmes s'empressèrent à la secourir ; on la remit dans son palanquin ; et elle fut aussitôt transportée au sérail. Mangogul, averti du danger, accourut : on appela toute la pharmacie. Le garus, les gouttes du général La Motte[84], celles d'Angleterre, furent essayés, mais sans aucun succès. Le sultan, désolé, tantôt pleurant sur Mirzoza, tantôt jurant contre Orcotome, perdit enfin toute espérance, ou du moins n'en eut plus qu'en son anneau.

« Si je vous ai perdue, délices de mon âme, s'écria-t-il, votre bijou doit, ainsi que votre bouche, garder un silence éternel. »

À l'instant il commande qu'on sorte ; on obéit ; et le voilà seul vis-à-vis de la favorite : il tourne sa bague sur elle ; mais le bijou de Mirzoza, qui s'était ennuyé au sermon, comme il arrive tous les jours à d'autres, et qui se sentait apparemment de la léthargie, ne murmura d'abord que quelques mots confus et mal articulés. Le sultan réitéra l'opération ; et le bijou, s'expliquant très distinctement, dit :

« Loin de vous, Mangogul, qu'allais-je devenir ?... fidèle jusque dans la nuit du tombeau, je vous aurais cherché ; et si l'amour et la constance ont quelque récompense chez les morts, cher prince, je vous aurais trouvé... Hélas ! sans vous,

84. Remède associé par La Morlière aux gouttes d'Angleterre, déclarées faire merveille « dans les faiblesses, l'assoupissement, la léthargie et autres maladies aussi graves » (article « Goutte » de l'*Encyclopédie*).

le palais délicieux qu'habite Brama, et qu'il a promis à ses fidèles croyants, n'eût été pour moi qu'une demeure ingrate. »

Mangogul, transporté de joie, ne s'aperçut pas que la favorite sortait insensiblement de sa léthargie ; et que, s'il tardait à retourner sa bague, elle entendrait les dernières paroles de son bijou : ce qui arriva.

« Ah ! prince, lui dit-elle, que sont devenus vos serments ? Vous avez donc éclairci vos injustes soupçons ? Rien ne vous a retenu, ni l'état où j'étais, ni l'injure que vous me faisiez, ni la parole que vous m'aviez donnée ?

— Ah ! madame, lui répondit le sultan, n'imputez point à une honteuse curiosité une impatience que le désespoir de vous avoir perdue m'a seul suggérée : je n'ai point fait sur vous l'essai de mon anneau ; mais j'ai cru pouvoir, sans manquer à mes promesses, user d'une ressource qui vous rend à mes vœux, et qui vous assure mon cœur à jamais.

— Prince, dit la favorite, je vous crois ; mais que l'anneau soit remis au génie, et que son fatal présent ne trouble plus ni votre cour ni votre empire. »

À l'instant, Mangogul se mit en oraison, et Cucufa apparut : « Génie tout-puissant, lui dit Mangogul, reprenez votre anneau, et continuez-moi votre protection.

— Prince, lui répondit le génie, partagez vos jours entre l'amour et la gloire ; Mirzoza vous assurera le premier de ces avantages ; et je vous promets le second. »

À ces mots, le spectre encapuchonné serra la queue de ses hiboux, et partit en pirouettant, comme il était venu.

women judged by sexual habits — can they be faithful?

DOCUMENTS
ET
ILLUSTRATIONS

À la rencontre de l'auteur

Portrait de Diderot par Louis-Michel van Loo (1767).

Au sujet de ce portrait, Diderot fera ce commentaire : *« [...] Mes enfants, je vous préviens, ce n'est pas moi. J'avais en une journée cent physionomies diverses, selon la chose dont j'étais affecté. J'étais serein, triste, rêveur, tendre, violent, passionné, enthousiaste. Mais je ne fus jamais tel que vous me voyez là. [...] »*

Dates	Vie et œuvres de Diderot	Politique et lettres
1713	5 octobre : naissance de Denis Diderot.	
1715		Mort de Louis XIV. Régence de Philippe d'Orléans.
1723		Début du règne de Louis XV.
1728	Études de théologie et de philosophie à Paris	
1734		Voltaire, *Lettres philosophiques*.
1743	À l'instigation de son père : réclusion dans un monastère près de Troyes pendant trois mois. 6 novembre : mariage avec Anne-Antoinette Champion.	Louis XV exerce seul le pouvoir après la mort du cardinal de Fleury.
1746	Publication des *Pensées philosophiques*.	
1747	Début de la rédaction de l'*Encyclopédie*.	
1748	Publication des *Bijoux indiscrets*, premier roman de Diderot.	Montesquieu, *De l'esprit des lois*.
1750	Nomination de Diderot à l'Académie royale des sciences et des Belles-lettres de Berlin.	
1753	Naissance de Marie-Angélique, le seul de ses enfants qui atteindra l'âge adulte.	
1755	Rencontre de Sophie Volland, qui sera son amante jusqu'à la fin de sa vie.	Rousseau, *Discours sur l'origine des inégalités*.
1758		Condamnation de l'*Encyclopédie* pour irreligion.
1759	Mort de son père.	
1762	Début de la rédaction du *Neveu de Rameau*.	Rousseau, *Émile* et *Du contrat social*.

Dates	Vie et œuvres de Diderot	Politique et lettres
1763		Traité de Paris qui met fin à la Guerre de Sept Ans
1769	Diderot se voit confier la direction de la *Correspondance littéraire* de Grimm.	
1773	11 juin : départ pour Saint-Pétersbourg.	
1774	21 octobre : retour de Saint-Pétersbourg.	Début du règne de Louis XVI.
1777	Publication de l'*Entretien d'un philosophe avec la maréchale de* ***.	
1778	Parution, en feuilleton, de *Jacques le fataliste*.	
1782		Laclos, *Les Liaisons dangereuses*.
1784	22 février : mort de Sophie Volland. 31 juillet : mort de Denis Diderot à son domicile parisien.	

Du 24 juillet au 3 novembre 1749, Diderot est incarcéré au donjon de Vincennes à cause des positions matérialistes développées dans sa *Lettre sur les aveugles à l'usage de ceux qui voient.*

Chapuy Nicolas Marie Joseph (1790-1858), *Vue du château et du donjon de Vincennes, près de Paris* © RMN (Château de Versailles)/ Gérard Blot.

Diderot, philosophe et penseur

Si Diderot est considéré, à juste titre, comme l'un des grands philosophes du XVIIIe siècle, ce n'est pas tant pour ses idées que pour la démarche intellectuelle et éminemment philosophique mise en œuvre dans ses écrits. La méthode argumentaire constitue selon lui la base de la réflexion. Le dialogue philosophique se révèle être la forme littéraire la mieux adaptée à l'exercice de la pensée : il permet la confrontation des points de vue, et stimule l'esprit critique.

Diderot est un penseur au sens fort. Loin de construire un système philosophique complet et cohérent, il cherche davantage à susciter la réflexion personnelle en posant des questions, en mettant au jour des paradoxes, des contradictions.

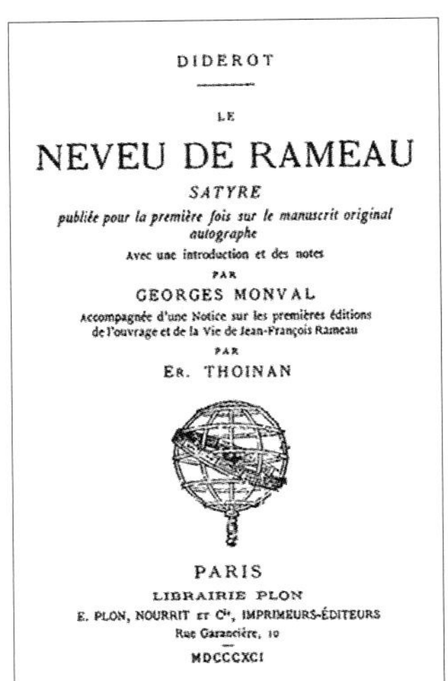
DIDEROT

LE

NEVEU DE RAMEAU

SATYRE

publiée pour la première fois sur le manuscrit original autographe

Avec une introduction et des notes

PAR

GEORGES MONVAL

Accompagnée d'une Notice sur les premières éditions de l'ouvrage et de la Vie de Jean-François Rameau

PAR

ER. THOINAN

PARIS

LIBRAIRIE PLON

E. PLON, NOURRIT ET Cie, IMPRIMEURS-ÉDITEURS

Rue Garancière, 10

MDCCCXCI

Page de titre du *Neveu de Rameau* (1762).

Les débuts de la critique

À partir de 1759, Diderot mène une importante activité de critique. Il se voit notamment confier la direction de la *Correspondance littéraire, philosophique et critique* de Grimm – qui comporte, entre autres, de nombreux comptes-rendus de lectures. Diderot rédige également plusieurs ouvrages ou « postface » à portée critique qui traitent de ses conceptions du théâtre ou d'auteurs en particulier.

L'auteur face à la censure

Depuis sa pénible détention au donjon de Vincennes, Diderot fait preuve d'une grande méfiance à l'égard de la censure. Pour protéger sa famille, il diffère la publication de certains de ses écrits. Les plus subversifs paraîtront exclusivement dans la *Correspondance littéraire* de Grimm, où ils auront moins de risques d'attirer les foudres de la censure.
Il faudra ainsi attendre le début du XXe siècle pour avoir une vision à peu près complète des écrits de Diderot.

Les Bijoux indiscrets : un roman libertin

Les Bijoux indiscrets constituent le premier roman de Denis Diderot. Cette œuvre libertine est publiée anonymement en 1748. Elle reprend un thème déjà traité dans un fabliau égrillard du XIVe siècle, intitulé *Le Chevalier qui fist parler les cons*. Dans ces textes, le sexe féminin se met à parler et à révéler mille secrets intimes.

Gravures illustrant *Les Bijoux indiscrets*.

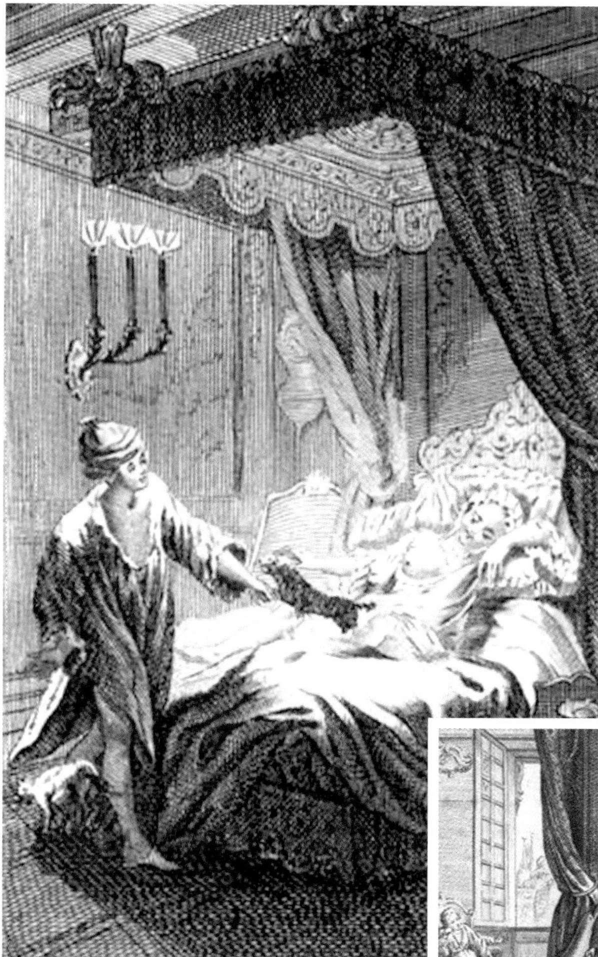

D’une œuvre à l’autre

L’*Encyclopédie* de Diderot et d’Alembert – ou *Dictionnaire raisonné des sciences, des arts et des métiers* – est un ouvrage majeur du XVIIIe siècle. Elle propose une synthèse du savoir de l’époque, et représente un travail éditorial considérable, qui occupera ses auteurs pendant plus de vingt ans.

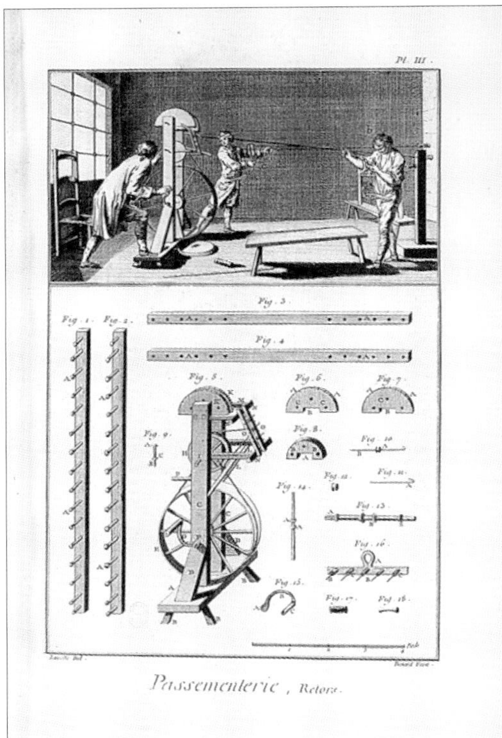

Page de l’*Encyclopédie* ou *Dictionnaire raisonné des sciences, des arts et des métiers* de Diderot et d’Alembert, publiée intégralement en 1772.

Parues en 1772, les *Œuvres philosophiques de M. D**** sont un recueil de textes, parmi lesquels figure le roman *Les Bijoux indiscrets*. L'édition de 1772 ne fut pas consentie par Diderot, notamment parce qu'elle contenait deux textes qui n'étaient pas de lui.

Illustration des *Œuvres philosophiques* de Denis Diderot (1772).

Rédigé entre 1765 et 1784, *Jacques le fataliste et son maître* est l'un des romans les plus fameux de Diderot. Publié intégralement en 1796, le roman paraît d'abord en feuilleton dans la *Correspondance littéraire* de Grimm, entre 1778 et 1780.

Vous ne savez pas qui je suis !

Illustration de *Jacques le fataliste.*

Table des matières